Roland Reiner

Jonathans

Entscheidung

Unser Suchen kann kein Ende finden.

Unser Ziel ist in der anderen Welt.

Michel de Montaigne

Prolog

Es war äußerst schwierig ein Vorwort über die Geschehnisse zu schreiben. Schließlich bin ich Abt eines weithin bekannten Klosters und möchte keinesfalls, dass meine Person, mein geistlicher Hintergrund oder meine religiösen Ansichten mit den geschilderten Ereignissen in Zusammenhang gebracht werden. Nicht weil ich persönlich Angst vor Repressalien oder Anfeindungen hätte. Nein, es geht hier wirklich nicht um mich, mein Kloster oder gar um meinen Glauben. Es geht um viel mehr! Umso viel mehr! Tatsächlich gilt es nämlich uralte Geheimnisse zu schützen in die Paul und ich unfreiwillig hineingeraten sind und von denen unter keinen Umständen die Allgemeinheit erfahren darf.

Paul ist ein guter Freund von mir. Unsere Namen wurden selbstverständlich, genauso wie die Namen der Klosteranlage in dem sich die Ereignisse final ereigneten, geändert. Zusätzlich wurden in der folgenden Schilderung einige Angaben eingefügt, die dazu führen werden, dass falls Jemand auf die abstruse Idee kommen sollte die Originalschauplätze der Geschehnisse aufzusuchen, in die Irre geführt wird. Paul und ich sind der festen Überzeugung alles dafür getan zu haben.

Nun werden Sie sich wahrscheinlich fragen, welche Geheimnisse das heutzutage schon sein können, die nicht für die Allgemeinheit bestimmt sind. Schließlich sind wir doch alle aufgeklärte, kluge, verständige Menschen. Nun, das sollten wir zumindest sein. Manchmal allerdings, wenn man sich die täglichen Nachrichtensendungen ansieht, kann man daran allerdings zweifeln.

Vorweg: es sind keine irgendwie gelagerten klerikale Geschehnisse, um die es geht. Paul und ich sind auch keine Menschen, die irgendwelche dunkle Machenschaften schützen würden. Aber nach allem, was geschehen ist und was wir erfahren haben, hielten wir es einfach für klüger über einen Großteil der Ereignisse sanft den Mantel des Schweigens auszubreiten und nur einen Teil der Geschehnisse und den auch nur in sehr gekürzter und manchmal leicht abgeänderter Form zu schildern.

Engel! In Ermangelung eines besseren Begriffs wollte ich die geheimnisvollen Wesen mit denen Paul und ich Bekanntschaft machten zunächst so nennen. Diese Lebewesen waren nämlich keine Götter, aber auch keine Menschen nach unserem Verständnis. Soweit ich es verstanden haben sind es Geistwesen, die auf der Erde eine hominide Gestalt annehmen und die Menschen auf ihrem Weg durch die Zeit begleiten. Fragen sie mich jetzt nicht, wie sie auf unseren Planeten gelangen. Ich habe es nicht verstanden.

Meinem Freund Paul, im Gegensatz zu mir nicht gerade ein sehr gläubiger Mensch, sondern sogar ein äußerst rational denkender Wissenschaftler, fiel im Übrigen auch keine bessere Bezeichnung ein. Wir überlegten uns Begriffe wie Bote, Wächter oder Gesandte. Aber irgendwie entschieden wir uns dann doch für Engel. Sie sahen im Übrigen in ihrer körperlichen Gestalt wie gewöhnliche Menschen aus und hatten selbstverständlich auch keine Flügel oder Heiligenscheine. Die Mär mit den Flügeln kommt wahrscheinlich daher, weil sie, als sich in früheren Zeiten noch mehr von ihnen auf der Erde befanden, oft unerwartet schnell auftauchten oder verschwanden. Jemand der sich so rasch bewegen konnte, musste Flügel haben. Und der Heiligenschein: nun, diese Wesen umgibt zweifelsfrei eine besondere Aura.

Woher diese Engel, mit denen ich Bekanntschaft machte, letztendlich kamen, blieb mir und Paul verschlossen. Die Angaben von ihnen dazu waren äußerst kryptisch. Der Begriff Gott wurde von diesen Wesen übrigens kein einziges Mal verwendet. Sie erwähnten lediglich immer wieder eine geheimnisvolle Quelle, die sie gesandt hätte und zu der sie zurückkehren würden. Ich weiß, dass hört sich jetzt doch esoterisch und zugegebenermaßen eigenartig an. Ganz offensichtlich hatte der Begriff Quelle für diese Wesen aber eine ganz andere Bedeutung als für uns Menschen.

Soweit war der Plan. Dann bekamen Paul und ich das fertiggestellte Manuskript zum Lesen und danach waren wir uns sofort einig darüber, dass Engel doch nicht das richtige Wort war. Dieser Begriff ist einfach zu sehr mit alten göttlichen und religiösen Vorstellungen behaftet. Und gerade das würde diesen Wesen nicht im Geringsten gerecht werden und auch die geschilderten Ereignisse in einem völlig falschen Licht erscheinen lassen. Paul und ich einigten uns schließlich auf die Bezeichnung Reisende. Und nach dem mir das Buch abschließend vorlag, bin ich auch überzeugt davon, dass dies eine gute Wahl war. Reisende - ja genau, das waren Thot, Isis, Seth, Filippo, Hedwig, Elisabeth, Maria, Josef und wie sie sich sonst noch alle bei ihrem Aufenthalt auf der Erde genannt hatten.

Und dann war da noch Jonathan, dem Paul und ich sogar selbst begegnet sind. Liebe Leser, Jonathan zu beschreiben ist im Grunde unmöglich. Er war kein Reisender, er war vielmehr ein langmütiger Beobachter, und ein Wesen, dass auf einer völlig anderen Stufe als die Reisenden stand, von uns Menschen gar nicht zu sprechen. Der Vorname Jonathan bedeutet übrigens in etwa Geschenk Gottes.

Um unsere Geschichte zu untermauern, wurden im Text einige Fuß-
noten angebracht. Dies geschah keinesfalls, um besserwisserisch
aufzutreten, sondern lediglich, um den Wahrheitsgehalt der geschilderten Ereignisse zu belegen. Wir hoffen, dass wir ihre Leselust
damit nicht allzu sehr behindern werden.

Bevor wir mit unserem Bericht beginnen eine Frage: wissen sie was
ein Djed, oder Djed-Pfeiler ist? Wahrscheinlich nicht. Dieser Gegenstand stammt aus dem prähistorischen Ägypten. Die genaue Bedeutung des Gegenstandes konnte von der Wissenschaft bis heute
nicht geklärt werden. Er war aber für den Pharao und seine Priesterschaft zweifellos von großer Bedeutung – und auch für die Reisenden.

Benjamin Klausen

Jonathan

Kontinent Europa – ca. 33.000 Jahre v. Chr.

Der Mann, der auf dem Felsensprung saß und das rege Treiben im Lager des Familienverbandes des Grauen mit Interesse verfolgte, war kein Kundschafter einer fremden Horde. Ihn interessierte nicht wie viele Männer und Frauen sich um das Feuer versammelt hatten. Ohne Neid freute er sich, dass die Jäger erfolgreich gewesen waren. Das Fleisch des erlegten Bisons würde den Verband des Grauen mehrere Tage mit ausreichend Nahrung versorgen. Aus dem zottigen Fell würden die Frauen wärmende Fußbegleitung für die kommende kalte Jahreszeit fertigen.

Der Mann auf dem Felsensprung war kein Mensch, obwohl er so aussah. Jonathan zog im Auftrag der Quelle bereits unzählige Jahre auf der Erde herum und beobachtete mit einer unglaublichen Geduld die Entwicklung der Hominiden. Das war seine Aufgabe. Irgendwann würde er die Entscheidung treffen müssen, ob diese Hominiden sich so entwickelten, dass man sie eines fernen Tages in den Verband der Quelle aufnehmen konnte, ob man sie sich selbst überlassen sollte, oder was leider immer wieder vorkam sie eliminieren musste und mit einem neuen evolutionären Programm auf diesem Planeten begann. Das war stets eine schwerwiegende Entscheidung, im Gegenzug stand Jonathan dafür aber auch fast unbegrenzte Zeit zur Verfügung. Die Entwicklung von Einzellern zu einer geistig hochentwickelten Lebensform konnte schließlich Äonen dauern.

Auf diesem Planeten hatten sich aus Primaten bereits Hominide entwickelt die erfolgversprechende Eigenschaften aufwiesen. Jonathans Geduld zahlte sich aus. Der Graue hatte in der Zwischenzeit begonnen die zu verteilen. Der Mann mit den markanten langen Haaren war der Anführer dieser primitiven Hominiden. Er war der Wortführer, wenn es darum ging, wer mit auf die Jagd ging, oder im Lager zurückbleiben musste. Jonathan beschloss noch einige Tage abzuwarten, bis der Familienverband sein Sommerlager um die Höhle verließ und wie jedes Jahr den herumziehenden Tierherden folgte. Wenn sie die Wintermonate überlebten, würden die Hominiden im Frühjahr wieder hierher zurückkehren.

Zwei Tage später war es dann soweit. Der Graue führte den Verband aus dem Tal heraus. Ihr Weg folgte zunächst dem kleinen Fluss[1] entlang. Jonathan verließ seinen Beobachtungsplatz und betrat wenig später die Höhle. Wie üblich lagen abgenagte Knochen und altes unbrauchbar gewordenes Steinwerkzeug herum. Aber wie

---

1 Ardèche / heutiges Südfrankreich

Jonathan zufrieden feststellte, nicht mehr wahllos herumgeworfen wie in den Vorjahren, sondern in einer Ecke zu einem Haufen aufgetürmt.

Dann fiel sein Blick auf die Zeichnungen auf den Felsenwänden. Bären, Bisons, Pferde, Hirsche und Mammuts. Sehr viele Darstellungen reihten sich aneinander und sie waren keineswegs primitive Kritzeleien, sondern Bilder mit einer hohen Exaktheit und unglaublich großer Präzision ausgeführt. Das hier war, wie Jonathan zufrieden nickend feststellte, die Geburtsstunde der Kunst[2] für diese Hominiden. Ein weiterer wichtiger evolutionärer Schritt.

Jonathan

Mesopotamien – ca. 10.000 Jahre v. Chr.

Nachdenklich saß Jonathan gegen einen Baum gelehnt und sah dem regen Treiben nachdenklich zu. Wie sie sich abmühten diese Lebewesen, kaum dass man ihnen einen kleinen evolutionären Schubs verpasst hatte. Die Vorgänger dieser Hominiden waren unzählige Sonnenumläufe auf dem Planeten herumgezogen, ohne sich erkennbar weiterzuentwickeln. Jonathan hatte dabei ruhig und ge-

---

2 Jonathan befand sich in der Chauvet-Höhle

lassen zugesehen. So etwas wie Ungeduld kannte er nicht. Diese Gefühlsregung war ihm fremd. Zeit bedeutete ihm nämlich nichts. Er war zeitlos! Auf diesem Planeten war er schon herumgelaufen, als die Vorgänger dieser Hominiden noch auf den Bäumen herumgeturnt waren.

Nun war wieder eine Entwicklung eingetreten, die sich nicht mehr aufhalten lassen würde. Jetzt zeigte sich, dass die Bemühungen der Reisenden erfolgreich gewesen waren. Es war aber auch ein langer, viele Generationen dauernder, Prozess gewesen.

Die Hominiden hatten erkannt, wie vorteilhaft es war einen größeren gesellschaftlichen Bund einzugehen. In einem Familienverband konnten die vielfältigen täglichen Aufgaben wie die tägliche Nahrungssuche und der Schutz der Gruppe auf mehrere Personen verteilt werden. Man lebte etwas sorgenfreier und es gab Freiräume, welche die eingeschleusten Reisenden nutzten um unauffällig stetig kleine Entwicklungsschübe zu geben. Irgendwann kam es dann zu einer religiöse Erkenntnis, nämlich dem Glauben, dass es höhere Wesen geben musste. Jonathan verzog leicht sein Gesicht. So wie ihn.

Er sah zu wie die Menschen mühsam Steinblöcke herbeischleppten, formten und aufrichteten.[3] Zufrieden lächelnd stand er auf, hier hatte er genug gesehen. Jetzt war die Zeit für eine neue Wohnstätte gekommen. Er würde zunächst in das in der Nähe liegende Zweiflüsseland[4] ziehen. Vor einigen Monaten hatte er festgestellt, dass es auch dort bereits gute Ansätze gab. An[5], hatte sich der Reisende genannt, der sich auf Anweisung der Quelle unter die dortigen Hominiden gemischt hatte.

Jonathan beschloss Kontakt mit der Quelle aufzunehmen. Es war jetzt an der Zeit, dass weitere Reisende gesandt wurden. Die intelligenten Menschen, Jonathan lächelte, als er diesen Gedanken hatte, intelligent – sollte man sie tatsächlich schon so nennen? Ja, sie standen schließlich erst am Anfang einer langen Entwicklung. Es blieb abzuwarten, wo sie ihre weitere evolutionäre Reise hinführen würde. Aber die Reisenden würden ihnen weiter Hilfestellung geben, Fehlentwicklungen erkennen und ihre Erkenntnisse der Quelle mitteilen. Der Unterschied zwischen den Reisenden und ihm war, dass er völlig autark war. Seiner Beurteilung würde die Quelle vertrauen und seine Empfehlungen würde sie sofort umsetzen. Auch

---

3 Göbekli Tepe
4 Euphrat und Tigris / Zweistromland
5 Sumerische Gottheit

wenn er wie bei den Echsen, die unglaublich lang[6] diesen Planeten bevölkert hatten, irgendwann ein finales Ende empfohlen hatte. Aber das war seiner Ansicht nach nötig gewesen, um den vorgesehenen Neuanfang auf diesem Planeten mit einer anderen Lebensform durchführen zu können. Bei den Echsen war keinerlei geistige Entwicklung feststellbar gewesen. Sie hätten den Schritt zu einem vernunftbegabten Lebewesen niemals bewältigt. Zeit genug hatte er ihnen eingeräumt. Aber sie waren primitive Lebewesen ohne Bewusstsein und Erkenntnis geblieben. Jonathan hoffte, dass die Entwicklung bei den Hominiden einen besseren und vor allem schnelleren Verlauf nahm.

Ägypten - 4.320 v. Chr.

Die Landschaft dieses Landes hatte sich in den letzten Jahrtausenden gewaltig verändert. Nachdenklich sah sich der Reisende um, er konnte sich noch gut daran erinnern, wie sich hier vor langer Zeit eine endlose Savanne ausgedehnt hatte. Der ganze Boden war mit Gräsern und Büschen bedeckt gewesen. Lediglich einzelne große Bäume und kleinere Baumgruppen hatten für etwas Schatten ge-

---

6 mehr als 150 Millionen Jahre (Saurier)

sorgt. Seit seinem letzten Hiersein hatte sich die Landschaft grundlegend verändert. Die Savanne waren zur Wüste geworden.

Nachdenklich wanderte der Blick des Mannes über die primitiven Hütten der kleinen Ansiedlung. Bei ihnen würde er nun für einige Jahre bleiben und seinen Auftrag erfüllen. Die Nomaden hatten sich in der Zwischenzeit den Veränderungen ihres Lebensraumes angepasst und waren in das fruchtbare Flusstal gezogen und begannen dort sesshaft zu werden.[7] Unwillkürlich wanderte seine Hand unter den Umhang seiner Oberkleidung und umklammerte den Djed, seine Verbindung zur Quelle, der ihm stetig neue Lebensenergie zuführte und damit einen langen Aufenthalt auf dieser seltsamen Welt ermöglichte. Im Notfall konnte er mit Hilfe des Djed bereits vor seiner Ablösung einen der Übergänge öffnen und zur Quelle zurückzukehren.

Die Welt hier war noch urwüchsig und leider auch äußerst primitiv. Kamele, Schafe und einige streunende Hunde liefen umher. Es würde noch Tausende von Jahre dauern, bis ein Entwicklungsstandard vorhanden war bei dem man es verantworten konnte diesen Planeten und seine Bewohner sich selbst zu überlassen. Die Hoffnung, dass dies eines Tages geschehen würde setzte die Quelle in die

---

7 Badarikultur / Niltal

Hominiden. Der Reisende würde sein Bestes geben, dass dies geschehen würde. Die Entscheidung würde dann Jonathan eines Tages treffen müssen. Der Reisende war froh, dass er diese Last nicht tragen musste.

Die Bevölkerung hier würde jetzt stetig wachsen. Und größere Gemeinschaften benötigten nicht nur Techniken für die entstehende Landwirtschaft, sondern vor allem auch die Möglichkeit sich Regeln und Gesetze zu geben. Die Menschen hatten bereits eine gemeinsame Sprache entwickelt, deshalb war es jetzt an der Zeit, dass sie ihre Worte in Zeichen und Symbolen festhielten. Für sich, für die Gemeinschaft und vor allem für die Nachwelt. Das würde ein sehr langer Weg werden. Der Reisende war hier, um langsam und behutsam die ersten schriftlichen Symbole einzuführen.

Der Mann überlegte kurz, sie würden ihn fragen, wie sein Name lautete und woher er kam. Bisher hatte er sich meist Hermes[8], Enki[9] oder Odin[10] genannt. Aber das war in völlig anderen Gegenden dieses Planeten gewesen.

---

8 Götterbote (Griechenland)
9 Sumerischer Gott der Erde und der Weisheit
10 Nordischer Gott der Weisheit

Diesmal würde er den Namen Thot[11] verwenden und behaupten, dass ihn eine lange Wanderung von jenseits der Wüste hierhergeführt hatte. Er würde sagen, dass er schon seit vielen Sonnenumläufen unterwegs war und die Gastfreundschaft vieler Gemeinschaften erfahren hatte. Wenn sie ihn hier bei sich aufnahmen, könnte er ihnen am abendlichen Feuer über seine Abenteuer berichten. Er war schon bei Gemeinschaften gewesen welche Zeichen hatten, mit denen sie sogar ihre Götter anrufen konnten. Die Menschen hier würden diesen Geschichten aufmerksam lauschen, weitergeben und sie würden die Zeichen irgendwann nachahmen und selbst verwenden. Anfangen würde er mit wenigen Symbolen. Mann, Frau, Kind, Sonne und ein oder zwei Ziffern. Vielleicht folgte in ein oder zwei Generationen dann das erste geschriebene Wort.

Thot zog seinen Umhang enger an sich und ging entschlossen in die Richtung der primitiven Siedlung.

Bayern Voralpen - 3.320 v. Chr.

Zufrieden fuhr der alte weißhaarige Heiler über den grobbehauenen Stein. Die Familien hatten mehrere Sonnenwenden schwer ge-

---

11 Thot war der Gott des Schreibens, des Wissens

arbeitet, um die benötigten großen Felsen herbeizuschaffen. Das unheimliche Loch in der Erde, von dem ein Pfad immer weiter in den Untergrund führte, war jetzt endlich verschlossen. Falls es die unheimlichen bösartigen Gestalten in der Tiefe der Erde, von denen die Alten am abendlichen Feuer immer sprachen tatsächlich gab, ging von ihnen jetzt keine Gefahr mehr aus.

Die kleine Gemeinschaft hatte zusätzlich mühsam mehrere schwere Felsen auf dem Steinboden aufgerichtet und auf diese eine Himmelsplatte gelegt. Der Boden war mit Erde verfüllt worden. Wasser aus der nahen Quelle war versprüht worden und der alte Heiler hatte mit Mistelzweigen die entstandene Höhle bestrichen und die überlieferten Beschwörungsformeln gemurmelt. Anschließend hatte er Kräuter angezündet und mit ihrem Rauch die Höhle gereinigt.

Als zusätzlichen Schutz vor Gefahren aus der Tiefe würde man ab jetzt die toten Mitglieder der Gemeinschaft hier zur Ruhe legen. Sie würden eine kraftvolle Grenze zwischen den Welten bilden und verhindern, dass aus dem Erdreich Geister aufsteigen und Unheil über die Familien bringen würden.

Zufrieden betrachtete der Heiler sein Werk. Dann nahm er aus einem primitiven Ledersack einen keilförmigen Stein und ritzte damit, in die am Boden liegende Steinplatte, das Zeichen des Stammes ein. Drei tief nebeneinanderliegende Rillen. Sie sahen genauso aus, wie die Narben, welche den Jünglingen bei ihrer Initiation zum Mann zugefügt wurden.

Ägypten – 2.853 v. Chr.

Es hatte länger gedauert als er erwartet hatte. Aber die Hominiden dieses Landes hatten in der Zwischenzeit eine erstaunliche Entwicklung gemacht. Nach einem längeren Aufenthalt an der heimatlichen Quelle und an anderen Orten dieses Planeten war er wieder hierher gesandt worden.

Wissenschaft und Kunst hatten in der Zwischenzeit große Fortschritte gemacht. Am erstaunlichsten war für ihn allerdings die Religion, die sich hier entwickelt hatte. Eine große Anzahl von Göttern, eine komplizierte Jenseitsvorstellung mit einem äußerst komplexen Totenkult. Äußerst aufwendige Mumifizierungen für ein Leben nach dem Tod. Es erstaunte ihn immer wieder welchen Glauben Hominiden entwickeln konnten. Was ihn nicht weiter Überraschte war, dass die Namen, die er und andere Abgesandte der Quelle bei ihren Aufenthalten verwendet hatten, Eingang in die hiesige Götterwelt gefunden hatten. Das war auch Anderenorts schon geschehen. Vor allem Isis[12] wurde von der hiesigen Priesterschaft sehr verehrt. Sie hatte als herumwandernde Heilerin bereits viel für das Gesundheitsverständnis der Menschen bewirken können.

Der Mann blickte in die Richtung des Sonnenuntergangs. Morgen würde er in Memphis sein. Die Zeit war günstig. Die Regierungszeit eines neuen Pharao[13] stand bevor. Der Mann überlegte: sollte er sich wieder Thot oder Osiris[14] nennen? Nein, diesmal würde er einen neuen Namen wählen. Außerdem wusste er nicht wie diese Menschen reagierten, wenn er den gleichen Namen wie ein Gott trug. Thot oder Osiris schieden deshalb aus. Er würde sich Seth[15] nennen. Diesen Namen hatte er bereits früher verwendet, aber in dieser Gegend war er damit noch nicht aufgetreten.

In der folgenden Nacht geschah dann tatsächlich das Undenkbare. Ein Geschehen, dass bisher noch keinem der Reisenden widerfahren war. Seth wurde hinterrücks überfallen. Normalerweise wäre das nicht geschehen. Er hätte die feindliche Annäherung spüren und erwachen müssen. Der erst kurz zuvor erfolgte Übertritt in diese

---

12 Göttin der Geburt / Wiedergeburt / Magie
13 Hetepsechemui / Begründer der 2. Dynastie
14 Herr der Unterwelt / Totengott
15 Gott der Kraft / zerstörerische übermenschliche Kraft

Welt hatte ihn anscheinend tiefer als üblich in eine Ruhephase gleiten lassen.

Trotzdem hatte Seth innerhalb weniger Sekunden die Bedrohung erkannt. Er war aufgesprungen hatte die Stangenwaffe, die neben ihm gelegen war und den einzigartigen Dolch ergriffen und sofort den Kampf aufgenommen. Er zählte mindestens zehn vermummte Gestalten, die ihn eingekreist hatten. Trotz der zahlenmüßigen Übermacht seiner Feinde war ihm nicht bange. „Ich bin Seth!", brüllte er laut, um die Angreifer einzuschüchtern und schlug zwei angreifenden Männer innerhalb weniger Augenblicke bewusstlos. „Ihr könnt mich nicht töten! Ich bin viel stärker als ihr!" Doch dann geschah die Katastrophe, welche den Aufenthalt der Reisenden auf diesem Planeten viele Jahre beeinflussen würde. Als Seth vier Männer gleichzeitig angriffen, war er für den Bruchteil eines Augenblicks unaufmerksam und der hünenhafte Mann, der sich in seinen Rücken geschlichen hatte schlug ihm mit einem Knüppel brutal auf den Kopf.

Seth war nicht tot. Aber es dauerte viele Stunden, bis er wieder zu Bewusstsein kam. Der Körper, den er benutzte war in einen Zustand der Bewusstlosigkeit gefallen. Seth wusste, dass dies eine Schutzfunktion dieser hominiden Körper war. Er musste einfach abwarten, bis seine körperlichen Funktionen zurückkehrten und er die Gliedmaße wieder wie gewohnt benutzen konnte. Geduldig wartete er ab bis Kontaktfähigkeit, Reaktionsfähigkeit und die Koordination der Gliedmaßen des Körpers wieder möglich waren.

Als er sich endlich aufrichten konnte, stellte er fest, dass man ihn bis auf seine Kleider ausgeraubt und dann einfach im Dreck liegengelassen hatte. Sogar die primitiven Schnürsandalen hatte man ihm ausgezogen. Seinen in dieser Welt einzigartigen Dolch und noch schlimmer den unersetzlichen Djed hatte man gestohlen! Das größtmögliche Unglück für die von der Quelle auserwählten Personen war damit eingetreten. Seths Verbindung war abgebrochen! Er konnte von sich aus keinen Kontakt mehr zur Quelle herstellen und die anderen Reisenden konnten ihn über den Djed nicht aufspüren. Seth war gestrandet und musste abwarten, bis ein neuer Bewahrer erschien, ihn fand und ihm den Rückweg ermöglichte. Ohne einen Djed konnten die Übergänge nicht passiert werden. Und was noch schlimmer war, er würde jetzt altern. Zwar bedeutend langsamer als die Menschen dieses Planeten, aber seine Lebenskraft würde stetig abnehmen, die Hülle, die er erhalten hatte würde eines Tages zerfallen. Das war nicht weiter schlimm, denn den Tod musste er nicht fürchten schließlich hatte er schon mehrere Zyklen erlebt. Aber die Schwäche und Gebrechlichkeit, die ihm jetzt bevorstand bereitete ihm Sorgen. Wenn er nicht im Vollbesitz seiner Kräfte war, konnte er die Aufgaben eines Reisenden irgendwann nicht mehr vernünftig verrichten. Aber die Aufgabe seines Hierseins hatte sich nach dem Überfall sowieso grundlegend geändert. Jetzt musste er zunächst den Djed wieder finden. Unbedingt! Nichts war wichtiger!

Memphis - 1328 v. Chr.

Die Frau und der Mann standen im Schatten eines Obelisken. „Wie nennst du dich diesmal?", fragte Seth neugierig. „Anches", antwortete die Frau, die man vor langer Zeit als Isis gekannt hatte. „Ich danke dir sehr, dass du mir die Rückkehr ermöglichst", Seth senkte seinen Kopf. „War es schwer mich zu finden?" Die Frau nickte und wanderte mit dem Schatten, den der Obelisk warf. „Ohne deinen Djed war es nicht einfach. Ich musste lange suchen. Die Gegend, wo du dich aufgehalten hast, war uns bekannt. Als ich dann eines Abends von einem uralten herumziehenden Heiler gehört habe, wusste ich wohin ich mich wenden musste."

Eine Weile herrschte Schweigen. Der Mann seufzte, „ja dieser Körper zerfällt immer mehr. Leider habe ich trotz langer Suche den gestohlenen Djed nicht gefunden. Nicht die geringste Spur Anches.

Aber es gibt Hinweise darauf, dass ihn Priester verbergen, weil man ihn als ein Werkzeug der Götter eingestuft hat." „Wie meinst du das?" „Man hat den Djed nachgeahmt", Seth seufzte, „natürlich nicht in der edlen vollkommenen Ausstattung und mit den geheimen Kräften, die in seinem Inneren verborgen sind. Diese Menschen wissen schließlich nicht was ein Djed ist. Sie behaupten aber, dass er von den Göttern stammen muss, und haben Abbilder von ihm geschaffen. Es gibt ihn aus Holz und Stein. Man benutzt das Ebenbild als Amulett. In der Schrift wird er als Symbol[16] für Beständigkeit und Dauer verwendet. Sogar der Pharao schmückt sich mit ihm." Seth seufzte, „aber das Original konnte ich nicht auffinden. Was ich erfahren konnte, war lediglich, dass die Nomaden, die mich überfallen haben, den Djed und meinen Dolch an einen Händler verkauft haben. Dieser gab beide weiter. Den Weg des Dolches konnte ich nachvollziehen. Aber der Djed ging durch sehr viele Hände und war dann plötzlich unauffindbar. Da er ein vermeintliches Gerät der Götter war, müssen ihn irgendwann auch Priester besessen haben. Davon gibt es hier leider sehr viele. Während der Regierungszeit von Pharao Echnaton[17] haben die Priester viele ihrer Schätze heimlich in Sicherheit gebracht und versteckt. Aton war von Echnaton nämlich zum Reichsgott und zur Quelle des Lebens er-

---

16 Hieroglyphe
17 ca. 1351 – 1334 v. Chr.

klärt worden. Die zahlreichen anderen Götter verloren damit erheblich an Einfluss. Das Verhältnis zwischen dem Pharao und den Priestern war in dieser Zeit deshalb sehr angespannt." Als Anches erstaunt ihr Gesicht verzog als sie von der Quelle des Lebens hörte, fügte Seth erklärend hinzu, „Aton hat keinerlei Bezug zur wahren Quelle, die uns gesandt hat. Aber die Streitigkeiten und Wirren zwischen Pharao und der Priesterschaft über die Anzahl der Götter hat dazu geführt, dass sich die letzte Spur des gestohlenen Djed die ich hatte, schließlich in Nichts aufgelöst hat. Höchstwahrscheinlich ist er mit anderen wertvollen Kultgegenständen außer Landes gebracht worden. Eine Spur führte zu einer Handelskarawane der Hethiter, eine andere in eine Stadt namens Urusalim[18]. Aber wie gesagt", Seth seufzte, „ich konnte den Djed nicht auffinden." Er berührte die Frau, welche sich Anches nannte sacht am Arm, „ich bin dir wirklich sehr dankbar, dass du mich gefunden hast."

Eine Weile herrschte Schweigen zwischen den beiden. Dann deutete Seth auf eine Reihe von Säulen. „Der Umzug nähert sich. Das wollte ich dir vor meiner Rückreise noch zeigen", er lächelte, „meinen Dolch habe ich nämlich wiedergefunden. Er ist im Besitz des Pharao. Wie er dorthin gelangt ist, entzieht sich allerdings meiner Kenntnis. Komm", er zog seine Begleiterin weiter weg von dem Weg, den

---

18 Jerusalem

der Tross mit Pharao Tutanchamun[19] benutzen würde. Als der Pharao auf seiner Sänfte vorbeigetragen wurde, blitzte es an seiner Seite kurz auf. Der Schein kam von dem Dolch der aus einem Material[20] gefertigt war, dass es auf dieser Welt nicht gab. „Vielleicht ist auch unser Djed im Besitz des Pharao." „Ich weiß es nicht Anches", erwiderte der Mann, „aber ich glaube es nicht. Dann würde sich Tutanchamun doch nicht mit primitiven Nachbildungen aus Holz oder Stein schmücken. Es war mir leider auch nicht möglich in die Nähe des Pharaos zu kommen. Er ist dauernd von einer Leibwache und unzähligen Priestern umgeben."

Als der Platz um den Obelisken sich wieder geleert hatte griff Anches nach der Hand von Seth, „den Dolch können wir verschmerzen. Wichtig ist den Djed zu finden. Aber deine Zeit hat hier lange genug gedauert. Ich werde nun versuche den gestohlenen Djed zu finden. Hier," Anches griff in ihren Umhang und reichte Seth einen Djed, „ich habe diesmal ein zweites Exemplar mit auf die Reise bekommen. Du kannst damit zur Quelle zurückkehren." Dankbar und voller Vorfreude senkte Seth seinen Kopf. Als sich seine Hand um den Djed schloss, spürte er bereits, wie ihn die stärkenden Kraft der Quelle durchströmte. „Woher wusstet ihr, dass man mich bestohlen

---

19 Regierungszeit etwa von 1332 bis 1323 v. Chr.
20 Meteoreisen / das Material stammt aus dem Weltall enthält Eisen, Nickel ...

hat?" „Deine Verbindung zur Quelle wurde abrupt unterbrochen. Da du anschließend nicht zurückgekehrt bist, musste dein menschlicher Körper noch intakt sein. Aus welchem Grund die Verbindung unterbrochen war, wussten wir natürlich nicht." Die Frau senkte lächelnd ihren Kopf, „geh nach Hause Seth, kehr zur Quelle zurück. Ruh dich aus."

Ipsambul[21] - 1210 v. Chr.

Der alte Pharao[22] regierte nun schon über 60 Jahre. Beim heutigen Umzug zu Ehren des Gottes Amun hatte Anches erneut einige Nachbauten des vermissten Djeds gesehen. Von dem Original fehlte aber auch ihr jeglicher Hinweis. Isis[23] gekleidet in einen knöchellangen Umhang würde Anches nun ablösen. „Du hast keine Spur gefunden?" „Nein", Anches schüttelte ihren Kopf, „ich habe mich während meines hiesigen Aufenthalts sogar einigen Sonnenumläufen lang Nomaden angeschlossen und bin deshalb weit in den umliegenden Ländern herumgekommen. Es gab natürlich immer wieder allerlei Geschichten über göttliche Geschenke, geheimnisvol-

---

21 Abu Simbel
22 Ramses II. / Ramses der Große
23 Göttin der Geburt, der Wiedergeburt. Herrin der Unterwelt

le Gegenstände, verzauberte Amulette, unbekannte Fetische aber keinen wirklich brauchbaren Hinweis, dem ich hätte nachgehen können."

„Was ich nicht verstehe, die Menschen hier bauen den Djed immer noch nach?", Isis blickte nachdenklich auf die Hieroglyphen auf dem Obelisken, neben dem sie standen, „obwohl sie nicht wissen um was es sich dabei handelt." „Ja", Anches nickte, „sie haben jetzt sogar eigene Priester für den Djed. Er stellt für sie Beständigkeit und Zeit dar. Sie glauben, dass der Djed ein Objekt der Götter ist. Aber es gibt keinen Hinweis auf den ersten Djed. Er bleibt leider verschwunden." „Nun, diese Hominiden können unseren Djed nicht benutzen, dafür fehlt ihnen das entsprechende Wissen. Aber wenn sie ihn zerstören, können sie natürlich unglaublich großen Schaden anrichten. Die Kraft in ihm kann, wenn man sie unkontrolliert entfacht, Zerstörungen riesigen Ausmaßes mit sich bringen." Isis zupfte an ihrer Kleidung herum, die ihr noch etwas fremd war. „Du erinnerst dich vielleicht noch an die Auswirkungen, welche die Zerstörung eines Djed auf dem ehemals bewohnten Planeten dieses Sonnensystems ausgelöst hat?" „Ja, der danach eingetretene Klimawandel machte den Planeten innerhalb kürzester Zeit unbewohnbar."

Nach einer Weile sprach Isis weiter: „Die Gefahr, die uns droht ist, dass irgendwann der Djed untersucht und unsachgemäß behandelt wird. Wenn er seine Kraft unkontrolliert entlädt, können auch hier ganze Zivilisationen untergehen. Die Hominiden auf diesem Planeten könnten ausgelöscht, oder wieder auf einen primitiveren Zustand zurückgeworfen werden" „Das stimmt leider, ich teile deine Einschätzung", Anches nickte, „deshalb ist es weiterhin eine unserer vordringlichen Aufgaben den Djed zu finden und in Sicherheit zu bringen."

Anches hatte Isis in der Zwischenzeit unter einen Dattelbaum geführt, der den beiden ein wenig Schutz vor der sengenden Mittagshitze bot. „Wenn der Djed nicht mehr in Ägypten ist, wo könnte ich ihn deiner Meinung nach suchen?" Isis nahm die angebotene Trinkschale und nippte vorsichtig daran. Anches hob bedauernd ihre Schultern. „Wenn mein Aufenthalt noch länger gedauert hätte, wäre ich in die Länder gegangen die östlich des mittleren Meeres[24] liegen. Volksstämme wie die Kanaanäer, Israeliten, oder die Seefahrer an den Küsten[25] kommen bei ihren Fahrten weit herum. Viele Israeliten waren einst sogar Sklaven[26] in Ägypten. Ramses II. hat sie zur

---

24 Mittelmeer / Levante
25 später bildeten sich daraus die Phönizier
26 vgl. dazu 2. Buch Mose

Zwangsarbeit für seine Städte[27] gezwungen. Vielleicht sind diese Menschen durch Zufall in den Besitz des Djed gekommen und haben ihn mitgenommen, ohne zu wissen, um was für einen Gegenstand es sich handelt." Anches hob bedauernd ihre Schultern, „ich weiß wirklich nicht welchen Weg der Djed genommen hat."

Jonathan
Brunesguik[28] - 1310 n. Chr.

Jonathan saß in der Werkstatt von Meister Imervard und sah diesem zu, wie er aus Eichenholz eine überlebensgroße Skulptur[29] für den Dom anfertigte. Das geplante Gotteshaus befand sich im Bau und war noch lange nicht fertiggestellt. Aber es wurden dort bereits Messen abgehalten. In einigen Tagen würde, die von Meister Imervard angefertigte Kreuzigungsdarstellung ihren Platz im Dom finden. Gegen einige Silbermünzen hatte Imervard dem Fremden gestattet ihm bei der Arbeit zuzusehen. Einzige Bedingung war gewesen, dass der Meister während seiner Arbeit nicht gestört werden durfte. Jonathan hatte das auch nicht vor. Er hielt sich im Hintergrund und konzentrierte sich auf die flinken Hände von Imer-

27 Pi-Ramesse und Pi-Atum
28 Braunschweig
29 Imervard-Kreuz (überlebensgroßes Kruzifix) im Braunschweiger Dom

vard. Es war für ihn immer wieder faszinierend, was Menschen mit ihren Händen schaffen konnten. Im Guten wie im Bösen. Unglaublich große Kunstwerke und gleichzeitig konnten sie mit ihren Händen unglaublich brutal gegen ihre Mitmenschen vorgehen. Ein Verhalten, dass für Jonathan völlig unverständlich war.

Er schloss seine Augen und ließ vor seinem inneren Auge die Gesichter der Philosophen vorbeigleiten, mit denen er während seines langen Hierseins auf diesem Planeten bereits Kontakt gehabt hatte. Thales von Milet[30], Anaxagoras, Sokrates, Platon, Aristoteles, Epikur, Konfuzius und zuletzt Thomas von Aquin. Was für außergewöhnliche Exemplare dieser eigenartigen Hominiden. Die vielen anregenden klugen Gespräche und Diskussionen mit diesen Geistesmenschen hatten die zahlreichen Dummheiten ihrer Artgenossen immer wieder ausgeglichen.

Platon! Jonathan war sehr überrascht gewesen, als er dem Philosophen in Sizilien zuhörte. Platon ging davon aus, dass die Welt, welche von den Sinnen des Menschen wahrgenommen wurde in Wirklichkeit einer real existierenden Welt nachgeordnet war. Was für tiefe Gedanken![31]

---

30 Einer der Gründer der Philosophie / ca. 624 v. Chr. - 547 v. Chr.
31 vgl. dazu die Matrix Filme

Besonders in Erinnerung geblieben war Jonathan ein Gespräch mit einem alten Bergbauern. Dieser Mann hatte niemals eine Schule besucht, lebenslang nur harte Arbeit und Sorge um das tägliche Brot und seine Familie gekannt und hatte trotz allem kurz vor seinem Tod auf ein sinnvolles und erfülltes Leben zurückblicken können. Als er den Mann fragte, wie er rückschauend sein Leben beurteilen würde, hatte ihm dieser mit einem Zitat aus der Bibel geantwortet: Unser Leben währet siebzig Jahre, und wenn's hoch kommt, so sind's achtzig Jahre, und wenn's köstlich gewesen ist, so ist es Mühe und Arbeit gewesen; denn es fährt schnell dahin, als flögen wir davon.[32] Ein alter Mann, ohne jegliche Bildung, nie mehr von der Welt gesehen, als sein Dorf, seine Berge und trotzdem so viel Weisheit in seiner Erkenntnis über sein vergangenes Leben.

Jonathan war während seines Hiersein auf diesem Planeten bereits fast überall gewesen. In Benares hatte er Siddhartha Gautama[33] kennengelernt und ihm viele Tage zugehört. Es waren Reden darunter die Jonathan sehr nachdenklich zurückgelassen hatten. Dieser Mensch hatte tatsächlich Weisheiten von sich gegeben, nach denen auch sein eigenes Volk ihr Leben ausrichtete.

---

32 Psalm 90:10
33 Indischer Religionsstifter. Gründer des Buddhismus
  Auch Buddha Shakyamuni (der Weise aus dem Shakya-Geschlecht)

Und dann war da noch dieses Ereignis auf Golgatha[34] gewesen. Jonathan hatte schon etliche Kreuzigungen mitansehen müssen und leider noch viele weit grausamere Taten. Was ihm so unverständlich blieb, war dabei stets die Reaktion der Masse. Diese Menschen ließen sich so unglaublich leicht manipulieren und zu Handlungen hinreißen die unüberlegt, dumm und vor allem zutiefst abscheulich waren. Es sprach so vieles gegen diese Menschen. Für sie sprach allerdings die kurze Zeit, in der sich ihre Art auf dem Planeten befand und die vielen Entwicklungssprünge, die sie seitdem durchgeführt hatten - und natürlich, dass es solche Menschen wie den alten Bergbauern und Meister Imervard unter ihnen gab.

Eine Lebensform mit so viel sich widersprechenden Facetten war Jonathan bisher noch nicht begegnet. Die Menschen stießen ihn ab, gleichzeitig faszinierten sie ihn. Es ekelte ihn, wenn er sah, wie sie miteinander umgingen und dann stand er wieder bewundernd und fassungslos vor Erstaunen vor den von ihnen geschaffenen Kunstwerken.

Jonathan seufzte und stand auf. Er warf einen letzten nachdenklichen Blick auf das fast fertige Kruzifix und verließ die Werkstatt von Meister Imervard.

---

34 Nach den neutestamentlichen Evangelien wurde dort Jesus Christus gekreuzigt

Florenz – 1421 n. Chr.

Diese Menschen hier überraschten Filippo, wie sich der Reisende nannte, immer wieder aufs Neue. Zwischen den Jahren 1400 und 1417 hatte diese Stadt verheerende Pestepidemien erlebt. Fast ein Drittel der Bevölkerung war an dieser Seuche verstorben. Doch Florenz hatte sich nur wie ein nasser Hund geschüttelt und sich weiterentwickelt. In wenigen Jahren würde sie eine Perle der Toskana sein. Männer wie Giovanni di Bicci de' Medici[35] sorgten dafür, dass die Stadt stetig weiter an Einfluss gewann.

Mehr als Macht und Geld interessierten Filippo allerdings die Bildhauer und Maler, welche diese Stadt hervorgebracht hatte. Ihre Werke erinnerten ihn an seine Heimatwelt. Vor allem die Skulpturen hatten es ihm angetan.

Wie immer überkam ihn eine große Sehnsucht. Er überquerte die Gasse, betrat eine Trattoria und bestellte sich einen Krug Wasser und einen Becher Wein. Als er beides erhalten hatte, trank er einige kleine Schlucke des Wassers. Es war kalt und schmeckte frisch. Die Einwohner hier hatten dazu gelernt und begriffen, wie wichtig sauberes Wasser und eine gute Hygiene für ihre Gesundheit waren.

---

35 Bankier / Händler (1360 - 1429)

Filippo hatte viele Jahre seines Hierseins darauf verwandt, auf den gesundheitlichen Vorteil von frischen Wasser und ausreichender körperlicher Hygiene hinzuweisen. Es war nicht immer einfach gewesen. Filippo hatte eine Zeitlang als Medicus gearbeitet, dann als Wasserwächter. Es waren stets nur kleine Schritte gewesen, die ihm möglich gewesen waren. Trotzdem war es ihm gelungen die Einstellung einflussreicher Personen zum Zugang der Bevölkerung zu sauberen Trinkwasser zu verändern.

Nachdenklich lehnte sich Filippo zurück. Viel Flüssigkeit benötigten Wesen seiner Art nicht. Aber er konnte hier nicht sitzen ohne Wein und Wasser zu bestellen. Vorsichtig nippte er an dem Wein. Dieser war gut. Einfach aber gut. Filippo öffnete seine lederne Umhängetasche und holte ein kleines Buch heraus. Vorsichtig sah er sich um, niemand achtete auf ihn. Das, was er tat, war streng verboten. Ein Sakrileg! Ein Verstoß gegen die oberste Regel. Niemals Aufzeichnungen, oder Hinweise auf die Heimatwelt anfertigen! Aber er war jetzt schon so viele Jahre auf dieser primitiven Welt und es quälte ihn eine wirklich große Sehnsucht. Vor allem die Pflanzen seiner Heimat, ihre Blüten, ihr feiner Geruch, wenn die Zeit der Teilung kam. Das alles fehlte ihm so sehr und deshalb hatte er etwas getan was verboten war. Er hatte in diesem kleinen Buch Zeichnungen angefertigt. Pflanzen seiner Heimatwelt. Darstellungen der Riten und sogar eine Beschreibung der Quelle.

Er hatte viele Stunden mit den Aufzeichnungen verbracht. Bei der Zeichnung einer Burg musste er lächeln. Die Anlage mit den Schwalbenschwanzzinnen war reine Fiktion gewesen. Sie erinnerte ihn aber an seinen jahrelangen Aufenthalt in Oberitalien. Es war dort nicht immer einfach gewesen unauffällig zu wohnen. Aber wo war es das schon gewesen? Er hatte sich immer nur für einige wenige Jahre am selben Ort aufhalten dürfen. Dann musste er wieder eine neue Identität an einem anderen Ort annehmen. Es war auf die Dauer viel zu auffällig, dass er wesentlich langsamer als seine Mitmenschen alterte. Entschlossen klappte er das Buch wieder zu. Er würde es in den nächsten Tagen in ein Herdfeuer werfen, damit es ein Raub der Flammen wurde. Genauso würde er mit dem anderen kleinen Büchlein verfahren. Darin hatte er die Geschichte eines Mannes beschrieben, der sich auf einer langen Reise in fremde primitive Länder befand. Seine Aufgabe war es die Bewohner dieser Länder behutsam auf eine Zeit ohne Krankheiten, ohne Leid, ohne Unterschiede zwischen reich und arm, Frau und Mann und vor allem ohne einen Tod vorzubereiten. Den Auftrag hatte er von einem wahrhaft göttlichen Wesen erhalten. Filippo hatte seine Geschichte in der phönizischen Schrift[36] verfasst. Eine Vorsichtsmaßnahme. Kein Mensch sollte lesen können, was er in das Buch eingetragen hatte.

Aber Filippo wusste, dass beide Bücher verbrannt werden mussten. Nichts außer Asche durfte von ihnen übrigbleiben und diese würde er anschließend verstreuen. Erst dann konnte er ganz sicher sein, dass alle verräterischen Spuren verschwunden waren und man ihm kein Fehlverhalten mehr vorwerfen würde können. Hundert Jahre war er noch an diese Welt gebunden. Erst dann würde wieder zur Quelle zurückkehren können.

Die Quelle, der Mann seufzte mehrmals. Er hatte alles versucht und war weit gereist, aber einen Teil seines Auftrags hatte er nicht erfüllen können. Wie seine Vorgänger hatte er keinen Hinweis über den entwendeten Djed gefunden. Er blieb weiterhin spurlos verschwunden. Er hatte bisher versagt, genauso wie seine Vorgänger. Das tröstete ihn, er war damit nicht der Einzige, der erfolglos gesucht hatte. Er war lediglich der letzte in einer Reihe von Suchenden. In Ägypten hatte beim Verlust des Djed Pharao Hetepsechemui regiert. Einen Pharao gab es dort nicht mehr. In Ägypten herrschten

---

36 fand Verwendung im Mittelmeerraum vom 11. bis 5. Jahrhundert v. Chr.

jetzt Sultane[37]. Wohin konnte er sich noch wenden auf seiner Suche? Es gab einfach keine erfolgversprechende Spur, der man folgen konnte.

Nachdem er sich erfrischt hatte, besuchte Filippo die Werkstatt von Donato di Niccolò di Betto Bardi[38]. Dieser Bildhauer war ein wahrer Meister seines Fachs. Er würde sicherlich noch große Werke schaffen. Als der Mann auf dem Weg zu seiner Herberge in eine der kleinen verwinkelten Seitengassen einbog, stieß er unvermittelt mit zwei Burschen zusammen, die mehrere Kisten Gemüse mit sich trugen. Sie entschuldigten sich vielmal, halfen ihm bei Aufstehen und reinigten seine Kleidung. „Nicht!" Er wich zurück. Diese sicherlich gutgemeinte Art wollte er nicht. Sie war ihm zu aufdringlich.

In der Herberge reinigte er sich, zog sich aus, legte seine Oberkleidung ordentlich zusammen, überprüfte den Inhalt seiner ledernen Umhängtasche und stellte entsetzt fest, dass die beiden kleinen Bücher verschwunden waren. Bücher die er nie, niemals - unter keinen Umständen hätte anfertigen dürfen. Dieser Verlust wog mindestens genauso schwer wie der des Djeds. Wie konnte ihm ein solches Missgeschick nur passieren? Filippo fielen die beiden Ge-

---

37 Burdschiyya-Dynastie
38 bekannt unter dem Namen Donatello

müsehändlern ein. Es war kein unglücklicher Zusammenprall gewesen, es war mit Absicht geschehen. Die beiden Kistenträger hatten ihn beraubt.

Florenz – 1500 n. Chr.

Nach vielen Jahren vergeblicher Suche und Herumwanderns war Filippo wieder nach Florenz zurückgekehrt. Die beiden Bücher, die man ihm vor fast 80 Jahren gestohlen hatte blieben verschwunden, er hatte auch keine Spur von dem Djed gefunden. Viel hatte sich in den letzten Jahren in Europa ereignet. Hervorzuheben war wohl, dass Cristoforo Colombo[39] glaubte einen Seeweg nach Indien gefunden zu haben und viele Menschen später dachten einen neuen Kontinent entdeckt zu haben. Wiederentdeckt wäre eigentlich die richtige Bezeichnung gewesen. Aber die Menschen verdrängen und vergessen gern. Ob der Djed auf Umwegen bereits auf einen anderen Kontinent gelangt war? Filippo glaubte es nicht. Es gab auch keinerlei Hinweise dafür.

---

39 Christoph Kolumbus

Fasziniert betrachtete er den Duomo di Firenze[40]. Diese Menschen schafften es immer wieder ihn in Erstaunen zu setzen. Zumindest einige von ihnen. Was für ein Kunstwerk. Diese gewaltige Kuppel – fürwahr ein Meisterwerk.[41]

Filippo lehnte sich zurück und ließ sich von der nachmittäglichen Sonne bescheinen. Er war jetzt schon über 100 Jahre auf diesem Planet. Noch sah man seiner körperlichen Hülle dieses Alter nicht an. Aber in wenigen Jahren würde ein körperlicher Verfall eintreten, spätestens dann durfte er zur Quelle zurückkehren.

„Entschuldige sie, dass ich sie anspreche." Filippo schlug seine Augen auf. Vor ihm stand ein Mann mittleren Alters mit langen Haaren und stattlichem Bart. „Mein Name ist Leonardo di Ser Piero. Ich beobachte sie schon längere Zeit und möchte mich dafür entschuldigen. Keinesfalls möchte ich einen falschen Eindruck erwecken. Sie müssen wissen, ich bin von Beruf Bildhauer, Architekt, Maler", der Mann lachte auf, „und noch einiges mehr. Seit Kurzem bin ich wieder in Florenz und ..."

---

40 Dom zu Florenz / Kathedrale der Heiligen Maria der Blume
41 Baumeister: Filippo Brunelleschi

Der Mann schwieg trat einige Schritte zurück und fuhr sich ein paarmal nervös durch seinen Bart. Er hob seine Hände und fuhr mit diesen durch die Luft, als wollte er etwas abmessen. „Ich würde sie gerne malen", er hob sofort beschwichtigend seine beiden Hände, als er sah, dass Filippo ablehnen wollte. „Nur einige Skizzen, hier auf diesem Platz. Ich habe in Florenz noch keine Werkstatt. Außerdem arbeite ich lieber allein. Es ist so: ihr Anblick fasziniert mich. Er hat etwas Besonderes. Ihre Augen ... so etwas sieht man selten und dieser sanfte und doch so wissende Blick. Man weiß nicht, ob sie lächeln, oder melancholisch und müde den Betrachter ansehen. Bitte sie dürfen mir das nicht abschlagen. Ich bin schon seit Jahren auf der Suche nach einer Frau, die solch einen Ausdruck hat."

Filippo war amüsiert. Der Fremde hielt ihn tatsächlich für eine Frau. Er wusste, dass er für einen Mann etwas zu weiche Gesichtszüge hatte und seine Augen waren tatsächlich auffällig. Ihm fehlten die Augenbrauen und die Wimpern.

„Wie heißen sie?" Dieser Leonardo di Ser Piero ließ nicht locker. Filippo überlegte, der Mann hielt ihn für eine Frau, „Elisabetta", antwortete er schmunzelnd. Der Mann faltete seine Hände, „welch ein Gesichtsausdruck, welch sanftes stilles Lächeln. Elisabetta, nein, das klingt zu hart. Ich werde sie Lisa nennen. Bitte schlagen sie mir meinen Wunsch nicht ab. Nur ein paar Skizzen. Mehr nicht. Ein Gemälde in Öl kann ich danach dann später anfertigen."

„Also gut", Filippo nickte ergeben, „haben sie überhaupt Erfahrung mit Malen?" „Ja", jetzt lächelte sein Gegenüber, „man kennt mich unter dem Namen Leonardo da Vinci. Vinci war mein Geburtsort. Ich habe schon ..."

Jetzt hob Filippo abwehrend seine Hände. „Ah, ich habe von ihnen gehört Leonardo da Vinci. Auf einer Reise durch die Lombardei konnte ich im Refektorium der Dominikaner[42] ihr Bild "Das Abendmahl" betrachten. Ein wirklich beeindruckendes Gemälde."

Die nächsten Tagen trafen sich Filippo und Leonardo da Vinci mehrmals vor dem Dom. Der Maler fertigte unzählige Skizzen an. Er arbeitete wie im Rausch. Eigentlich hätte er ein Altarbild für die Basilica della Santissima Annunziata malen sollen. Aber er konnte sich nicht von dem Anblick Filippos lösen. Schließlich beschloss dieser eines Tages, dass es jetzt genug sei.

„Ich werde morgen weiterreisen", verabschiedetet er sich. „Werden sie ihr Bild irgendwo ausstellen? Vielleicht komme ich dann eines

---

42 Santa Maria delle Grazie

Tages vorbei und sehe es mir an." „Dieses Bild", Leonardo da Vinci legte seine Skizzen sauber zusammen und lächelte versonnen, „wird etwas ganz Besonderes werden. Ich habe schließlich jahrelang nach diesen Gesichtszügen gesucht. Ganz sicher wird es zunächst in meinem Besitz bleiben." „Schade", Filippo hob bedauern seine Schultern, „Kunst gehört doch in Museen. Eine Frage noch: wie werden sie das Bild nennen?" „Ich dachte an Madonna Lisa[43]."

---

43 Jahre später wurde das Bild unter Mona Lisa bekannt

Rüeggisberg – 1530 n. Chr.

Von Eingang seiner versteckt liegenden Höhle hatte er einen guten Fernblick auf das Kloster in der Gemeinde Rüeggisberg.[44] Der Greis betrachtete zum wiederholten Mal sehnsüchtig die unbehauene Felsenwand. Er tat dies jetzt schon seit unzähligen Tagen. Für ihn war es keine rohen Steine, er wusste, dass sich dahinter ein Übergang befand. Jeder normale Mensch hätte den Kopf geschüttelt und am Verstand des Greises gezweifelt, wenn dieser dies behauptet hätte. Das war verständlich, denn der Felsen war natürlich durch und durch aus Stein. Da gab es nichts, was irgendwie anders oder fremdartig gewesen wäre. Und trotzdem, es war ein Tor in diese Welt ... und umgekehrt in eine völlig andere, in die Heimatwelt des alten Mannes.

Filippo griff mit zittrigen Fingern in die Tasche seiner ledernen Umhängetasche. Seine Hände verweilten darin, in seiner Vorstellung zog er zwei kleine aus mehreren Lagen Pergament zusammengeheftete Bücher hervor. Er blätterte sie auf und betrachtete einige der Seiten. Tränen liefen über das zerfurchte Gesicht des Mannes. Der Reisende sehnte sich so sehr nach seiner Heimat und da hatte er etwas getan, was ein absolutes Tabu war. Er hatte gegen das

44 ein ehemaliges Cluniazenserpriorat / Gemeinde Rüeggisberg, Kanton Bern, Schweiz

oberste Gesetz verstoßen und in eines der Bücher in seiner Sprache und Schrift Aufzeichnungen über seine Heimat gemacht. Das hohe Gedicht über die Quelle und dem ewigen Frieden auf seinem Planeten. Er hatte das Gedicht in einsamen Stunden so oft aufgesagt, dass er es fehlerfrei und trotz der primitiven Schreibfeder in einem Zug durchgeschrieben hatte. Er hatte auch Bäume und Pflanzen gemalt. Aber leider war er nur ein mittelmäßiger Zeichner. Wenn er allerdings die Bilder betrachtete, glaubte er die Originale der Heimat vor sich zu sehen. Er sehnte sich so sehr nach Hause. Seine Skizzen durften selbstverständlich niemals, unter keinen Umständen, in die Hände von Menschen fallen.

Die Hand des Greises kam wie seit vielen Jahren wieder leer aus der Tasche heraus. Die beiden Bücher waren verschwunden. Man hatte sie ihm gestohlen. Wahrscheinlich hatten es ihm zwei Burschen in Florenz entwendet. Er hatte die Kerle trotz seiner sofortigen Suche nicht mehr gefunden. Vielleicht war er auch zu ungeschickt vorgegangen und es hatte sich herumgesprochen, dass der Fremde zwei einheimische Burschen suchte. Die Bewohner von Florenz hielten zusammen.

Nach diesem Ereignis hatte er sich dann wieder seiner eigentlichen Aufgabe zugewandt. Die Suche nach dem verlorengegangenen

Djed. Wenn er erfolgreich gewesen wäre, hätte man über seine Verfehlung vielleicht hinweggesehen. Aber auch seine diesbezüglichen Nachforschungen waren ergebnislos geblieben. Es war bedauerlich, der Djed wurde schon seit 4.000 Jahre vermisst. Zum Glück konnte er von Unbefugten nicht bedient werden. Die drohende Gefahr, die bei einer möglichen Zerstörung des Geräts von der Kraft, die im Djed schlummerte ausging war aber weiterhin vorhanden.

Noch schlimmer war, dass er so dumm gewesen war und trotz Verbot schriftliche Aufzeichnungen angefertigt hatte und diese dann verloren hatte. Das war unverzeihlich! Er schämte sich – er hatte die Quelle enttäuscht.

Rüeggisberg – zwei Stunden später

Plötzlich erstarrte Filippo und schloss die Augen. Trotz seines hohen Alters spürte er sofort die minimalen Veränderungen in der Atmosphäre. In der Luft war ein zartes kaum wahrnehmbares Klingeln zu hören, gleichzeitig breitete sich ein leichter süßlicher Duft aus. Der alte Mann seufzte ergriffen, Tränen liefen ihm über sein zerfurchtes Gesicht. Der Duft der Quelle!

Endlich ... nach all diesen unzähligen Jahren auf dieser fremden Welt. Er hatte diesen unnachahmlichen zarten Geruch fast schon vergessen. Er sah auf und konzentrierte sich mit allen Sinnen auf die Felsenwand. Es konnte nicht mehr lange dauern. Der Durchgang stand unmittelbar bevor. Ein leichtes, kaum fühlbares Vibrieren des Bodens war zu spüren. Dann schien es, als würde die Felsenwand eine goldene Aura bekommen. Es war endlich soweit: Seine Nachfolger wurden durch den Durchgang transferiert.

Langsam schwebten aus der Felsenwand die Körper zweier nackter Menschen auf ihn zu. Kaum standen sie vollständig in dem Raum, brachen sie auch schon zusammen und fielen zu Boden. Auf den brutalen Schock des Übergangs waren sie nicht vorbereitet gewesen. Es erging ihnen wie ihm damals. Es war zu fremdartig. Der Schock war unglaublich groß. Auch für den Greis, denn der feinstoffliche, permanente Verbindungsfaden zur Quelle war bereits wieder durchtrennt worden. Der Schmerz, die Trauer darüber war kaum auszuhalten. Filippo seufzte und fühlte mit den Ankömmlingen. Auch ihm war es einst so ergangen. Bereits am ersten Tag war es unerträglich gewesen und da lagen all diese Jahrhunderte auf dieser primitiven Welt erst noch vor ihm.

Der süßliche Geruch verflog jetzt schnell und der Greis erwachte aus seiner Starre. Rasch kniete er sich neben die beiden Neuankömmlinge und kontrollierte ihren Gesundheitszustand. Sie standen lediglich unter dem üblichen Schock. Der Sturz hatte zu keinen Verletzungen geführt. Die beiden Reisenden hatten weibliche Körper bekommen. Der Greis wusste, dass er ihnen momentan nicht helfen konnte. Die tiefe Bewusstlosigkeit, die durch den Schock ausgelöst worden war, würde noch einige Stunden andauern.

Filippo schloss die hölzernen Tür, die in einen Seitenarm der Höhle führte, sorgfältig hinter sich ab. Er betrat einen wenig begangenen Pfad, der noch etwas tiefer in das Wäldchen führte. Trotz seiner Gebrechlichkeit eilte er mit raschen Schritten davon. Nach einige Minuten erreichte er, versteckt hinter einer dornigen Hecke aus wilden Rosen, eine flache, langgezogene Hütte. Diese war durch ihre niedrige Bauweise und ihre verborgene Lage nur sehr wenigen Menschen bekannt. Diese wussten lediglich, dass dort ein alter, wortkarger Einsiedler sein ärmliches Dasein fristete. Filippo hatte die Hütte in der Zwischenzeit erreicht und öffnete rasch die klobige Tür. Er ging zu einer alten Truhe und holte mehrere Kleidungsstücke und zwei grobe handgewebte Decken heraus. Neben einer primitiven Kochstelle stand ein hölzerner Kübel mit Wasser, den er zusammen mit einer tönernen Schale hochhob. Dann machte er sich eilig auf den Rückweg. Es war jetzt kurz nach Mitternacht, außer ihm war um diese Stunde in dieser einsame Gegend sicherlich keine Menschenseele unterwegs.

Unbemerkt erreichte er wieder die Höhle. Filippo vergewisserte sich trotzdem mehrmals, dass er allein war, bevor er die hölzerne Tür aufschloss. Als er nach kurzer Zeit wieder in dem versteckten Raum ankam, lagen die beiden Neuankömmlinge immer noch genauso starr da, wie er sie verlassen hatte. Die Bewusstlosigkeit dauerte noch an. Der alte Reisende kniete sich neben die Ankömmlinge hin und benetzte vorsichtig die Lippen der beiden Menschen mit Wasser. Er tat dies sehr sorgfältig, da er wusste, dass das Durstempfinden bei den beiden, genauso wie bei ihm, nicht besonders ausgeprägt war. Aber sie mussten jetzt etwas trinken, für die Funktion ihrer Körper war ausreichend Flüssigkeit unbedingt erforderlich. Behutsam legte er die mitgebrachten Decken über die beiden Körper. Die Kleidungsstücke legte er auf den Tisch. Er würde sich in der nächsten Zeit intensiv um die Neuankömmlinge kümmern müssen. Seine letzte Aufgabe in dieser Welt, dann durfte er endlich zur Quelle zurückkehren.

Jonathan

Antwerpen - 1576 n. Chr.

Er hätte natürlich eingreifen können. Jonathan hatte durchaus die Macht dem Plündern, Metzeln und den vielen anderen unbeschreiblichen Gräueltaten ein Ende zu bereiten. Aber er tat es nicht. Vielmehr saß er jetzt schon zwei Tage in dem kleinen zugigen angemieteten Turmzimmer am Fenster und sah dem unbeschreiblich niederträchtigem Treiben mit Abscheu zu. Sinnlose Raserei, ein völlig abartiges Verhalten – eigentlich wäre das Geschehen in den letzten zwei Tagen[45] ein ausreichender Grund, um Kontakt mit der Quelle aufzunehmen. Sollte man diese Hominiden tatsächlich weitergewähren lassen? Ihnen noch mehr Zeit einräumen? Anderenteils war Jonathan von Natur aus unglaublich langmütig. In dem langen Zeitraum in der sich bereits auf diesem Planeten aufhielt war seine Geduld oft genug gefordert gewesen.

Diese Menschen! Was für eine sonderbare Lebensform! Jonathan zweifelte daran, dass es den Hominiden irgendwann gelingen sollte, friedlich zusammenzuleben. Zur Vernunft zwingen konnte man sie nicht. Es bedurfte schon ihrer eigenen Einsicht und die war offensichtlich nicht ausreichend, zumindest nicht bei jedem vorhanden. War er mitschuldig an diesem Genproblem? Jonathan hatte nämlich an der Programmierung der ersten DNA-Strängen[46] mitgewirkt und gab sich immer eine Mitschuld, wenn die Menschen sich anders als geplant, nein erhofft, entwickelten.

---

45 das schreckliche Geschehen dauerte im November 1576 drei Tage
46 Desoxyribonukleinsäure / eine auf Desoxyribonukleotiden aufgebaute Nukleinsäure

Grund für die gerade andauernden Auseinandersetzungen war der ausstehende Sold an Söldnertruppen. Diese holten sich jetzt mit Gewalt, was ihnen ihrer verqueren Meinung nach zustand. Ob die Hominiden tatsächlich irgendwann verstanden, dass es für ein sinnvolles, geistig hochstehendes Leben in der Gemeinschaft so primitive Dinge wie Zahlungsmittel überhaupt nicht bedarf? Jonathan glaubte es nicht. Und wie so oft traf es Unschuldige![47]

Paris - 1600 n. Chr.

Seit ihrem Aufenthalt in Paris hatte die Seine schon mehrmals Hochwasser geführt. Die Überschwemmungen hatte die wirtschaftliche Lage der Bevölkerung noch weiter verschlechtert. Auch sonst hatte die Stadt einige turbulente Jahre hinter sich. Elisabeth und Hedwig waren stets äußerst vorsichtig gewesen. Es gelang ihnen während der Hugenottenkriege und vor allem in der berüchtigten Bartholomäusnacht[48], in der mehrere Tausend Hugenotten[49] ermordet worden waren unbehelligt zu bleiben.

Ihre Suche nach dem Djed hatte sie weit in Europa herumgeführt. Aber trotz ihres Bemühens hatten sie keine neue Spur gefunden.

---

47 geschätzt bis zu 10.000 Menschen fielen den dreitägigen Unruhen zum Opfer
48 24. August 1572
49 französische Protestanten

Um effektiver zu sein beschlossen sie deshalb sich zu trennen. Elisabeth sollte die Suche in der Schweiz fortsetzen. Hedwig würde sich in Galicien umsehen. Auf einem alten Wanderweg befand sich eine Stelle, an der mit der Quelle Kontakt aufgenommen werden konnte. Hedwig würde dort eine feste Bleibe einrichten. Die Übergänge galt es zu schützen und zu bewachen. Ihre Zahl hatte sich in den letzten Jahren verringert. Diese Menschen breiteten sich immer weiter aus und zerstörten in ihrer Unwissenheit viele der alten heiligen Verbindungen. Zwar fanden die Energielinien[50] immer wieder zu einem Netz zusammen, aber die großen starken natürlichen Kraftorte wurden leider weniger.

Jonathan

Münster- 1648 n. Chr.

Pax Westphalica![51]

Tief in Gedanken versunken saß Jonathan in einer Kirche. Er hatte sich dafür die Pfarrkirche St. Mauritz, den ältesten Sakralbau in Münster ausgesucht. Es war schon merkwürdig, dass er, der so überhaupt keinen Bezug zum Glauben der Menschen hatte, gerade

---

50 Ley - Linien
51 Westfälische Friede / Westfälische Friedensschluss

in ihren religiösen Stätten zur Ruhe kam und seine Gedanken ordnen konnte.

Wenn er an den Grund dachte, warum er sich nach Münster begeben hatte, empfand er tiefe Abscheu! Erneut hatte es lange gedauert, bis diese Menschen zur Vernunft gekommen waren. Hungersnöte, Seuchen, Entvölkerung. Zahlreiche Dörfer und Städte verwüstet und Millionen von Toten. Manchmal hatte Jonathan doch tatsächlich darüber nachgedacht, ob es diesen seltsamen Wesen ein gewisses Vergnügen bereitete sich gegenseitig so viel Leid zuzufügen. Aber das war natürlich Unsinn. Nur, es blieben Zweifel. Über dreißig Planetenumläufe hatte man benötigt, um diesmal halbwegs eine gemeinsame Lösung zu finden. Ob dieser Frieden lange Bestand haben würde bezweifelte Jonathan.

Und diese vielen Widersprüche! Erst vor einigen Wochen war er in Nürtingen gewesen und hatte dort die Stadtkirche angesehen. Die Kanzeldeckel[52] hatte ihn tief beeindruckt. Was für eine Kunstwerk[53]. Sechzehn Jahre vorher hatte Jonathan sich in Lützen befunden und war Augenzeuge eines furchtbaren Gemetzels geworden. Anders konnte man dieses Zusammentreffen mehrere Heere nicht bezeich-

---

52 seit 1759 in der Stadtkirche Neuffen
53 Bildhauer Simon Schweizer

nen. Irgendwann schloss Jonathan seine Augen, weil er die zahlreichen toten Menschen[54] mit ihren schrecklichen Wunden nicht mehr sehen wollte. Was waren das für Lebewesen die sechs Stunden mit solcher Grausamkeit auf ihre Artgenossen einschlugen?

Jonathan beschloss sich für einige Zeit in die Einsamkeit Norwegens zurückzuziehen. Dort am Lovatnet See war er schon etliche Male gewesen. Der See wurde von zwei Gletschern[55] gespeist und lag sehr abgelegen. Er lag abseits von den üblichen Verkehrswegen. Eine friedliche und ruhige Gegend. Hier würde er ein paar Jahre bleiben und über den widersprüchlichen Charakter dieser Hominiden nachdenken. Danach plante er den einsam gelegenen Kontinent auf der Südhalbkugel des Planeten aufzusuchen.
Kanton Glarus - Schweiz 1773 n. Chr.

Elisabeth wurde heute hingerichtet. Das Urteil des Gerichts war ihr gerade verkündet worden. Sie war der Hexerei angeklagt gewesen. Elisabeth hatte den Fehler gemacht ihr Wissen über die örtlichen Heilpflanzen zu nutzen um zwei Frauen von einem langjährigen bösen Unterleibsleiden zu heilen. Die betroffenen Frauen hat nichts Besseres zu tun gehabt als von dem Wunder, dass ihnen widerfah-

---

54 die Schlacht am 16.11.1632 forderte über 6.000 Tote
  (darunter der schwedische König Gustav Adolf II.)
55 Jostedalsbreen und Tindefjellbreen

ren war zu erzählen und das rief den Neid und die Missgunst der örtlichen Mediziner und Kräuterweiber hervor. Diese hatten schon monatelang versucht den beiden Frauen zu helfen. Böswillige Lügen und fadenscheinige Verleumdungen über Elisabeth machten die Runde und schließlich erfolgte die Anklage der Hexerei.

Seit mehr als 200 Jahren war Elisabeth jetzt auf der Erde. Hedwig die mit ihr transformiert worden war, befand sich in Spanien und bereitete die Ankunft zweier weiterer Artgenossen vor. Von Hedwig konnte Elisabeth deshalb keine Hilfe erwarten. Ihren eigenen Djed hatte sie vor ihrer Festnahme geistesgegenwärtig noch verbergen können. In dem Versteck befand sich auch ein Hinweis auf den möglichen Aufenthalt des vor 4.600 Jahren in Ägypten verschollen Djeds.

Hedwig würde Elisabeths Djed und ihre Nachricht finden. Elisabeths Gefangennahme war so überraschend gekommen, dass sie ihren Djed nicht mehr zur Flucht benutzen konnte. Nun, Hauptsache war, dass er nicht diesen primitiven Menschen in die Hände fiel. Elisabeth schätzte die hiesige engstirnige Priesterschaft für so dumm ein, dass sie in ihrem bigottischem Wahn auf alles Fremdartige den Djed beschädigen könnten. Eine schreckliche Katastrophe wäre die Folge gewesen. Es würde ihrer Ansicht nach wahrscheinlich noch viele Generationen dauern, bis die Religionen auf diesem Planeten ein zivilisiertes kulturell hochstehendes Level erreichen würden.

Elisabeth hatte keine Angst vor dem Tod – es gab ihn für sie nicht. Sie würde in Kürze zur Quelle zurückkehren. Was sie unsagbar traurig machte, war die Tatsache, dass es in diesem Land[56] immer noch Hexenprozesse gab und Frauen hingerichtet wurden.

Kanton Glarus - Schweiz 1773 n. Chr.

Hedwig stellte ihren Wolfsfelltornister auf den staubigen Tisch, in der kleinen Hütte in der Elisabeth gelebt hatte. Sie setzte sich kurz auf einen hölzernen Hocker und griff nach dem Djed unter ihrem Umhang. Sofort durchströmte sie Wärme und Energie. Hedwig war mehrere Wochen unterwegs gewesen. Sie hatte sich sofort auf die Reise gemacht, als sie gespürt hatte, dass Elisabeth getötet worden war. Nichts anderes konnte der abrupte Abriss des energetischen Bandes, ähnlich einem starken körperlichen Schlages bedeuten, der sie beide seit ihrem Hiersein verbunden hatte.

---

56 am 13. Juni 1782 wurde in der Schweiz die letzte Hexe Europas (Anna Göldi) hingerichtet

Hedwig nahm sofort Kontakt zur Quelle auf. Die Ankunft ihrer Nachfolger musste verschoben werden. Wichtigste Aufgabe war es jetzt den Djed von Elisabeth in Sicherheit zu bringen. Hedwig ging davon aus, dass sich dieser in Elisabeths Versteck befinden würde. Der Verlust eines weiteren Djeds wäre eine Katastrophe. Hedwig glaubte aber nicht daran. Elisabeth hätten bei Gefahr wenige Minuten genügt, um ihn zu verbergen. Seit den Ereignissen in Ägypten im Jahr 2.853 v. Chr. gingen die Reisenden noch viel sorgsamer mit ihren Djeds um. In jeder Unterkunft, in der sie sich länger aufhielten, wurde deshalb ein sicheres Versteck angelegt.

Elisabeths kleine Hütte befand sich in der Nähe von Kloster Mariaburg[57]. Hedwig wischte über das winzige völlig verdreckte Fenster. Der nahe Rautispitz[58] lag im Nebel. Nach dem sie sich ein wenig gesammelt hatte, fiel Hedwigs Blick auf den Boden. Vor der kleinen offenen Feuerstelle befanden sich einige grob behauene Steinplatten. Hedwig nahm den alten verbogenen Schürhaken und hob eine der Platten hoch. Rasch griff sie in die Vertiefung und entnahm einen in Öl getränkten Lumpen. Sie wickelte ihn auf und nickte zufrieden, als sie den Djed sah. Daneben lag ein zusammengerolltes Stück Papier mit einer Koordinatenangabe. Hedwig setzte sich,

---

57 Näfels im Kanton Glarus. Damals Kapuzinerkloster seit 1986 Franziskanerkloster
58 2283 Meter über Meer

blitzschnell schob sie Elisabeths Djed unter ihren Umhang. Nachdenklich blickte sie dann auf den kleinen Papierschnipsel. Mit solchen Angaben konnten Menschen nichts anfangen. Für Hedwig bedeutete es, dass sich an diesem Ort etwas sehr Wichtiges befinden musste. Sollte Elisabeth tatsächlich einen Hinweis auf den gestohlenen Djed gefunden haben?

Hedwigs Entschluss stand fest, sie musste Kontakt mit der Quelle aufnehmen. Wichtige Entscheidungen waren zu treffen. Nachdem sie die Ortsangaben auswendig kannte, warf sie das kleine Stück Papier in die Feuerstelle und zündete es an. Anschließend griff sie nach ihrem Wolfsfellkanister und machte sich auf den Rückweg.

Einsiedelei bei Ferreiros[59] – 1780 n. Chr.

Die Entscheidung war gefallen, Hedwig sollte in Ferreiros bleiben. Für die Suche nach dem Djed war von der Quelle ein weiterer Reisender angekündigt worden. Der Ankömmling hatte eine männliche Gestalt und nannte sich genauso wie bei seinem letzten Hiersein vor 250 Jahren Filippo.

---

59 Provinz Lugo / Galicien / Spanien / Camino Primitivo / Jakobsweg

„Ist es nicht ungewöhnlich, nach einer so kurzen Ruhepause erneut auf dem gleichen Planeten eingesetzt zu werden?", fragte Hedwig den Ankömmling neugierig, als sich dieser von der Transformation erholt hatte. „Du hast recht. Der Hintergrund ist, dass sich nach Elisabeths Angaben der Djed wahrscheinlich in einem Land befindet, in dem ich mich bei meinem letzten Aufenthalt bereits lange Zeit aufgehalten habe. Das ist ein Vorteil für uns und", Filippo zögerte kurz, bevor er weitersprach, „ich könnte mein Fehlverhalten mit den angefertigten Büchern wieder gutmachen." „Was ist mit den zwei Büchern?" Filippo winkte ab, „leider immer noch keine Spur. Aber meine jetzige Aufgabe ist es den Hinweisen Elisabeths nachzugehen und mich um den gestohlenen Djed zu kümmern." „Warum hat Elisabeth den Djed eigentlich nicht sofort geholt und in Sicherheit gebracht? Hast du darüber etwas erfahren?"

„Nun", Filippo trank vorsichtig etwas Wasser, bevor er weitersprach. „Von Elisabeth haben wir erfahren, dass ihr Matthäus ein Kapuzinermönch aus dem Kloster Mariaburg eine Geschichte erzählt hat, die sie sofort mit dem von uns gesuchten Djed in Verbindung brachte. Matthäus berichtete, dass sich in ihrem Kloster vor mehr als 350 Jahren einige Wochen ein Mönch aus Schottland befunden hatte. Dieser nannte sich Andrew nach dem in Schottland verehrten

Apostel Andreas[60]. Andrew kam eines Tages völlig erschöpft und abgemagert im Kloster an und bat um Schutz und vorübergehendes Asyl, bis er wieder zu Kräften gekommen war. Dies wurde ihm selbstverständlich gewährt, da er sich in einem erbarmungswürdigen körperlichen Zustand befand. Wie sich herausstellte hatte Andrew seit Wochen alle Wege und Straßen gemieden, auf denen die Gefahr bestand anderen Menschen zu begegnen und sich nur sehr vorsichtig durch die Wälder bewegt. Ernährt hat er sich in dieser Zeit lediglich von Wurzeln, Beeren und Pilzen, die er aus seiner Heimat kannte. Andrew wurde in Mariaburg gesund gepflegt. Nach seiner Genesung erzählte er von den Grund seiner Reise und was ihm dabei alles widerfahren war. Andrew war Mönch einer in großer Abgeschiedenheit in Schottland lebendem verbliebenen Gruppe der Templer.

König David I.[61] hatte dem Orden dort einst mehrere Ländereien überlassen. Bereits kurz nach der Gründung des Ordens lebten einige der Templerritter sehr zurückgezogen in der Nähe von Balantradoch[62] und entkamen deshalb der allgemeinen Verfolgung, die im Jahr 1307 ihren Anfang nahm.

---

60 Bruder des Apostels Simon Petrus
61 1080 - 1153 (schottischer König ab 1124)
62 südlich von Edinburgh gelegen

Die kleine Templergemeinschaft hatte ihren Auftrag einst direkt von Hugues de Payns[63] erhalten. Sie sollten in der Abgeschiedenheit Schottlands wertvolle Artefakte, Schriftrollen, Gold und Edelsteine bewahren und beschützen. Man muss dazu wissen, dass König Balduin II.[64] den Templerorden im Jahr 1119 seinen Palast auf dem Jerusalemer Tempelberg überlassen hatte. Die Ritter bauten den Palast aus und begannen gleichzeitig heimlich mit Grabungen unter den bereits bestehenden Gebäuden. In einer verborgenen unterirdischen Kammer fanden sie damals mehrere steinerne Behältnisse, in denen sich neben zahlreichen Goldmünzen und Edelsteinen, Stelen aus der Zeit der Könige David[65] und Salomo[66] sowie Schriftrollen von König Herodes I.[67], von Herodes Antipas[68], Pontius Pilatus[69] und sogar von Jesus Christus[70] befanden. Von diesem waren zur großen Überraschung der Templer einige persönliche und deshalb unermesslich wertvolle Gegenstände eingelagert worden.[71]

Die aufgefundenen Schriftrollen waren aus Leder und in Tonkrügen eingelagert und deshalb in einem außerordentlich guten Erhal-

---

63 Gründungsmitglied des Templerordens und ihr erster Großmeister
64 ab 1118 König von Jerusalem
65 ca. 1.000 v. Chr. / bekannt ist der Kampf zwischen David und dem Philister Goliath
66 Sohn von David
67 Herodes der Große 73 v. Chr. - 4 v. Chr.
68 Sohn von Herodes I.
69 Präfekt des römischen Kaisers Tiberius
70 Jesus Christus konnte schreiben und lesen / Lukas 4:16-31
71 deshalb auch die Vermutung, dass die Templer den Heiligen Gral gefunden hatten

tungszustand. Außerdem lagen einige seltsame Kultgegenstände dabei, welche die Juden bei ihrer Flucht aus Ägypten mitgebracht hatten. Einer dieser Artefakte wurde als wertvoll, aber auch äußerst ungewöhnlich beschrieben. Er hatte einen Stiel, der von der Hand umschlossen werden konnte. Das eine Ende bildete einen breiten Abschluss, dass andere ragte etwas aus der Hand heraus. Seine leicht abgerundete etwas ovale Form wurde von vier Rechtecken eingeschlossen. Das Material[72] war unbekannt. Das ganze Artefakt war unglaublich präzise gearbeitet und mit eingelegten Edelsteinen und Mineralien[73] verziert. Überraschend war das leichte Gewicht und dass sich das Gebilde stets warm anfühlte. Nach Ansicht von Schriftgelehrten aus der damaligen Zeit war der Gegenstand ganz offensichtlich nicht von dieser Welt. Hugues de Payns ließ ihn und weitere Artefakte heimlich über Kastilien und Navarra nach Schottland bringen.

Nach der Auflösung des Templerordens[74] durch Papst Clemens V. zeigte sich, wie vorausschauend Hugues de Payns einst gehandelt hatte. Einigen weiteren Templern gelang die Flucht über Portugal und Spanien nach Schottland. Sie lebten dort unerkannt und bewachten weiterhin die ihnen anvertrauten Wertgegenstände und

---

72 Platin- Goldlegierung?
73 u.a. sehr wahrscheinlich Kyawthuite, Painit. Alexandrit, Tibetanit ...
74 am 22.03.1312 durch die Bulle „Vox in excelso"

Artefakte. Andere zogen weiter, fuhren sogar über den Atlantik und fanden verborgen von der übrigen Welt dort eine neue Heimat.

Im Jahr 1407 beschloss die kleine verborgen lebende Gemeinschaft in Schottland, dass es jetzt fast 100 Jahr nach der Auflösung des Ordens durch den Papst an der Zeit war, wieder aus der Versenkung aufzutauchen. Vielleicht bestand die Möglichkeit, dass der jetzige Papst die ungerechtfertigte Entscheidung von Papst Clemens V. offiziell revidierte und den Orden erneut anerkannte. Der Ritterbruder Andrew bekam von der Gemeinschaft deshalb den Auftrag zum amtierenden Papst Gregor XII.[75] zu reisen und ihm als Beweis des guten Willens der verbliebenen Templer einen der geheimnisvollen Gegenstände und mehrere der damals aufgefundenen Goldmünzen[76] zu übergeben. Falls der Papst dem Wunsch der verbliebenen Tempelritter nachkommen sollte und die Aufhebung des Ordens rückgängig machen würde, wären sie ihm im Gegenzug bereit äußerst wertvolle Schriftrollen aus der Zeit Jesus Christus zu übergeben. Angeblich hatte dieser einige der Texte selbst verfasst, ihr Inhalt befasste sich unter anderem mit ...", Filippo brach ab und trank abermals ein kleinwenig Wasser. „Nun das ist nicht so wichtig für uns. Andrews Reise begann im Jahr 1410. Die politischen und

---

75 ca. 1335 - 1417 / 1406 - 1415 Papst
76 Aureus / 8,19 g schwere römische Goldmünze

kirchlichen Zeiten waren zu dieser Zeit äußerst wirr. Es gab neben Gregor XII. nämlich gleichzeitig noch zwei Gegenpäpste. Das waren Alexander V. und Johannes XXIII. Andrew musste deshalb äußerst umsichtig vorgehen. Trotz etlicher Versuche gelang es ihm nicht bis zu Papst Gregor XII. vorzudringen. Dann starb Gregor XII. und es herrschte zwei Jahre Sedisvakanz[77].

Die finanziellen Mittel von Andrew waren in der Zwischenzeit aufgebraucht, seine Odyssee dauerte schließlich schon mehrere Jahre an, ohne dass sich ein Ende seiner Reise abgezeichnet hätte. Andrew entschloss sich deshalb wieder nach Schottland zurückzukehren. Allerdings wollte er die wertvollen Gegenstände nicht erneut auf eine so lange Reise mitnehmen. Andrew beschloss seinen Rückweg über die Schweiz zu nehmen und in die Wertgegenstände, die in sich gut geschützt in einem ledernen Köcher befanden, in La Chaux[78] zu lassen. Dort hatte sich bis zum Verbot des Ordens ein Haus der Templer befunden. Die ehemaligen Besitztümer waren auf den Orden vom Hospital des Heiligen Johannes zu Jerusalem[79] übergegangen. Zu diesen hielten die Templer in Schottland immer noch guten Kontakt.

---

77 Unbesetztheit des Stuhls / papstlose Zeit von 1415 - 1417
78 Kanton Waadt in der Schweiz
79 Johanniterorden

Als er auf seiner Rückreise eines Nachts in der Nähe von Soave[80] in einer Herberge übernachtete bemerkte er zu seiner Überraschung, wie drei Mönche aus seinem Konvent die Gaststube betraten. Andrew erkannte in Christopher Blaan[81] den Sprecher der Gruppe die vehement gegen seinen geplanten Besuch beim Papst gewesen war. Aus einem beklemmenden Gefühl heraus verbarg sich Andrew vor den drei und belauschte heimlich ihr Gespräch. Anscheinend hatte der Orden sich aufgrund seiner langen Abwesenheit gesorgt, dass er überfallen und beraubt worden war, oder noch schlimmer, dass er sich mit den wertvollen Artefakten vom Glauben entfernt hatte und jetzt ein ausschweifendes weltliches Leben führen würde.

Wie Andrew aus dem Gespräch der Mönche erfuhr, hielten die drei nicht nur die damalige Entscheidung ihres Abtes für falsch. Sie und weitere Mönche hatte sich in der Zwischenzeit von den Templern abgespalten. Sie nannten sich "Die Gilde" und fühlten sich lediglich der absoluten Wahrheit verpflichtet. Der absoluten Wahrheit? Andrew verstand den Sinn dieser Aussage nicht. Sie waren Mönche und ihr Glaube bestand doch aus der göttlichen Wahrheit?

---

80 Provinz Verona
81 wahrscheinlich nannte sich dieser Mönch nach Blane einem heiliggesprochenen Bischof der Pikten (schottisches Urvolk)

Wie Andrew aus dem Gespräch der drei erfuhr, waren sie vor allem auf der Suche nach dem Artefakt, dass er mitführte. Falls der seltsame Gegenstand, der damals in Jerusalem gefunden worden war, wirklich nicht von dieser Welt war, galt es festzustellen, woher und vor allem von wem er kam. Vielleicht war er tatsächlich ein Geschenk Gottes und die Menschheit war damals lediglich noch nicht reif genug gewesen, um den Wert des Geschenkes zu erkennen, oder sie hatten es bereits wieder vergessen. Aber wenn alles einen göttlichen Grund hatte, bedeutete das doch, dass dieser Gegenstand ein äußerst machtvolles Instrument darstellen musste.

Andrew war fassungslos über den Inhalt des belauschten Gesprächs. Er verstand nicht, wie man sich gleichzeitig der göttlichen Wahrheit verpflichtet fühlen konnte und den Orden verlassen konnte. Hatten sich nicht alle gläubige Ordensbrüder der absoluten göttlichen Wahrheit verschrieben? Andrew verließ noch in der gleichen Nacht heimlich die Herberge und tauchte in den nahen Wäldern unter. Er sah es als seine Pflicht an, den vom Abt erhaltenen ledernen Köcher zu schützen und vor der Gilde zu verbergen. Absoluter Gehorsam gegenüber dem Großmeister gehörte zu den Ordensregeln.[82] Seit sie im Verborgenen lebten verzichteten sie auf ihre offiziellen Titel ihrer Hierarchie und redeten den Großmeister mit Abt

---

82 diese waren festgelegt auf dem Konzil von Troyes 13.01.1128 festgelegt worden

an. Andrew würde seine Gelübde niemals brechen. Das kam seiner Überzeugung nach einer Todsünde gleich. Er fühlte sich zutiefst den ehernen Regeln des Templerordens verpflichtet. Deshalb war er vom Orden auch als Bote ausgesucht worden.

Aber Andrew war in diesem Land auf sich allein gestellt und musste Vorkehrungen treffen, damit ihn die drei Gildenmitglieder nicht finden würden. Als er einige Tage später in der Provinz Verona in einer felsigen unzugänglichen Karstlandschaft auf der Suche nach einem nächtlichen Unterschlupf war, fand er zufällig eine versteckt liegende Höhle. Zu sehen war davon zunächst nur ein unscheinbares Erdloch, in das er hineingestolpert war. Als er sich neugierig weiter hineinschob, stellte er fest, dass es sich um eine große Höhle handeln musste, die aber teilweise eingestürzt und deshalb schwer zugänglich war.

Am nächsten Tag untersuchte Andrew neugierig die Höhle[83] und fand darin deutliche Hinweise[84], dass sich hier einst Höhlenmenschen aufgehalten haben mussten. Wenn diese Höhle aber vor so langer Zeit bewohnt gewesen war und sich keine Anzeichen fanden, dass die Höhle seitdem betreten worden war, stellte sie einen

---

83 Grotta di Fumane / Gemeinde Fumane / Provinz Verona
84 ein Fundstück war ein rot bemalter Stein auf dem vermutlich ein Schamane abgebildet ist

idealen Aufbewahrungsort für den ledernen Köcher dar. Er verbarg ihn sorgfältig unter einem Haufen kleinerer Felsbrocken und markierte diesen mit einem kleinen Stein, in den er das Tatzenkreuz[85] der Tempelritter einritzte.

Einsiedelei bei Ferreiros – vier Stunden später

Hedwig hatte darauf bestanden, dass Filippo die vorgeschriebenen Anpassungsphasen einhielt und sich ausruhte. Als er nach einigen Stunden wieder erschien, reichte sie ihm einige Früchte. Neugierig sah sie ihm beim Essen zu. „Nun berichte schon: was geschah weiter mit Andrew?" „Er wurde wieder gesund. Den langen Weg zurück nach Schottland wollte er aber nicht mehr auf sich nehmen. Er hat das Kloster Mariaburg verlassen und wollte weiter zu dem Prämonstratenserkloster in Churwalden. Ein Bruder von Andrew hatte sich in der Nähe dieses Klosters niedergelassen. Andrew ist in Churwalden aber nicht angekommen, da er auf der Passstraße zur Lenzerheide[86] bei einem Unfall mit einer Kutsche tödlich verunglückt ist. Mehr konnte der Mönch mit dem Elisabeth gesprochen hatte nicht berichten."

---

85 Kreuz mit sich verbreiternden Balkenenden
86 Kanton Graubünden

„Hat Elisabeth versucht den Djed zu bergen?" Hedwig sah Filippo neugierig an. „Natürlich, sie hat sich sogar auf den Weg Richtung Verona gemacht, um den Wahrheitsgehalt von Andrews Geschichte zu überprüfen. Insbesondere war es wichtig zu erfahren, ob es das Gebiet, in das nach Andrews Schilderung das Versteck des Djed liegen sollte, auch tatsächlich gibt. Elisabeth kam zu der Zeit nach Verona, als dort gerade ein musikalisches Wunderkind[87] Konzerte gab. Die Stadt war in völliger Aufregung über dessen musikalischem Können. Elisabeth gelang es sich im Domkomplex[88] in der Kapitularbibliothek[89] umzusehen. Es handelte sich hier um die umfangreichste und älteste Bibliothek der Welt. Wenn es Aufzeichnungen über eine alte und große Höhle in einem nahen Karstgebirge geben sollte, musste sich diese in dieser Bibliothek befinden. Leider fand Elisabeth aber keine Unterlagen, die ihr weitergeholfen hätten. Sie wanderte deshalb selbst ziellos weiter im Gebiet des Gardasees umher und kam dabei nach Salò[90]. Dort gibt es die Accademia degli Unanimi[91]. Neben ihrer Lehrtätigkeit hatten sich einige der dortigen Gelehrten mit Erforschung der Böden befasst. Sie suchten geeignete Lagen für den Weinanbau. Elisabeth sah sich einige Aufzeich-

---

87 Wolfgang Amadeus Mozart gab im Januar 1770 in Verona ein Konzert
88 Altstadt von Verona
89 ehemals Skriptorium der Schola Majoris Ecclesiae des 5. Jahrhunderts
90 Westufer des Gardasees
91 Universität gegründet 1564

nungen von ihnen an und entdeckte ein Gebiet, welches der von Andrew geschilderten Landschaft entsprach. Es gelang ihr dabei das betreffende Gebiet so weit einzugrenzen, dass sie glaubte das Versteck des Djed, falls sich dieser in dem ledernen Köcher befunden hatte, aufgespürt zu haben.

Allerdings wollte sich Elisabeth absichern und sich nicht ohne Begleitung auf die Suche begeben. Als Frau allein herumzuziehen wäre keine kluge Entscheidung gewesen. Sie hatte nämlich festgestellt, dass genau wie Andrew berichtet hatte, einige umherwanderte Mönche unterwegs waren, die seltsame Fragen stellten und vor allem keinem der örtlichen Klöster angehörten. Elisabeth beschloss deshalb zunächst in die Schweiz zurückzukehren und Kontakt mit der Quelle und Hedwig aufzunehmen.

Kaum, dass sie in ihrer kleinen Hütte angekommen wurde sie von zwei Frauen aufgesucht, welche sie verzweifelt baten, sie doch von einem schmerzhaften und übelriechenden Ausfluss zu heilen, welche die beide schon lange quälte. Keiner der örtlichen Mediziner hatte ihnen bisher helfen können.

Elisabeth gab den bedauernswerten Frauen eine Kräutermischung mit, welche hauptsächlich aus Frauenkraut[92] und Kapuzinerkresse bestand. Außerdem empfahl sie den beiden unbedingt täglich reinigende Waschungen mit frischem Quellwasser durchzuführen, in das sie Propolis, Salbei und Kamille einmischen sollten.

Während Elisabeth auf einen Brief von Hedwig wartete, wurde sie festgenommen und der Hexerei angeklagt. Es war den Anklägern einfach unvorstellbar, dass einige Heilkräuter und eine gute Hygiene allein für eine Heilung bei einem solch hartnäckigen Frauenleiden geholfen haben sollten. Vor allem nach dem die vorher aufgesuchten Mediziner nicht helfen konnten. Der Rest ist dir bekannt." „Ja", Hedwig schüttelte ihren Kopf, „diese Menschen und ihre Religion, mir fehlt das Verständnis dafür. Ich verstehe ihre Ansichten einfach nicht."

Villa Morrione - Rom – 1774 n. Chr.

„Und wie war es?", neugierig sah Gregor Morrione seinen Bruder an. Benjamin lächelte. „Schön, wirklich sehr erhaben." Er griff nach dem Weinbecher, den ihm Gregor hinhielt. „Es war stockdunkel in

---

92 Schafgarbe / wirkt krampflösend und entspannend

der Sixtinischen Kapelle gewesen. Das "Miserere"[93] ist jedes Mal ergreifend und die päpstlichen Sänger waren wirklich gut. Also sogar außergewöhnlich gut." „War der Papst auch da?" Benjamin nickte, „ja, ich habe Clemens XIV.[94] kurz gesehen. Aber ich habe mich, wie du mir empfohlen hast, im Hintergrund gehalten."

„Schön", Gregor atmete tief aus, „unsere Vereinigung ist zwar reich und verfügt in der Zwischenzeit über weitreichende und auch einflussreiche Beziehungen, aber die Zeit ist noch nicht reif, um offen aufzutreten. Wenn sie es denn jemals sein wird. Für die Gilde ist es vernünftiger im Verborgenen zu bleiben und von dort aus zu agieren. Unsere Suche nach der absoluten letzten Wahrheit wird nicht jedem gefallen. Die Kirche ist der Beziehung ..." „Ich weiß", unterbrach ihn lächelnd sein Bruder, „mächtig und kann uns gefährlich werden." „Schlimmer", Gregor schenkte sich Wein nach, „sie ist tödlich, weil sie glaubt allmächtig zu sein und davon ausgeht die Geltungshoheit über die Wahrheit gepachtet zu haben. Wenn sie von der Gilde erfährt, wird sie uns bekämpfen, und zwar mit allen Mitteln." „Ich weiß, Giordano Bruno[95], Galileo Galilei[96] und viele andere

---

93 Bußpsalm von Gregorio Allegri
94 1705 - 1774
95 1548 - 1600
96 1564 - 1642

welche durch die primitiven Ankläger der Inquisition der Häresie[97], Hexerei und sonstigen erfundenen Behauptungen getötet wurden."

„Bist du in der Zwischenzeit weitergekommen?", Benjamin wechselte das Thema und deutete auf das kleine Buch, dass sein Bruder in Händen hielt. „Nein, der Inhalt bleibt für mich ein Mysterium", ärgerlich legte Gregor das Buch auf die Seite. „Nun", lächelte Benjamin, „Hauptsache ist doch, dass es sich in unserem Besitz befindet. Schließlich haben wir uns der Wahrheit verpflichtet. Und ich glaube, dass wir da auf der Welt ziemlich allein dastehen. Kirche und Staat legen den Begriff Wahrheit nach ihrer eigenen Ansicht und deshalb sehr beliebig aus. Irgendwann wird es uns schon gelingen diesen geheimnisvollen Text zu lesen."

Schweigen breitete sich zwischen den Brüdern aus. Benjamin griff nach dem kleinen Buch, dass sich seit dem Jahr 1773 mit weiteren wertvollen Gegenständen aus dem Collegium Romanum[98] im Besitz der Gilde befand. Nachdem Papst Clemens XIV, den Jesuitenorden aufgehoben hatte[99] wurden von einigen der dortigen Jesuiten die insgeheim mit Gildemitgliedern sympathisierten Kisten voller Unter-

---

97 Ketzerei
98 heute Päpstliche Universität Gregoriana
99 durch das Breve Dominus ac Redemptor (21.07.1773)

lagen in die Villa Morrione dem Zentrum der Gilde in Italien gebracht.

Als Benjamin Morrione damals eine der Kisten öffnete fand er ein geheimnisvolles kleines Buch, dass sich ehemals im Nachlass von Athanasius Kirchner[100] befunden hatte. Nach einer beiliegenden Notiz hatte Kirchner von Johannes Marcus Marci[101] sogar zwei solcher Bücher erhalten mit der Bitte den geheimnisvollen Inhalt für ihn zu übersetzen.

Kirchner hatte offenbar erkannt, dass der Text des einen Buches in phönizischen Schrift[102] verfasst worden war. Der Inhalt des anderen Buches war völlig fremdartig und blieb für ihn völlig unverständlich. Skizzierte Bilder fanden sich darin die nicht von dieser Welt waren. Kirchner legte dieses Buch zunächst beiseite und befasste sich nur mit dem Text des anderen Buches. Aufgrund seiner zahlreichen Verpflichtungen geriet die gewünschte Übersetzung aber irgendwann in Vergessenheit und das Buch landete schließlich in einer

---

100 Athanasius Kircher (1602 - 1680) war ein deutscher Jesuit, Universalgelehrter
  Professor der Theologie und Philosophie
  er lehrte und forschte u.a. am Collegium Romanum in Rom
101 u.a. als Professor, Dekan und Rektor der Karls-Universität in Prag
  Leibarzt von Kaiser Ferdinand III. und Leopold I.
  freundschaftliche Verbindung zu Athanasius Kircher
102 Verwendung im Mittelmeerraum vom 11. bis 5. Jahrhundert v. Chr.

Kiste von Kirchners Nachlass. Über den Verbleib des zweiten Buches war nichts bekannt.

Die Brüder Morrione waren die Obersten Sprecher der Gilde in Italien. Die Gilde hatte sich seit ihrer Abspaltung von den Templerorden stetig weiterentwickelt. Zahlenmäßig blieben sie zwar sehr elitär. Nur wenige ausgesuchte und vielfach überprüfte Mitglieder wurden aufgenommen. Im Gegensatz zu anderen Geheimbünden wie den Freimaurern, oder den Rosenkreuzern[103], blieben sie tatsächlich völlig verborgen.

Finanziell war die Gilde äußerst gut ausgestattet. Die Wertgegenstände, die sie damals aus Schottland mitgenommen hatten, legten den Grundstock für ihre finanzielle Unabhängigkeit. Das Vermögen war durch kluge Investitionen in den Jahren stetig angewachsen. In der Zwischenzeit gehörten der Gilde bereits einige Firmen. Ihre Haupteinnahme bestand aber in Mietshäusern, da dort die Steuerbehörden bei der Klärung der Eigentumsverhältnisse und Mieteinnahmen meist überfordert war. So konnten viele Gelder am Staat vorbeigeschleust werden.

---

103 Hinweis: Die Illuminaten waren damals noch nicht gegründet

Die weitläufige Villa Morrione lag idyllisch in Trastevere einem Stadtteil von Rom direkt am Tiber gelegen. Gregor und Benjamin Morrione die Oberen Sprecher in Italien koordinierten von dort die Aktionen der Gilde.

Seit Christopher Blaan vor über 360 Jahren dem Templermönch Andrew gefolgt war, suchten die Gildemitglieder immer noch nach dem seltsamen Artefakt, das man Andrew damals anvertraut hatte. Aber dies war genauso wenig aufgetaucht, wie die Schriftrolle, die man ihm mitgegeben hatte oder die Edelsteine und Goldstücke. Das Gold war nicht wo wichtig, aber die Schriftrolle sollte einen sehr brisanten Inhalt haben. Deshalb musste sie in den Besitz der Gilde übergehen. Nur von ihr würde die Menschheit die Wahrheit erfahren. Die Kirche würde die Schriftrolle bestenfalls in irgendeinem düsteren Kellerloch verschimmeln lassen. Vielleicht konnte der Inhalt des Schriftstücks auch für Zwecke der Gilde genutzt werden?

Blaan war stets der Überzeugung gewesen, dass Andrew sämtliche Gegenstände irgendwo auf seinem Weg nach Rom versteckt haben musste. Aber leider hatte sich die Spur, der die Gilde damals eine Zeitlang gefolgt war, plötzlich aufgelöst. Blaan und seine Nachfolger gingen davon aus, dass Andrew damals bemerkt haben musste, dass er verfolgt wurde und deshalb untergetaucht war. Blaan hatte, als er Schottland verließ neben Gold und Edelsteinen selbst einige der Schriftrollen in seinen Besitz gebracht. Der Inhalt war gefährlicher wie der vor kurzem[104] von Alfred Nobel erfundene Sprengstoff.[105] Viele Geschehnisse der Geschichte mussten völlig neu betrachtet werden. Umso wichtiger stufte die Gilde ihre selbstgewählte Aufgabe ein, endlich Licht ins Dunkel zu bringen und die vollständige Wahrheit zu entschlüsseln. Ob man diese dann unbedingt der Öffentlichkeit mitteilen musste, wurde von vielen Gildemitgliedern in der Zwischenzeit äußerst skeptisch gesehen.

Mit seinen beiden Mitstreitern ließ sich Christopher Blaan damals zunächst in Verona nieder. Nachdem im Laufe der folgenden Jahre weitere Gildemitglieder aus Schottland gekommen waren, hatten sie auch in Mailand und Rom Häuser erworben. In den drei Städten waren stets mindestens zwei Gildemitglieder anwesend deren einzige Aufgabe darin bestand sich nach Personen umzusehen, die sich auffällig benahmen. Blaan war überzeugt davon, dass auch die Templer, die im Verborgenen lebten, weiter nach Andrew suchen würden. Eine Gefahr ging von ihnen nicht mehr aus. Zahlenmäßig spielten sie keine große Rolle mehr. Trotzdem versuchte die Gilde festzustellen, wo sich die Mönche dieser Gemeinschaft aufhielten.

---

104 1866
105 Dynamit

Sie mussten nämlich immer noch über eine große Anzahl von Wertgegenstände verfügen. Dabei waren das Gold und die Edelsteine weniger von Belang, die Schriftrollen waren das Ziel der Gilde. Angeblich enthielten sie Informationen mit denen Staaten und Religionen in ihren Grundfesten erschüttert werden konnten. Christopher Blaan wusste, dass man auch mit Informationen Geld verdienen und darüber hinaus Einfluss auf Kirche und Staat ausüben konnte

Die Gilde hatte in der Zwischenzeit auch außerhalb von Europa Niederlassungen errichtet. Wenn die Informationen ihrer Leute in den nordamerikanischen Kolonien von Großbritannien zutrafen, würde es dort in Kürze zu einer Eskalation[106] kommen. Die Gilde hatte bereits seit einiger Zeit ihre Geschäfte auf den weltweiten Waffenhandel ausgeweitet. Die Renditen waren sehr erfolgversprechend. Kriege würde es immer geben. Und wenn nicht, konnte man mit einem kleinen Schups einen herbeiführen. Die Sprecher der Gilde hatte schon längst erkannt, wie leicht sich Menschen manipulieren ließen.

Ein weitere Niederlassung der Gilde wurde gerade in der britischen Kolonie New South Wales[107] aufgebaut. Bald würden sie weltweit

---

106 Amerikanischer Unabhängigkeitskrieg 1775
107 Bundesstaat im Südosten Australiens

agieren. Und die Gilde war der erste Geheimbund, der tatsächlich völlig unerkannt von der übrigen Menschheit agierte.

Die Gesetze der Gilde waren einige Male neugefasst worden. Man hatte sie den zeitlichen Veränderung angepasst. Stillstand bedeutete Rückschritt. In der Zwischenzeit galt keine der ersten früheren Ordensregeln mehr. Der persönliche Glaube, die sexuelle Ausrichtung, das Geschlecht waren für die Mitgliedschaft in der Gilde völlig ohne Belang. Die einzige Verpflichtung war die absolute lebenslange Loyalität gegenüber der Gemeinschaft. Ein Austritt war nicht mehr möglich. Dafür erhielt jedes Gildemitglied monatlich ein Salär, von dem allein man gut leben konnte.

Leider war es der ersten Generation der Gilde nicht gelungen den gesamten geheimen Templerschatz in Schottland an sich zu bringen. Die damalige Templergemeinschaft war nach der Abspaltung der Gilde untergetaucht und blieb bisher unauffindbar. Es gab zwar immer wieder Gerüchte, dass es noch einige kleinere versprengte Gruppen geben sollte. Wahrscheinlicher war aber, dass sich der Orden in der Zwischenzeit komplett aufgelöst hatte. Das machte das Auffinden des Schatzes noch schwieriger. Vielleicht hatten die letzten Templer ihn unter sich aufgeteilt.

Auf Betreiben von Benjamin Morrione suchten die Gildemitglieder auch nach einem Buch, dessen Inhalt man nicht lesen konnte. Es konnte deshalb nicht von dieser Welt sein. Einziger Hinweis, den man hatte war, dass sich das Buch einst im Besitz von Athanasius Kirchner befunden haben sollte.

Jonathan

Australien - Uluru 1775 n. Chr.

Nach seinem Aufenthalt in Norwegen war Jonathan wie geplant nach Australien gegangen. Seit mehreren Tagen saß er jetzt schon im Schatten eines Eukalyptusbaumes und betrachtete nachdenklich den imposanten Berg aus Sandstein[108], der vor ihm aufragte. Er war den hier lebenden Menschen[109] ein heiliger Ort. Nach ihrem Glauben waren sie fest an dieses Land gebunden, da es ihnen vermacht worden war. Die Ureinwohner kannten zu Jonathans Überraschung keine Götter. Aber sie glaubten - und das erstaunte ihn noch viel mehr - an eine metaphysische Parallelwelt[110]. Sie waren damit viel feinfühliger, was die sie umgebende Natur anging, als die Menschen auf den anderen Kontinenten.

---

108 Akrose-Sandstein
109 Anangu
110 Traumzeit

Vor zwei Tagen war aus der Richtung des Berges einer der Anangu direkt auf ihn zugekommen und hatte sich, ohne etwas zu sagen neben ihn auf die Erde gesetzt. Jonathan war überrascht gewesen. Er konnte sich nicht erinnern, dass ihn einer der Menschen jemals so stark wahrgenommen hätte, außer er hatte es zugelassen. „Bist du einer dieser Fremden, von denen ich geträumt habe?" „Nein", antwortete Jonathan. Hatte dieser einfache Mensch in seinen Träumen tatsächlich die Ankunft der Europäer[111] gesehen? Dieser nickte und murmelte etwas Unverständliches vor sich hin. Anschließend nahm er einen kleinen hölzernen Stab und tippte damit eine Unzahl von Punkten in den Sand. „Sie werden über uns kommen wie Ungeziefer in der Nacht." Jonathan seufzte und nickte, dann fügte er mit Blick auf die Punkte im Sand und dem Uluru hinzu „das stimmt und sie werden sehr zahlreich sein."

Erneut herrschte langes Schweigen zwischen den beiden ungleichen Wesen. Dann erhob sich der Eingeborene, „ich habe geträumt, dass sie Anspruch auf unsere Heimat erheben, obwohl sie hier nicht geboren sind. Haben sie keinen eigenen Ursprung? Würdigen sie nicht die Erde anderer?" Er seufzte mehrmals tief, „es wird unseren Tod bedeuten. Wir sind an dieses Land gebunden, es schenkt uns das Leben." Dann stand er ohne weitere Worte auf und ging wieder in

---

111 im April 1770 betrat James Cook Australien

die Richtung des rotschimmernden Uluru. Jonathan nickte, diese Ureinwohner führten ein einfaches, aber gut strukturiertes Leben, dass im großen Einklang mit der sie umgebenden Natur stand. Aber der Anangu hatte leider recht. Die Europäer würden sie rücksichtslos verdrängen und ihnen dabei ihr Selbstverständnis über ihr Leben nehmen und wie immer, wenn sie Neuland betraten, mit Gewalt ihre eigenen Weltanschauungen aufzwingen. Missionieren nannten sie dieses Verbrechen. Jonathan wendete seinen Blick weg von dem mächtigen Felsengebilde, dass den Eingeborenen heilig war. Sicher würden die Hominiden aus Europa diese Ansicht nicht respektieren.

Jonathan beschloss noch einige Tage hier zu verbringen und dann nach Europa zurückzukehren. Vielleicht hatten die Reisenden in seiner Abwesenheit einen Hinweis über den Djed entdeckt. Gefunden hatten sie ihn noch nicht. Einen entsprechenden Impuls hätte er gespürt.

Verona – 1781 n. Chr.

Filippo war müde. So schnell es ihm möglich gewesen war, reiste er nach Verona. Jetzt hatte ihm allerdings das Wetter von der Fortsetzung seiner Suche abgehalten. Es war einfach zu kalt. In den höheren Lagen hatte es sogar geschneit. Zwar konnte Kälte seinem Körper nichts anhaben. Aber es bestand natürlich die Gefahr, dass er sich wegen der Glätte, dem bedeckten Untergrund durch einen Sturz eine schwere Verletzung zuzog. Filippo beschloss deshalb zunächst in Verona abzuwarten, bis ein Marsch zu, der von den Einheimischen bisher unentdeckten Höhle, möglich war. Elisabeth war überzeugt davon gewesen, dass Andrew den Djed dort versteckt hatte.

Filippo betrachtete seine Stiefel, die er in Frankreich einem Mousquetaires de la garde[112] abgekauft hatte. Sie waren robust, reichten über das Knie und boten ihm einen besseren Schutz als die Schuhe, die hier für das einfache Volk angefertigt wurden. Der große lederne Tornister[113] den er auf dem Rücken trug, war von einem Schuhmacher angefertigt worden. Filippo hatte ein besonders großes Maß gewählt, da er nicht wusste, wie lange er unterwegs sein würde und er unabhängig von Herbergen sein wollte. Falls er den Djed tatsächlich fand, wollte er, bis dieser in Sicherheit war, so wenig Kontakt wie möglich mit anderen Menschen haben. Er musste deshalb immer ausreichend Proviant mit sich führen.

---

112 Musketier der Garde
113 Rucksack / Ranzen

Der Gasthof, den er für seine Rast in Verona ausgesucht hatte, bot sogar Einzelzimmer an. Filippo war das wichtig, in letzter Zeit hatte er oft genug in Sammelunterkünften geschlafen. Finanzielle Mittel hatte er genügend dabei, ein paar Tage Ruhe würden ihm guttun. Wenn es das Wetter zuließ, konnte er in einigen Tagen seine Reise fortsetzen. Er musste nur noch klären, wie er jetzt weitersollte. Filippo beschloss entsprechende Erkundigungen bei den einheimischen Händlern einzuholen. Sie wussten am besten Bescheid über die schnellsten und sichersten Straßen und Wege in Richtung Norden.

Verona – 1781 n. Chr.

„Also dieser Fremde benimmt sich schon reichlich auffällig." Luigi Varo nickte seinem Gegenüber zu, „ja, das ist mir auch schon aufgefallen. Er stellt merkwürdige Fragen." Giovanni Baresi biss sich auf seine Lippen, „vielleicht ist er tatsächlich nur ein fremder Pilger wie er sagt, aber ich habe daran Zweifel?" Luigi Varo lachte auf, „Pilger, bei allen Heiligen und der ehrwürdigen Jungfrau Maria, wohin will er bei uns denn hinpilgern?"

„Vielleicht zum Heiligen Zenon[114], oder ..." Giovanni Baresi grübelte halblaut vor sich hin, „allerdings hat er sich nach Straßen nach Parona, Negra und Marano erkundigt." Der Mann blies laut seinen Atem aus, „so große Heiligtümer gibt es dort wirklich nicht."

„Er ist auch zu gut angezogen," unterbrach ihn sein Gegenüber „das ist nie und nimmer ein Pilger. Der Mann ist aus einem anderen Grund hier und er verfügt offensichtlich auch über ausreichend Geldmittel. Sind dir seine merkwürdigen Stiefel und dieser große Tornister aufgefallen? Er hat übrigens bei Silvio Quartier bezogen. Das kann sich kein gewöhnlicher Reisender leisten." Luigi Varo rieb sich seine Hände und dachte angestrengt nach. „Du meinst also auch, dass es einer der Fremden ist, auf die wir achten sollen?"

„Ich weiß nicht, ich bin mir nicht sicher", seufzte Giovanni Baresi. Er schloss kurz seine Augen und wägte seine nächsten Worte ab, „er ist auf jeden Fall nicht von hier. Er hat angegeben weitgereist zu sein, angeblich aus der Schweiz. Vielleicht kommt er von viel weiter her als er zugibt. Wir sollten auf jeden Fall die Gildeführer in Rom informieren. Vielleicht gehört er zu den Gesuchten?" „Und", ergänzte sein Partner, „er könnte wie wir auf der Suche nach diesem ver-

---

114 Heiliger / ab ca. 362 n. Chr. Bischof von Verona

schwundenen alten Gegenstand aus Jerusalem sein, auf den sie in Rom so scharf sind."

„Zumindest scheint er hier ein Ziel zu haben", Luigi Varo biss sich nochmals auf seine Lippen, dann stand er entschlossen auf. „Alea iacta est.[115] Ich werde Rom benachrichtigen."

Grotta die Fumane - 1782 n. Chr.

Filippo schob vorsichtshalber einige größere Felsbrocken vor das Loch und warf anschließend rasch einige Handvoll Erde darauf. Jetzt war es zwar dunkel in der Höhle, aber er hoffte jetzt sicher vor seinen Verfolgern zu sein. Er war schon einige Tage in diesem Hügelland unterwegs. Das Erdloch, in dem sich der lederne Köcher von Andrew befinden sollte, hatte er mit Hilfe von Elisabeth und Hedwigs Angaben nach einigem Herumlaufen gefunden.

Da Filippo aber bereits seit seinem Aufbruch aus Verona das Gefühl hatte verfolgt zu werden, war er, als er das erste Mal hier vorbeikam, ohne anzuhalten oder sich gar zu Bücken an dem Erdloch vorbeigelaufen. Zwei weitere Tage war er in der hügeligen Gegend

---

115 Der Würfel ist gefallen / Die Sache ist entschieden

ziellos herumgewandert und hatte dabei so getan, als ob er etwas suchen würde. Immer wieder hatte er sich verstohlen umgesehen, bis er sicher war, dass er tatsächlich nicht allein war. Zwei Personen verfolgten ihn. Sie hielten aber immer einen großen Abstand ein, als würden sie auf etwas warten. Wussten sie, dass der Mönch Andrew in dieser Gegend einen sehr wertvollen Gegenstand verborgen hatte? Oder folgten sie ihm, um ihn in der Nacht zu überfallen und auszurauben? Filippo hatte gehört, dass es in dieser Gegend einige verbrecherische Banden geben sollten. Verarmte Bauern und Tagelöhner, die aus reiner Not heraus ihre Überfälle begingen. Ganz offensichtlich hatten sie es auf seine Person abgesehen.

Filippo setzte seinen Weg nun planmäßiger fort. Die folgende körperlich sehr anstrengende Wanderung führte ihn über Volargne nach Affi. Er machte sich die Mühe und stieg auf den Monte Moscal[116], von dort aus konnte er einen Großteil das Etschtals übersehen. Seine beiden Verfolger waren ihm immer noch auf den Fersen. Sie folgten im sicheren Abstand, benahmen sich wie normale Wandernde. Aber sie verfolgten ihn, da sie jede seiner Streckenänderungen mitmachten. Warum hatten sie noch nicht versucht ihn einzuholen? Ganz offensichtliche warteten sie auf ein bestimm-

---

116 432 Meter hoch

tes Ereignis, bevor sie ihn überfallen würden. Es konnte sich eigentlich nur um den Djed handeln. Hofften sie, dass er sie zu dem Versteck führen würde? Woher wussten diese Männer davon? Filippo setzte seinen Weg so schnell er konnte nach Bardolino fort. In der Bucht fand er einen Fischer, der ihn mit seinem Boot auf dem Gardasee nach Peschiera brachte. Gegen einen zusätzlichen Obolus nahm er dem Fischer das Versprechen ab, niemanden zu verraten, wohin er ihn gebracht hatte. Filippo hoffte, dass der Mann diese Vereinbarung einhalten würde. Sicher konnte er sich natürlich nicht sein. Auf jeden Fall hatte er durch die Benutzung des Schiffes aber einen räumlichen Vorsprung zu seinen Verfolgern herausgeholt. Diesen musste er jetzt nutzen. In Peschiera nahm er zunächst eine Kutsche nach Castelnuove, von dort nach Pescantina und machte sich dann zu Fuß wieder in Richtung der versteckten Höhle in Fumane auf.

Filippo war die letzten Tage äußerst umsichtig vorgegangen. Kein Lagerfeuer, er legte immer wieder Pausen ein und kontrollierte, ob ihm erneut jemand folgte. Er hatte in Verona sogar ein teures Fernrohr gekauft und suchte damit immer wieder den Horizont ab. Was sich natürlich in dieser bergigen Gegend als schwierig herausstellte. Filippo konnte keine Verfolger feststellen. Sicher konnte er natürlich nicht sein, deshalb hatte er beschlossen das Erdloch, nachdem er hineingekrochen war von innen zu verschließen und sich erst dann in aller Ruhe umzusehen.

Grotta die Fumane - 1782 n. Chr.

Die Höhle, in der er sich befand, musste vor langer Zeit sehr weiträumig gewesen sein. Deckeneinstürze hatten das Innere aber teilweise verfüllt. Trotzdem erkannte Filippo, dass sich hier vor langer Zeit Menschen aufgehalten hatten. Unter einigem Geröll entdeckte er sogar einen einzelnen Zahn, den er nach näherer Betrachtung auf ein Alter von mehreren tausend Jahre schätzte.[117]

Wichtiger war für ihn der lederne Köcher der sich in der Höhle befinden sollte. Nach einer Weile fiel Filippo ein Haufen kleinerer Felsbrocken auf denen sich ein kleiner Stein, mit einem eingeritztem Kreuz befand auf. Ein Zeichen! Tatsächlich lag darunter der Köcher! Filippo legte ihn behutsam, fast schon andächtig vor sich auf den Boden. War ihre Suche jetzt endlich beendet? Er öffnete den Köcher und griff als erstes nach dem Djed. Sofort fluteten sowohl mental als auch körperliche stärkende und beruhigende Wel-

---

117 Ein in der Höhle gefundener Schneidezahn wurde tatsächlich auf ein Alter von über 35.000 Jahren vor heute datiert. Es wurde festgestellt, dass die Höhle vor dem Homo Sapiens bereits von Neandertalern benutzt worden war

len durch seinen Körper. Der Djed schien nur darauf gewartet haben, dass er wieder von einem Eingeweihten benutzt wurde. Filippo führte einige der geheimen Handgriffe durch. Der Djed war unbeschädigt. Behutsam wickelte er ihn in ein kleines Tuch aus Leinen. Anschließend besah er sich den übrigen Inhalt. Den Edelsteinen und Goldmünzen schenkte er keine Beachtung. Sie stellten keinerlei Wert für ihn dar. Es war Filippo unverständlich welches Gehabe die Menschen um solche Steine machten. Aber vielleicht wussten sie über die Heilkraft von Steinen Bescheid? Aber sicherlich wie immer nur äußerst rudimentär.

Filippos Blick fiel auf die Schriftrolle. Neugierig öffnete er sie. Dabei interessierte ihn weniger der Text als vielmehr die Aufmachung und das Schriftbild. Filippo hatte schon einige außergewöhnlich künstlerisch gestaltete alte Schriftrollen gesehen. Diese hier war zwar von guter Qualität, aber in ihrer Aufmachung sehr einfach gehalten. Es sah aus, als hätte man dem Schreiber in Eile den Text diktiert. Die benutzte Schrift war hauptsächlich aramäisch, es fanden sich aber auch einige griechische Worte darunter.

Filippo überflog den Text, anscheinend handelte es sich um Aufgaben für die verschiedene Personen eingeteilt wurden: ... Johannes sorge dich um meine Mutter, als wäre es deine eigene ... Philippus

dein Weg soll dich nach Phrygien[118] führen, ... Thomas ... Indien[119] ...
dir Apostelin Junia vertraue ich Maria Magdalena und die Kinder an,
ihre Zuflucht wird in ... ich selbst trage ...

Filippo verschloss die Schriftrolle wieder sorgfältig. Warum dieser
Inhalt für die Menschen so immens wichtig sein sollte, verstand er
nicht. Nun die Quelle würde es ihm bei seiner Rückkehr sicherlich
erklären können.

Den Köcher verstaute er anschließend sorgfältig in seinem ledernen
Rucksack. Dann lehnte er sich zufrieden an einen größeren Felsbrocken. Die Quelle würde diesmal zufrieden mit ihm sein und sicherlich würde sich auch sein dummer Fehler mit den Büchern noch
bereinigen lassen. Er würde sich jetzt noch einige Tage in dieser
Höhle verbergen. Anschließend würde er nach Verona gehen und
von dort aus seine weitere Rückreise planen. Seine Verfolger würden ihre Suche, nachdem er verschwunden war, sicherlich bald auf-
geben.

---

118 Zentral-Kleinasien / Türkei
119 die indischen Christen nennt man auch Thomaschristen

Altstadt Verona – 1782 n. Chr.

Die beiden Gildemitglieder standen in Verona im Glockenturm des Torre die Lamberti[120]. Nach der vor drei Jahren installierten Turmuhr[121] würden sie erst in zwei Stunden abgelöst. Sie waren etwas müde, doch plötzlich richtete sich einer der Männer auf. „Ich glaube unser Warten hat sich tatsächlich gelohnt", Luigi Varo machte seinen Begleiter aufgeregt auf einen einzelnen Mann aufmerksam, der mit gesenkten Kopf aus der Richtung der Arena di Verona[122] kam. „Das ist doch der Fremde, nach dem wir suchen." „Bist du dir sicher?", Giovanni Baresi war skeptisch. „Ja", antwortete Luigi der Gildenführer in Verona. „Es ist nicht nur sein auffälliges Verhalten. Er läuft wie Jemand der etwas zu verbergen hat, und schau dir nur seine merkwürdige Ausrüstung an. Das ist der Mann, dem wir gefolgt sind und den wir in der Nähe von Fumane aus den Augen verloren haben. Er trägt den gleichen eigenartigen Rucksack auf dem Rücken. Die hiesigen Händler und Boten benutzen völlig andere Buckelkraxen. Wir hatten verdammtes Glück mein Freund."

„Ich glaube du hast tatsächlich recht", nickte Baresi, „er hat auch diese komischen hohen ledernen Stiefel an. Völlig unpraktisch in

---

120 Turm im Zentrum der Altstadt / 84 Meter hoch
121 1779
122 römisches Amphitheater

den Hügeln. Wir haben uns damals darüber gewundert. Das tage-lange Warten auf dem Turm hat sich also tatsächlich gelohnt." Ba-resi breitete entschuldigend seine Arme auseinander. Wenn es nach ihm gegangen wäre, hätten sie ihre Suche schon vor Tagen aufge-geben. Aber Luigi wollte sich keine Niederlage eingestehen. Der Fremde hatte sie tatsächlich zweimal abgeschüttelt. Keine Ahnung wie ihm das gelungen war. In Bardolino hatte er ein Schiff genom-men. Da war noch zu verstehen gewesen, dass sie seine Spur verlo-ren hatten. Aber dann erneut in den Hügeln, das war schon sehr ärgerlich. Auf einmal war der Mann weg gewesen, geradeso als hät-te ihn der Boden verschluckt. Was natürlich Unsinn war.

Die Nachricht erneut den Mann aus den Augen verloren zu haben, wollte Varo nicht nach Rom weitergeben. Es war bekannt, dass der Zorn der Brüder Morrione sehr heftig ausfallen konnte. Aber zum Glück hatte ihr Warten Erfolg gehabt. „Was machen wir jetzt?" Ba-resi sah Varo fragend an. Dieser nickte entschlossen, „ich benach-richtige zunächst Rom. Es wird einige Zeit dauern, bis ich eine Nachricht geschrieben habe. Giovanni du verfolgst den Fremden. So wie er sich bewegt scheint er müde und abgekämpft zu sein. Er wird sicher eine Herberge aufsuchen. Du bleibst an ihm dran als wäre es eine junge Geliebte von dir. Ich finde dich später schon wieder." Varo sah Baresi ernst an, „wir dürfen den Mann nicht mehr aus den Augen lassen. Diesmal müssen wir Erfolg haben."

Altstadt Verona - 1782 n Chr.

Filippo war müde. Sein menschlicher Körper hatte im Grunde eine gute Konstitution. Aber die langen Wanderungen in den letzten Tagen hatten seine Kraftreserven ausgelaugt. Er benötigte jetzt dringend eine längere Rast und Zeit für eine Regeneration. Obwohl die beiden Djeds ihn mit stärkenden Wellen versorgt hatten, hatte die Kräftigung nur kurz angehalten. Filippos Psyche sprühte wie immer voller Einsatzwillen, aber sein menschlicher Körper musste sich nach dem Marsch von der Höhle nach Verona erstmal erholen. Um jeder Gefahr aus dem Weg zu gehen hatte Filippo die gesamte Wegstrecke, ohne eine einzige Rast einzulegen zurückgelegt. Da er sämtliche Wege mied und stattdessen querfeldein gelaufen war, hatte sich die Strecke zwischen der Höhle und Verona verdreifacht. Als er in der Stadt ankam, suchte er sich als erstes in Nähe der Via Sottoriva eine Herberge, in der er einige Tage bleiben konnte.

Filippo aß ein wenig und trank ein Glas Wein. Anschließend wusch er sich gründlich den Staub und Dreck der letzten Tage vom Körper und zog frische Kleidung an. Dann legte er sich hin und überlegte in aller Ruhe sein weiteres Vorgehen. Er musste den Djed in Sicherheit bringen. Das war seine vordringlichste Aufgabe. Nur welchen Weg sollte er einschlagen? Trotz des Debakels bei seinem letzten Aufenthalt wäre er gerne noch nach Florenz gegangen. Die Wesen auf diesem Planeten waren zwar sehr primitiv. Aber manchmal - leider nur sehr selten nach seiner Meinung - brachte die Natur auch unter ihnen begnadete Menschen hervor. Wie er erfahren hatte, hatte in Florenz ein Bildhauer[123], der bei seinem Aufenthalt im Jahr 1421 noch nicht gelebt hatte unvergleichliche Kunstwerke geschaffen. Insbesondere die aus einem einzigen Marmorblock geschaffene Skulptur[124] eines Mannes musste ein wahres Meisterwerk sein. Die Werke dieses Mannes in Rom konnte er sich leider nicht ansehen, diese Stadt war zu weit weg von seinem Rückweg. Aber ein Abstecher nach Florenz wäre vielleicht möglich? Filippo straffte sich und schüttelte seinen Kopf. Nein! Das mit den von ihm verfassten Büchern war ein unverzeihlicher Fehler gewesen. Jetzt konnte er sein damaliges Verhalten wieder gut machen. Zumindest teilweise. Bis die Quelle verzieh konnte es dauern. Aber immerhin war er es gewesen der den, er musste kurz nachdenken, seit immerhin 4.635 Erdjahren verschollen Djed gefunden hatte. Genau stimmte das na-

---

123 Filippo meinte Michelangelo Buonarroti (1475 – 1564)
124 Statue des David

türlich nicht, Elisabeth und Hedwig hatten hervorragende Vorarbeit geleistet. Aber er würde es sein, der den Djed zurückbrachte.

Filippo stand auf und ging zu dem kleinen Fenster, um frische Luft einzuatmen. Er benötigte jetzt einen klaren Kopf. Seinen weiterer Weg musste er gut wählen. Als er zufällig in Richtung der Etsch sah, fielen ihm zwei Männer auf, welche ihre Köpfe zusammengesteckt hatten und intensiv miteinander redeten. Filippo wich zurück, er erkannte die beiden Gestalten sofort wieder.

Es waren seine beiden Verfolger! Aber wie hatten sie ihn nur so schnell entdecken können? Er hatte sich doch sicherheitshalber tagelang in dieser Höhle verborgen. Vielleicht – wahrscheinlich war es doch ein Fehler gewesen nach Verona zurückzukehren? Er hätte sofort Richtung Norden marschieren sollen. Auf jeden Fall musste er jetzt sofort von hier verschwinden. Filippo beschloss erneut und diesmal endgültig unterzutauchen. Der Djed musste in Sicherheit gebracht werden. Das hatte oberste Priorität für ihn. Diesmal durfte er nicht versagen. Leider gab es auf diesem Kontinent derzeit keinen anderen Rückweg zur Quelle als den Durchgang bei der Einsiedelei bei Ferreiros[125]. Er musste also die lange Reise zu Hedwig auf sich nehmen. Das würde ein beschwerlicher und vor allem sehr

---

125 Provinz Lugo / Galicien / Spanien / Jakobsweg

langer Weg werden. Filippo schätzte die Entfernung auf fast 2.000 Kilometer, wenn er wie auf anderen zivilisierten Planeten ein Fluggerät hätte verwenden können. Aber soweit war diese Welt leider noch lange nicht. Es würde demnach für ihn eine sehr lange und beschwerliche Reise werden.

Rasch stopfte er seine wenigen herumliegenden Habseligkeiten in den Tornister. Den ledernen Köcher in dem sich neben dem Djed noch die Schriftrolle und einige Edelsteine und Münzen befanden band er sich um die nackte Brust. Rasch warf er einige Münzen auf das Bett, damit man ihn nicht auch noch als Zechpreller verfolgte und verließ geräuschlos sein Zimmer. Er war zum Glück sehr umsichtig gewesen und hatte sich bereits in der Herberge umgesehen. So wusste er, dass sich auf der Rückseite des Gebäudes eine weitere Tür befand.

Monte Bondone - 1782 n. Chr.

Filippo hatte Glück gehabt. Noch während er die Herberge in Verona verließ, hatte er sich den Tornister auf den Bauch geschnallt und seinen Reisemantel darüber gezogen. Von Weitem sah er dem schlanken Mann, der vor einigen Stunden die Herberge betreten hatte nicht mehr ähnlich. Wenn er anderen Personen begegnete, wich er diesen aus und schwankte etwas, geradeso wie ein angetrunkener äußerst dickbäuchiger Zecher.

Erst als er die Ponte Pietra Brücke[126] hinter sich gelassen hatte, legte sich seine Nervosität. Er trug seinen Tornister wieder auf dem Rücken und lief so schnell er konnte aus Verona heraus in Richtung Trient. Filippo musste rasch, ohne dass ihn Menschen sahen, eine möglichst große Entfernung zwischen sich und seinen Verfolgern bringen. Nur dann konnte er sicher sein, den Djed in Sicherheit bringen zu können. Der Djed, dass musste der Grund sein, warum er verfolgt wurde. Einen anderen Anlass konnte er sich nicht vorstellen. Aber wer waren diese Menschen? Vielleicht, Filippo erinnerte sich an die Erzählung des Mönchs Andrew, konnte es sein, dass diese ominöse Gilde immer noch existierte? Nach fast 300 Jahren? Menschen waren nicht sehr langlebig. Zwischen den beiden Ereignissen lagen in der Zwischenzeit sicherlich geschätzte 15 Generationen. Falls es diese Gilde noch gab, musste man jetzt von einer mächtigen Organisation ausgehen. Sie würde sich weiterentwickelt haben, größer geworden sein, Einfluss gewonnen haben – sie würde deshalb für ihn persönlich um Einiges gefährlicher sein als damals bei dem Templermönch.

---

126 römische Bogenbrücke über den Fluss Etsch

Als die Sonne aufging, verließ Filippo die Straße und setzte seinen Weg in den angrenzenden Wiesen- und Feldwegen fort. Gegen Mittag kam ein kleines Wäldchen in Sicht. Nachdem er sich davon überzeugt hatte, allein zu sein, legte er sich in den Schatten einer Pinie und ruhte sich aus. Filippo fiel sogar für kurze Zeit in einen leichten Dämmerschlaf. Die benötigte Erholung fand er damit aber keine. Als es wieder Nacht geworden war, lief er weiter. Filippo versuchte seine eingeschlagene Richtung möglichst gerade einzuhalten, doch Bäche, Felsen und landwirtschaftliche Anwesen zwangen ihn immer wieder zu Umwegen.

Im Gegensatz zu Menschen verfügten Reisende wie Filippo über sehr viel Zeit. Für ihn spielte es keine Rolle wie viele Tage er unterwegs war, nur das Ziel zählte. Er musste den Djed in Sicherheit bringen. Er hatte den Monte Bondone erreicht und knapp unterhalb des Gipfels[127] eine Stelle entdeckt, in der er sich aufgrund eines überhängenden Hügels sicher vor Entdeckungen fühlte. Wenn er sich etwas vorschob, konnte er sogar Trento sehen. Das war die nächste größere Stadt und er musste dort seine Vorräte auffüllen. Zunächst hatte er vorgehabt dies im Castello di Avio[128] zu machen. Aber sicher konnte er sich unter den vielen Menschen in Trento

---

127 der Monte Bondone ist 2.180 Meter hoch
128 auch Castello di Sabbionara

unauffälliger bewegen als im Castello. Trotzdem wollte Filippo noch einige Tage in seinem Versteck bleiben und die Umgebung beobachten. Bevor er nach Trento ging, wollte er sicher sein, nicht verfolgt zu werden.

In der Nähe hatte er Bärenspuren gefunden. Sorgen musste er sich deshalb nicht machen. Die Wellen, die von den beiden Djeds ausgingen würden verhindern, dass ihn ein einzelner Bär angriff. Gefährlich konnten ihm allerdings Wölfe werden. Falls diese ihn im Rudel anfielen, konnten es geschehen, dass ihre vielen aggressiven, wilden und instinktgeleiteten Gedankenwellen, die der beiden Djeds überlagerten. Aber Filippo wusste, dass Wölfe Menschen mieden. Und so ganz wehrlos war er auch nicht. Vorsichtshalber sammelte er noch herumliegendes Holz ein, um im Notfall rasch ein Feuer entfachen zu können. Davor sollte selbst ein Rudel Wölfe Respekt haben. Und falls sie doch den Kampf aufnahmen, würden sie überrascht sein, welche Gewalt von einem Menschen ausgehen konnte. Doch in dieser Jahreszeit litten Wölfe keinen Hunger und würden sich deshalb nicht so nahe an menschliche Behausungen wagen.

Verona – 1782 n. Chr.

Giovanni Baresi und Luigi Varo reagierten hektisch, als sie feststellten, dass der Fremde in der Nacht die Herberge heimlich verlassen hatte. Erneut war er ihnen entkommen! „Wohin ist er diesmal?", Baresi beherrschte sich nur mühsam. „Dieser Kerl muss mit dem Teufel einen Pakt geschlossen haben. Die Morrione werden Toben! Süden oder Norden? Welche Richtung hat er wohl eingeschlagen?"

„Ruhig Giovanni", Varo versuchte seinen Freund zu beruhigen, „wir versenden sofort Nachrichten an unsere Mitglieder in den Städten. Irgendwann muss der Mann in eine von ihnen kommen. Er benötigt Proviant, Kleidung und Medizin. Er kann sich nicht dauernd vor uns verbergen. Jetzt bewährt sich, dass die Gilde in den letzten Jahren ein Netzwerk von Gewährsmännern aufgebaut hat."

„Du hast recht Luigi", Baresi nickte. „Fata viam invenient.[129] Er kann uns nicht entkommen. Ich fertige jetzt ein Rundschreiben an alle an." „Die Römer", Varo sah Baresi ernst an. „Ich weiß", seufzte dieser, „die Brüder Morrione informierte ich natürlich als Erstes."

---

129 Das Schicksal findet seinen Weg / Zitat von Publius Vergilius Maro (Vergil)

Bozen - 1783 n. Chr.

Die Wintermonate hatte Filippo in Bozen verbracht. Die Kälte machte seinem Körper nichts aus, aber die Wege über die Pässe waren
unpassierbar und der hohe Schnee und die gefrorene Erde stellten
eine große Gefahr dar. Filippo hatte deshalb im Kloster Muri in
Gries nach Arbeit nachgefragt und durfte gegen Kost, Unterkunft
und ein geringes Taschengeld über die kalte Jahreszeit im Kloster
bleiben. In der Stiftskirche gab es genügend Gewerke für die lau-
fend billige Arbeitskräfte gesucht wurden.

Filippo hoffte, dass er durch seinen langen Aufenthalt im Kloster
mögliche Verfolger endgültig abgeschüttelt hatte. Seinen weiteren
Weg hatte er in den letzten Wochen gut geplant. Zunächst
schwankte er welche Richtung er einschlagen sollte: Brixen oder
Meran. Von Brixen aus hätte er nach Sterzing und dann weiter Richtung Brenner Pass gekonnt. Der Abt des Klosters hatte in einem
Gespräch einmal erwähnt, dass es auf den Wegen über den Brenner
an manchen Tagen so viel los sei, dass man gar nicht mehr richtig
laufen konnte. Menschenmengen wollte Filippo unbedingt vermeiden. Deshalb hatte er beschlossen zunächst nach Meran zu gehen.

Verona - 1783 n. Chr.

Die Bruder Morrione waren, nachdem sie die Nachricht von Baresi erhalten hatten, eilig aus Rom angereist. Nach einer ersten kurzen Lagebesprechung mit Baresi und Varo nickte Gregor Morrione, „gut, also hört genau zu: Benjamin und ich sind auf der Kutschfahrt hierher nochmals die uns vorliegenden Tatsachen durchgegangen. Der Mönch ist damals aus dem Norden gekommen." „Christopher Blaan auch", mischte sich Baresi ein. Gregor Morrione nickte verärgert, er konnte es nicht leiden, wenn man ihn unterbrach. Baresi sah es am Gesichtsausdruck von Morrione und beschloss ab jetzt zu schweigen. „Richtig, dass ist uns auch allen bekannt. Also nochmal", Morrione hob seine Stimme, „der Mönch ist aus dem Norden gekommen. Der Fremde ist sicherlich kein Templer und hat wahrscheinlich mit dem damaligen Orden nichts zu tun, trotzdem gehen wir davon aus, dass auch der Fremde sich Richtung Norden begeben wird." Morrione schwieg kurz und biss sich auf seine Lippen, „wir müssen uns auch für eine Richtung entscheiden. Die Gilde verfügt in der Zwischenzeit zwar über eine große Anzahl von Mitgliedern in Italien, aber wir können nicht alle möglichen Wege bewachen. Deshalb die Entscheidung Norden. Der Fremde muss sehr umsichtig vorgehen, ich bezweifle, dass er geritten ist, oder Kutschen benutzt hat. Er kann deshalb nicht viel weiter als …", er überlegte und warf einen kurzen Blick auf eine ausgebreitete Landkarte, „nach Leifers gekommen sein. Vielleicht mit viel Glück sogar bis nach Bozen. Nein, eher nicht. In der Zwischenzeit sind einige Bergpässe bereits unpassierbar. Ich", er lächelte seinen Bruder kurz an, „wir beide gehen davon aus, dass der Fremde irgendwo abwarten wird, bis die Wege wieder begehbar und sicher sind. Er kann schließlich nicht über die Berge fliegen. Die kalte Jahreszeit spielt in unsere Karten. Bis sich das Wetter wieder bessert werden wir alle Gildemitglieder, die wir erreichen können, zusammenrufen. Wir setzen unser Schicksal darauf, dass der Weg des Fremden nach Meran oder nach Brixen führen wird. So würden zumindest wir eine Flucht in Richtung Norden vornehmen. Zusätzlich werden wir natürlich einige Posten in Sarntheim und Sterzing stationieren." Morrione klatsche in die Hände, „diesmal werden wir diesen Kerl auf jeden Fall bemerken und auch gefangen nehmen. Er entkommt uns nicht wieder. Und wenn wir ihn haben, Gnade ihm Gott."

Segnozano – 1783 n. Chr.

Benjamin Morriones Aufgabe war es gemeinsam mit Giovanni Baresi Ausrüstungsgegenstände von Verona Richtung Bozen zu bringen. Die Gilde hatte keine Kosten und Mühen gescheut, um ihre

Mitglieder mit den modernsten Geräten auszustatten. Die neueste Fernrohre aus Wien waren angekommen. Außerdem auch einige Mousquet Modèle 1777[130] die neuen Standardgewehre der französischen Truppen. Baresi hatte erschrocken dreingesehen, als die Gewehre verladen wurden. „Die sind nur für den Notfall", versuchte ihn Morrione zu beruhigen. „Wir wollen diesmal auf alle Möglichkeiten vorbereitet sein."

Morrione bestand, gegen die Bedenken von Baresi, darauf die Reise möglichst früh zu beginnen. Baresi wandte ein, dass er als Einheimischer schon des Öfteren erlebt hatte, dass sich der Winter nach den vermeintlich ersten Frühlingstagen oft mit großer Gewalt zurückmeldete und für ein großes Chaos sorgte. Viele der Wege waren dann nach starkem Schneefall gefährlich und oft für Tage unpassierbar. Doch Morrione setzte sich durch.

Die ersten Tage verliefen bis auf ein loses Rad an einer Lastenkutsche ereignislos. Als sie in die Nähe von Segonzano kamen, wollte Morrione die Gelegenheit nutzen und einen Abstecher zu den bekannten Erdpyramiden[131] machen. Auch diesmal fügte sich Baresi den Anweisungen des Gildesprechers.

---

130 Muskete Modell 1777
131 bis 20 Meter hohe einzelnstehende Felsblöcke

Die Wege waren sehr kurvig und eng. Wie von Baresi befürchtet, änderte sich dann tatsächlich plötzlich innerhalb weniger Stunden das Wetter. Schlagartig brach heftiger Schneefall aus und die Temperatur fiel unter den Gefrierpunkt. Morrione musste einsehen, dass es keinen Sinn hatte, weiter Richtung Segonzano zu fahren. Er gab deshalb widerwillig den Befehl die Wagen zu wenden, um wieder auf die größere Straße Richtung Bozen zu kommen. Bei diesem Manöver kam eine der schweren Holzkisten ins Rutschen und brachte die Ladung ins Ungleichgewicht. Die Zugpferde reagierten panisch über den ungewohnt heftigen Ruck an ihrem Zaumzeug und sprangen spontan einige Meter nach vorn. Dies genügte, um den gesamten Wagen ins Rutschen zu bringen. Bevor die Pferdeknechte reagieren konnten, glitt das gesamte Gespann einen Abhang hinab. Morrione und Baresi die seitlich neben dem Wagen gelaufen waren wurden mitgerissen und von dem Gewicht der Ladung zu Tode gedrückt.

Filippo – 1783 n. Chr.

Nach dem er sich für Meran statt für Brixen entschieden hatte benutzte er die dorthin führenden alten Händlerwegen. Er hatte das Passeiertal und das Timmelsjoch als seine nächste Ziele ausgewählt. Erst dort wollte er wieder eine längere Rast einlegen. Je weiter und schneller er nach Norden kam, desto sicherer konnte er sein den Verfolgern zu entkommen.

Das Passeiertal mit seinen vielen Wasserfällen[132], engen Talpassagen, Wäldern, Schluchten bot Filippo viele Möglichkeiten um sich, ohne andere Menschen zu begegnen, fortbewegen zu können. Trotzdem bemerkte er eines Abends, dass er verfolgt wurde. Anders war das seltsame Verhalten der beiden Männer, die er aus einem Dickicht heraus verstohlen beobachtete nicht zu deuten. Sie bewegten sich auffällig langsam, suchten immer wieder die Gegend ab, verbargen sich im Gebüsch und warteten ab, ob ihnen Jemand folgte. Als Filippo einen der Männer erkannte, wusste er Bescheid. Er hatte ihn schon einmal gesehen. Filippo hatte ein gutes Gedächtnis. Es war einer der Männer, die ihn bereits in der Nähe von Fumane verfolgt hatten und die vor der Herberge in Verona gestanden waren.

Filippo kroch sofort tiefer in das Dickicht hinein. Er umklammerte seinen Djed und ordnete, mit Hilfe der beruhigenden Wellen, seine Gedanken. Offenbar waren die Mitglieder dieser Gilde, falls diese beiden Männer dazugehörten, sehr hartnäckig. Wie sollte er sich

---

132 z. B. der Kalmtaler Wasserfall

weiter verhalten? Er konnte mit seinem Djed Hilfe herbeirufen. Aber soweit er wusste, war momentan nur Hedwig auf diesem Kontinent erreichbar. Die beiden Reisenden in Amerika würden ihn nicht unterstützen können. Sie waren bei den Ureinwohnern unterwegs und versuchten eine Tragödie zu verhindern. Es stand nämlich zu befürchten, dass sich die Indianerstämmen gegen die hereinströmenden Kolonisten wehren würden. Sie waren diesen aber in jeglicher Beziehung hoffnungslos unterlegen. Filippo bezweifelte, dass die Reisenden, die sich dort befanden verhindern konnten, dass den Ureinwohner brutal ihr Land genommen wurde.

Er konnte auch keinen anderen Weg als nach Ferreiros einschlagen. Da derzeit nur von dort eine Rückkehr zur Quelle möglich war. Er könnte natürlich irgendwo in der Nähe für einige Jahre untertauchen. Aber auch da bestand natürlich die Gefahr entdeckt zu werden.

Wenn ihn diese Männer überwältigen würden, wäre der Djed den sie nach seit Jahrtausenden endlich gefunden hatten, erneut in falschen Händen geraten. Außerdem würde auch sein eigener Djed und die übrigen Gegenstände aus dem ledernen Köcher verloren gehen. Die Gefahr, die dabei entstehen konnte, war gigantisch. Filippo überlegte, wenn er die beiden Djed verbergen konnte, wäre er zwar einem starken Hilfsmittel beraubt, vor allem war für ihn kein Weg mehr zur Quelle möglich. Er würde dafür die Hilfe anderer Reisenden benötigen. Aber die Gefahr, was diese dummen, unwissenden Humanoiden mit einem Djed anstellen konnten, war wenigstens abgewendet. Filippo griff entschlossen nach dem ledernen Köcher, öffnete diesen und betrachtete den Djed den einst Seth getragen hatte. Dann schob er diesen zu den übrigen Wertgegenständen zurück, nahm seinen eigenen Djed ab und legte auch diesen in den Köcher. Er verschloss diesen anschließend sehr sorgfältig. Dann öffnete er seinen Tornister und holte eine lederne Jacke hervor und wickelte anschließend den Köcher hinein. Er schnürte das ganze so gut er konnte fest zusammen. Zufrieden musterte Filippo sein Werk. Jetzt benötigte er nur noch ein gutes Versteck. Anschließend würde er versuchen seinen Verfolgern zu entkommen, abzuwarten und nach einer ausreichenden Frist den Köcher wieder aus seinem Versteck holen.

In dieser Nacht schlich sich Filippo vorsichtig zu dem Wasserfall zurück der etwa zweihundert Meter hinter ihm lag. Als er dort vor einigen Stunden vorbeigekommen war, hatte er einen Eisvogel beobachtet, der plötzlich hinter dem Wasserfall verschwunden war. Es musste sich dort eine Wölbung im Fels befinden, in die der Vogel geflogen ist. Er kam erst nach einigen Minuten wieder zurück. Wenn er Glück hatte, war die Wölbung dort groß genug, um den Köcher darin verbergen zu können. Es war sehr unwahrscheinlich, dass Jemand den Fels hinter den herabstürzenden Wassermassen absuchen würde.

Filippo seufzte, ab jetzt würde seine körperliche Hülle altern. Zwar nur sehr langsam, aber er würde auch seine Kräfte verlieren und die Verbindung zu seinem Djed würde ihm nicht nur körperlich fehlen. Die geistige Beziehung, die Verkettung zwischen den Reisenden und der Quelle, die Einheit und Harmonie war abgebrochen. Filippo war sich bewusst, dass er jetzt vollkommen allein und auf sich gestellt war. Gestrandet auf einem Planeten unzivilisierter und primitiver Hominiden, die wahrscheinlich nie eine der Stufen der geistigen Reife erreichen würden.

Passerschlucht – 1783 n. Chr.

Filippo hatte die Ortschaft St. Leonhard im Passeiertal sicherheitshalber weiträumig umlaufen. Als er dann wieder einen landwirtschaftlichen Weg erreichte, beschleunigte er seinen Schritt. Anscheinend hatte sich seine Umsicht bewährt. Er konnte keine Verfolger ausmachen. Ausgerechnet an einer unwegsamsten und sehr schmalen Stelle wurde Filippo dann eines Besseren belehrt und überfallen. Der Angriff ging so schnell und brutal vor sich, dass er innerhalb weniger Augenblicke überwältigt war. Filippo hatte keine Möglichkeit sich zu wehren, da der Überfall klug vorbereitet worden war. Von drei Seiten aus drang man auf ihn ein. Da er sich nicht im Besitz seines Djeds befand konnte er auch nicht auf dessen Unterstützung zurückgreifen. Filippo wurde mit zahlreichen Stricken gefesselt.

„Für meinen Bruder", ertönte eine tiefe Männerstimme. Dann zwang man ihn brutal seinen Mund zu öffnen und flößte ihm eine eklige bitterschmeckende Flüssigkeit ein. Kurz danach stülpte man ihm einen schweren, äußerst übelriechenden Sack über den Kopf. Filippo wurde angehoben und weggeschleppt. Er versuchte einen klaren Gedanken zu fassen, merkte aber, dass es ihm zunehmend schwerer fiel sich zu konzentrieren. Er wurde entführt und er war auf sich allein gestellt. Es war Filippo klar, dass er von Hedwig oder anderen Reisenden nicht aufgefunden werden konnte. Dazu hätte er einen Djed benötigt. Dieser sandte seine Signale aber nur aus, wenn er von einem Wesen wie ihm in einer bestimmten Position gehalten wurde. Das war ihm nicht möglich. Der Djed lag in seinem Versteck hinter einem Wasserfall. Filippo fügte sich in sein Schicksal und dämmerte langsam weg.

Verona – 1786 n. Chr.

„Was hältst du von diesem Fremden?", Luigi Varo musterte William Smith der von London nach Verona abkommandiert worden war. Seit dem Tod von Giovanni Baresi war die Gilde in Verona nur noch mit Luigi Varo besetzt gewesen. Alle italienischen Mitglieder befanden sich momentan im Einsatz in Südtirol. Genauere Ortsangaben waren Varo nicht bekannt.

„Ich bin mir nicht sicher", antwortete Smith in seinem holperigen italienisch auf Varos Frage. „Er ist offensichtlich kein Einheimischer." „Richtig", bestätigte Varo, „ein Deutscher. Sicher einer mit ausreichend Geld. Wer sonst kann es sich leisten nur zum Vergnügen herumzureisen, um sich ein fremdes Land anzusehen. Ist das nicht ein völlig unsinniges Vorhaben? Gibt es nicht sinnvollere Tätigkeiten? In seiner Herberge hat er übrigens angegeben, dass er Maler sei und in Italien auf der Suche nach Motiven ist." „Da ist er wie ich mitbekommen habe nicht der Einzige", meinte William Smith. „Was macht ihn für dich verdächtig?"

Luigi Varo antwortete nicht sofort. Er griff in seine Jackentasche und holte zwei Äpfel heraus. Einen reichte er an Smith weiter. „Eigentlich nichts. Es ist nur so, seit sich die Gilde von den Templern abgespaltet hat, sind gerade in unserer Gegend immer wieder Personen aufgetaucht, die wir in Verdacht haben nach diesen geheimnisvollen Objekten zu suchen. Ich möchte einfach keinen Fehler machen." „Das kann ich verstehen", Smith nickte und warf den Rest seines Apfels in den Straßengraben. „Weißt du wie der Mann heißt?" „Er nennt sich Johann Philipp Möller", Varo seufzte, „er hat angegeben, dass er voraussichtlich vier Tage in Verona bleiben will. Er hat sich bisher das Amphitheater, den Dom und einige Gärten angesehen." „Also wie fast alle anderen ausländischen Besucher, die nach Verona kommen", meinte Smith und gähnte, „nicht jeder Fremde ist deshalb ein Fall für die Gilde. Hast du in Erfahrung bringen können, wohin er anschließend will?" „Ein Freund von mir hat ihn in der Arena etwas ausgefragt. Er möchte Italien bereisen. Als nächstes nach Venedig und dann weiter Richtung Süden." „Die Personen, die wir suchen waren bisher immer in Richtung Norden unterwegs."

Die beiden schwiegen, dann streckte sich Varo, „du hast recht. Wahrscheinlich sehe ich jetzt bereits an jeder Ecke Verdächtige. Für heute reicht es. Es wird schon dunkel." Dann lachte er auf, „Johann Philipp Möller, was für ein eigentümlicher Name. So etwas denkt sich doch Niemand aus."[133]

Jonathan

Verona – 1786 n. Chr.

Er hatte in der Arena gesessen, als der Mann[134] der als Johann Philipp Möller in seiner Herberge abgestiegen war ebenfalls die Arena betrat. Unwillkürlich hatte er Jonathans Interesse geweckt. Aufgrund einer seiner geistigen Gaben hatte er erstaunt festgestellt, dass dieser nur etwa 1,69 Meter große Mensch über einen unglaublich hohen Intellekt[135] verfügte. Er hob sich damit weit über seine Mitmenschen heraus. Wenn es mehr Menschen mit solcher Geisteskraft und Denkvermögen geben würde, müsste er sich keine Gedanken um die weitere Entwicklung auf diesem Planeten machen. Aber leider war das intellektuelle Leistungsvermögen bei den meisten Hominiden eher als mittelmäßig einzustufen.

---

133 doch, unter diesem Namen bereiste Johann Wolfgang von Goethe Italien
134 Johann Philipp Möller / Johann Wolfgang von Goethe
135 Johann Wolfgang von Goethe gilt neben Leonardo da Vinci, Gottfried Wilhelm von Leibnitz, Albert Einstein, Isaac Newton ... als einer der intelligentesten Menschen die je gelebt haben

Jonathan kratzte sich am Kopf und lächelte darüber, eine zutiefst menschliche Geste hatte er sich gerade erlaubt. Dann wurde er wieder ernst, es war ihm klar, dass er irgendwann darüber entscheiden musste, ob die Quelle bei der Entwicklung dieses Planeten weiter auf diese Menschen mit ihren befremdlichen Charaktereigenschaften setzen sollte.

Paris – 1804 n. Chr.

Die Quelle hatte entschieden. Nachdem Filippo seit über zwanzig Planetenjahren verschollen war, sollte sich Hedwig auf die Suche nach ihm machen. Tot war Filippo nicht, dann wäre seine körperlose Identität in der Zwischenzeit zur Quelle zurückgekehrt. Er konnte von Hedwig auch nicht über die auf diesem Planeten vorhandenen Kraftlinien[136] gespürt werden. Das konnte nur bedeuten, dass Filippo von seinen Djed getrennt war und deshalb nicht in der Lage war diesen zu bedienen. Das war kein gutes Zeichen.

In den letzten Wochen des Jahres 1804 kam Hedwig in Paris an. In der Kathedrale Notre Dame de Paris hatte sich Napoleon Bonaparte gerade selbst zum Kaiser gekrönt, und dass obwohl Papst Pius VII.

---

136 Ley Linien

anwesend war. Als bekannt wurde, dass Napoleon anschließend eine Reise nach Italien plante, schloss sich Hedwig nach kurzem Überlegen dem großen Tross an. Unter den vielen Reisenden würde ihre Anwesenheit nicht weiter auffallen. Filippo war in Italien gewesen. Vielleicht fand sie dort einen Hinweis auf seinen Aufenthalt.

Als Napoleon am 26. Mai 1805 im Mailänder Dom mit der Eisernen Krone der Langobarden zum König von Italien gekrönt worden war nutzte Hedwig die allgemeine Aufregung in der Stadt und reiste weiter nach Verona. Nach ihrem Wissensstand war Filippo in dieser Stadt gewesen.

Jonathan
Paris – 1804 n. Chr.

Auch Jonathan hatte sich während der Kaiserkrönung von Napoleon Bonaparte in Paris aufgehalten. Die Feierlichkeiten hatte er sich allerdings nicht angesehen. Von den pompösen Zeremonien, welche die Menschen bei solchen Anlässen aufführten hielt er nicht viel. Jonathan hatte sich aber mehrmals in der Kathedrale Notre Dame de Paris aufgehalten. Dabei hatte er aber Zeiträume gewählt, an denen sich fast keine Menschen in den großen Bau aufhielten.

Wie bei seinen letzten Aufenthalten in dieser Kirche hatte Jonathan einen etwas abseits gelegen Platz eingenommen, von dem er eine gute Sicht auf das Rosenfenster des Südquerhauses hatte. Was für ein Kunstwerk! Jonathan überraschte es immer wieder zu welchen außergewöhnlichen handwerklichen Tätigkeiten die Menschen in der Lage waren.

In den letzten Tagen hatte er auch die Reisende Hedwig beobachtet, wie sie sich die Kathedrale angesehen hatte. Kontakt hatte er mit ihr nicht aufgenommen. So etwas würde er nur in einem außergewöhnlichen Fall tun. Aber das war seit seinem Aufenthalt auf diesem Planeten erst zweimal eingetreten. Bei einem Vulkanausbruch[137] auf der ägäischen Insel Thera[138] verlor die Reisende Alkmene[139] ihren Djed. Die Quelle nahm Kontakt mit Jonathan auf, da die Gefahr bestand, dass der Djed in Kontakt mit Magma kommen konnte. Dann würde die Insel erneut von einer Eruption heimgesucht werden. Jonathan spürte den Djed auf und gab ihn Alkmene zurück. Diese reiste anschließend nach Theben. Wo sie noch lange Zeit wirkte. Das zweite Mal, dass Jonathan einem Reisenden half, geschah am 18. April 1906[140] als bei einem

---

137 17. / 16. Jahrhundert v. Chr.
138 Santorin
139 in der griechischen Mythologie die Mutter des Herakles
140 San Francisco

Erdbeben und anschließenden Großbrand der Reisende John mit zerschmetterndem Körper hilflos unter einem Schuttberg lag. Da die Gefahr bestand, dass er ausgeraubt wurde und der Djed verloren ging, nahm sich Jonathan John an und brachte ihn ein nahegelegenes Naturschutzgebiet[141], wo dann Johns menschlichen Körper ausreichend Zeit bekam, um sich zu regenerieren. Djed! Immer wieder hatten sich die Reisenden bei ihren Einsätzen mit diesem Gerät der hohen Mächte befassen müssen. So hilfreich ein Djed war, stellte er auch eine permanente Gefahr dar. Jonathan überlegte, ob er der Quelle nicht vorschlagen sollte, zukünftige Reisende, ohne einen Djed auf diesen Planeten zu senden. Er wusste, dass eine Passage zwischen den Welten auch ohne Djed möglich war. Die Reisenden würden dann allerdings nicht mehr permanent mit den Kraftquellen verbunden sein. Ihre Einsatzzeit würde erheblich kürzer sein. Allerdings stand in den nächsten Jahren sowieso eine finale Entscheidung über die Hominiden auf diesem Planeten an. Vielleicht würden Reisende diesen Planeten danach nicht mehr betreten müssen.

Nach dem Verlassen der Kathedrale sah sich Jonathan nochmals kurz um. Lächelnd musste er daran denken, dass er an dieser Stelle vor einigen Jahrhunderten schon einmal gestanden hatte und den

---

141 Muir Woods National Monument

Vorgängerbau[142] der Kathedrale betrachtet hatte. Notre Dame war eine architektonische Meisterleistung. Jonathan hoffte, dass die Kathedrale noch viele Jahre stehen würde und von Katastrophen wie Krieg, Erdbeben oder Bränden[143] verschont bleiben würde.

Lazise - 1840 n. Chr.

Napoleon war Geschichte. Die Zeit verging schnell auf diesem Planeten. Was natürlich unmöglich war. Die Zeit war auf diesem Himmelskörper exakt definiert.[144] Und dennoch war die Zeit relativ und auch die individuelle Zeitwahrnehmung führte zu sehr unterschiedlichen Einschätzungen. Für die Menschen mit ihrer lächerlich kurzen Lebensspanne musste die gefühlte Zeit natürlich wirklich rasend schnell vergehen.

Napoleon war also bereits Geschichte. Der Usurpator war am 5. Mai 1821[145] gestorben. In der Folge von Napoleons Kriegen hatte es in ganz Europa große Umstrukturierungen gegeben. Die politische Landkarte hatte sich verändert. Hedwig hatte auf ihrer Suche nach

---

142 Cathédrale St. Etienne (Stefansdom)
143 am Abend des 15. April 2019 kam es in der Kathedrale zu einem Großbrand
144 60 Sekunden - Minute, 60 Minuten – 1 Stunde, 24 Stunden - 1 Tag, ...
145 Longwood House auf St. Helena

Filippos Verbleib fast 40 Jahre in der Gegend um Verona verbracht. Ihr war es gelungen, sich trotz der politischen Unruhen[146] um den Gardasee, ein unauffälliges Leben zu führen. Sie tarnte sich als Besitzerin eines kleinen Ladengeschäftes, welche mit Büchern und getöpferten Waren handelte. Der geringe Umsatz des Ladens ermöglichte ihr allen möglichen Hinweisen nachgehen, die auf Filippos Aufenthalt hinweisen konnten.

Mehrmals war Hedwig deswegen bereits in Verona gewesen. Sie ging bei all ihren Recherchen äußerst behutsam vor. Vor allem, als sie bemerkte, dass sie mit manchen ihrer Fragen, das neugierige Interesse einiger Männer auf sich zog. Sofort zog sie sich aus Verona zurück. Sämtlichen Hinweisen und Gerüchten welchen Hedwig nachging waren erfolglos geblieben. Filippos Aufenthalt blieb ein Rätsel.

Schließich verbarg sich Hedwig noch für einige Zeit in Lazise, bevor sie ihre Rückreise nach Ferreiros antrat.

---

146 Frankreich und Österreich stritten um den Gardasee

London - 1861 n. Chr.

William Blind tippte mehrmals auf das vor ihm liegende Buch, während er seinen Gegenüber ansah, „dieser Darwin hat in seinem Buch[147] einige interessante Thesen beschrieben. Ich glaube allerdings das die Mehrheit unserer Mitmenschen wenig begeistert davon sein wird." „Du meinst diese Aussagen über die Evolution und die Entstehung der Arten?", fragend sah in Joe Clark an. „Genau, du glaubst doch nicht, dass sich unsere ehrwürdigen Wissenschaftler und der Klerus damit anfreunden werden, dass der Mensch nicht einfach vom Himmel gefallen ist."

William Blind stand auf, ging zu dem getäfelten Barschrank und holte eine kristallene Whiskyflasche heraus. Fragend sah er Joe Clark an, dieser nickte und griff nach der Zigarrenschachtel auf dem kleinen Tisch. „Also was hältst du von Darwin." Blind wiederholte seine Frage. „Nun wahrscheinlich hat er recht", antwortete Clark der Sekretär von Blind, seine rechte Hand und vor allem sein wissenschaftlicher Berater, „warum sollten wir einen anderen Entwicklungsweg als die übrigen Arten hinter uns haben." „Tja, warum nicht", murmelte Blind nachdenklich in seinen Bart hinein. Dann setzte sich der Oberste Sprecher der Gilde hinter seinen etwas

---

147 über die Entstehung der Arten von 1859

120

überdimensionierten Schreibtisch. Er trank einen Schluck und lehnte sich dann zurück. „Also was gibt es Neues von", er lächelte süffisant, „unserem Gast?"

„Nichts", Clark seufzte und zog an der Zigarre. „Dieser ...", er zögerte kurz bevor er weitersprach, „Mensch, wenn er denn ein solcher ist, sitzt nun seit fast 80 Jahren in unserem Verlies und spricht immer noch kein Wort. Er hat sich seit seiner Gefangennahme äußerlich kaum verändert, er wirkt immer noch wie ein Mann mittleren Alters. Er altert natürlich, aber ungewöhnlich langsam. Dazu trinkt er sehr wenig. Jeder andere Mensch wäre schon längst dehydriert. Unsere sämtlichen Untersuchungen, die er wie du weißt stoisch über sich ergehen ließ, brachten kein Ergebnis. Der Mann ist ein Phänomen. Wenn du mehr wissen willst, müsste ich ihn aufschneiden. Aber das hast du ja schon abgelehnt."

„Richtig, das machen wir natürlich nicht", Blind schüttelte etwas verärgert seinen Kopf. „Noch nicht! Du weißt, dass ich nicht zimperlich bin, wenn es um das Wohl der Gilde geht. Aber dieser Mensch, ich bin da auch deiner Meinung: wenn er denn ein solcher ist, birgt ein verdammt großes Geheimnis und ich hoffe immer noch, dass wir es eines Tages lösen werden. Aber wenn er tot ist, ist er wertlos für uns. Dann erfahren wir überhaupt nichts mehr."

Clark stand auf und ging im Zimmer auf und ab. Eine typische Reaktion von ihm, wenn er angestrengt nachdacht. „So wie es aussieht, können wir den Mann noch jahrelang einsperren und beobachten und werden nichts von ihm erfahren. Ich glaube, dass seine Langlebigkeit mit diesem ominösen Gegenstand zusammenhängt, den er, soweit wir wissen, gefunden und anscheinend erneut versteckt hat."

Blind nickte, „dafür spricht tatsächlich Einiges. Vielleicht ist es jetzt an der Zeit einen völlig neuen Weg zu beschreiten. Ich möchte nämlich unbedingt dieses Geheimnis noch selbst lösen und es nicht wie mein Vorgänger an die nächste Generation weitergeben." Er biss sich auf seine Lippen, „wir werden den Mann freilassen und dann beobachten was geschieht. Dann muss nämlich er die Alternative ergreifen. Irgendein Ziel wird er ja wohl haben. Ich hoffe sehr, dass er dorthin laufen wird und wir dann mehr wissen. Nur eines muss klar sein: diesmal darf er nicht wieder entkommen. Jeder seiner Schritte muss überwacht werden."

Passerschlucht – 1861 n. Chr.

Filippo hatte natürlich bemerkt, dass man ihm wieder einmal betäubende Substanzen sowohl in sein Essen als auch in das Trinkwasser gemischt hatte. Stoisch nahm er beides zu sich. Schließlich hatte er wenig Alternativen. Und wenn man ihn töten wollte, hätte man sich nicht die Mühe gemacht in vorher zu betäuben. Und töten konnten diese Menschen nur seine derzeitige Hülle. Er selbst würde anschließend zur Quelle zurückkehren. Außerdem war Filippo nach den langen Jahren in dem eisigen Käfig froh über ein wenig Abwechslung. Selbst wenn diese darin bestand, dass er eine Zeitlang ohnmächtig sein würde.

Trotzdem war die Überraschung für ihn dann groß, als er sein Bewusstsein wiedererlangte. Mit allem möglichen hatte er gerechnet, aber nicht, dass er fast an der gleichen Stelle in der Passerschlucht wieder zu sich kommen würde, wie dort wo man ihn einst überfallen hatte. Glaubten seine Entführer tatsächlich, dass er so einfältig wäre und sie dafür im Gegenzug zu dem versteckten Djed führen würde?

Nachdem sich Filippo aufgerichtet hatte, sah er ein Bündel mit Kleidung neben sich liegen. Mit den abgetragenen Klamotten, die er anhatte, konnte er sich nicht auf den Weg machen. Skeptisch betrachtete er die neuen Kleidungsstücke. Anscheinend hatte sich die Mode seit seinem letzten Hiersein total geändert. Als er angezogen war, griff Filippo nach dem ledernen Rucksack, schulterte diesen und machte sich ohne Umschweife auf den Rückweg Richtung Meran. Als er an dem Wasserfall vorbeikam, in dem er vor vielen Jahren in einer kleinen Einbuchtung die beiden Djeds versteckt hatte, bückte er sich und trank etwas Wasser. Mit geschlossenen Augen konzentrierte er sich und lächelte zufrieden in sich hinein. Er spürte die beruhigenden Wellen, welche die beiden Djeds ausstrahlten. Sie waren also noch hier. Offenbar hatte er damals ein gutes Versteck ausgewählt.

Filippo füllte seine Trinkflasche und lief dann schnurstracks weiter. Es war ihm klar, dass genau beobachtet wurde, welche Richtung er einschlug und was er alles tat – aber er würde sich nicht die geringste Blöße geben und er würde diesen Menschen entkommen.

Turin – 1861 n. Chr.

Die Mitglieder der Gilde verfolgten tatsächlich jeden Schritt von Filippo. Sie ließen ihn nicht mehr aus den Augen. Filippo sah immer wieder die gleichen Frauen und Männer, die ihm folgten. Egal wie schnell er lief, welche Finte er sich auch einfallen ließ. Die Gildemitglieder klebten an ihm wie Kletten. Sie wollten das Geheimnis, dass ihn umgab auf jeden Fall lösen.

Filippo gelang es erst vor Turin bei einem heftigen Gewittersturm einen größeren Abstand zwischen sich und seine Verfolger zu bringen. Er sorgte dann aber selbst dafür, dass seine Spur nicht verloren ging. Nach seiner Wanderung aus dem Passeiertal hatte er sich in einigen Zeitungen über die aktuellen Zustände in Italien informieren können. So erfuhr er, dass die Menschen jetzt eine Bahnstrecke zwischen Turin und Genua gebaut hatten.[148] Die Strecke war circa 169 Kilometer lang. Für die Durchquerung des Apenningebirges war der längste Tunnel[149] der Welt gegraben worden.

Filippo deckte sich für seinen Plan mit ausreichend Proviant ein und kaufte sich kurz vor Abfahrt des Zuges ein Billett für die Fahrt nach Genua. Er hatte Glück und fand ein leerstehendes Abteil. Kurz vor Beginn der Abfahrt sah er, dass mehrere Männer auf den letzten Waggon sprangen. Gildemitglieder!

---

148 1845 - 1853
149 Giovi Tunnel / 3529 Meter

Als der Zug in den Giovi Tunnel einfuhr verließ Filippo mit seinem Tornister unauffällig sein Abtei. Er hatte erfahren, dass sich in der Mitte des Tunnels ein Teilstück befand, dass völlig im Dunkeln lag. Filippo hatte sich bereits an eine Tür des Zuges begeben. Als die Sicht immer mehr schlechter wurde, öffnete Filippo die Tür des Zuges und sprang hinaus und warf hinter sich die Türe zu. Er rollte sich sofort neben dem Gleis zu einer Kugel zusammen, und hoffte, dass man ihn nicht sehen würde. Als der gesamte Zug vorbeigefahren war, suchte sich Filippo eine Stelle im Tunnel an der er sich für einige Zeit verbergen konnte, ohne dass man ihn aus einem vorbeifahrenden Zug bemerken würde. Filippo hatte vor einige Tage im Tunnel verstreichen zu lassen und dann seinen Weg fortsetzten. Wenn er Glück hatte, würde die Gilde ihn dann nicht mehr in dieser Gegend suchen. Vielleicht würden sie sogar erst in Genua nach ihm suchen.

Ferreiros - 1880 n. Chr.

Er hatte es tatsächlich geschafft! Der Quelle sei Dank! Wenn er ein Mensch gewesen wäre, würde er in diesem Augenblick auf seine Knie fallen und Tränen verlieren. Von einem kleinen Hügel aus blickte Filippo auf die vor ihm liegende Häuser. Ferreiros! Rasch trat er wieder in den Schatten des Waldes zurück. Es war in den letzten Jahren zu seiner Angewohnheit geworden sich stets abseits der offiziellen Pfade und Wege aufzuhalten.

Die Einsiedelei, die von den Reisenden als Portal benutzt wurde, lag außerhalb des Dorfes in einer kleinen Mulde. Filippo hoffte, dass sich derzeit ein Reisender hier befinden würde. Ohne deren Hilfe konnte er den Weg zur Quelle nämlich nicht antreten. Spät in der Nacht schlich sich Filippo vorsichtig zur Einsiedelei. Als er sie erreicht hatte, öffnete ihm Hedwig die Tür. Sie hielt ihren Djed in die Höhe, „er hat dich gespürt." Sie musterte Filippo und seufzte, „dein Körper sieht krank und müde aus." „Ich weiß", Filippo setzte sich auf einen hölzernen Hocker und umklammerte Hedwigs Djed, den ihm diese entgegengestreckt hatte. Wärme und regenerierende Kräfte durchdrangen Filippos Körper. „Das tat gut. Du glaubst gar nicht, wie ich die Verbindung mit einem Djed vermisst habe." Er gab das Gerät an Hedwig zurück.

Die Frau hatte in der Zwischenzeit zwei tönerne Trinkgefäße mit einer Flüssigkeit gefüllt. Als sie Filippo fragend ansah, murmelte sie lächelnd „Nektar"[150] und hob einen Krug hoch, „selbst zusammengestellt. Erreicht natürlich nicht die Qualität unserer Heimat, dafür fehlen ihm einige wichtige Substanzen. Vor allem der kleinen silbernen Wasserblume. Aber er ähnelt zumindest dem Geschmack nach dem Getränk unserer Heimat."

Nachdem Filippo sein Trinkgefäß langsam geleert hatte, lehnte er sich zurück und sah Hedwig an. „Ich konnte einfach nicht früher kommen. Eine Zeitlang war ich gefangen und ..." „Was ist mit den beiden Djed?", unterbrach ihn Hedwig. „Die sind in Sicherheit." Filippo schilderte seine Gefangenschaft, die Lage des Verstecks, seine Idee mit dem Zug und seinen mühsamen Rückweg. „Ich bin nach Verlassen des Zuges den ganzen Weg wieder zurückgelaufen, da ich hoffte, dass meine Verfolger annahmen, dass ich mich weiter nach Süden gewandt habe. Eine Zeitlang habe ich mich dann im Grenzgebiet der Länder Bayern, Österreich und Italien aufgehalten. Mein Äußeres habe ich mehrmals verändert. Lange Haare, kurze Haare, Vollbart, hinkend, ein Kissen unter dem Wams, um dicker zu sein, solche Sachen halt. Ganze dreimal habe ich versucht die beiden Djeds zu bergen. Es gelang mir nicht, jedes Mal hatte ich das

---

150 hier Göttertrunk

Gefühl, als würde die Gegend immer noch überwacht. Schließlich habe ich mich eines Tages dazu entschlossen den Rückweg anzutreten. Ich bemerkte, dass meine körperlichen Kräfte nachließen. Leider hatte ich keine gültigen Ausweispapiere. Das machte meinen Weg hierher nicht gerade einfacher. Drei Jahre saß ich in einem Gefängnis fest, weil ich mich nicht ausweisen konnte. Um weitere Kontrollen zu vermeiden, bin ich anschließend allen Grenzen ausgewichen und davon gibt es in den letzten Jahren in Europa eine Unmenge."

„Die Djeds sind also in Sicherheit?" „Ja, definitiv", Filippo nickte und griff nach dem Krug mit dem Nektar und schenkte sich nach. „Ich muss zugeben, dass es gut schmeckt. Bei einem heftigen Gewitter führte ein Bergrutsch im Passeiertal dazu, dass eine Felsenwand einstürzte. Die Höhle in dem ich den Tornister versteckt habe wurde komplett darunter begraben. Das Wasser hat sich anschließend einen neuen Weg gesucht. Die beiden Djeds und die sonstigen Artefakte liegen sicher unter einigen Tonnen Felsgestein. Wir können uns mit der Bergung Zeit lassen. Die Koordinaten sind", er tippte sich an seine Stirn, „abgespeichert."

„Die Quelle wird entscheiden", Hedwig lächelte und reichte Filippo einen Djed. Einladend zeigte sie auf die felsige Rückwand, „sie wartet schon lange auf dich, du kannst jetzt heim." Filippo stand auf, dankbar verbeugte er sich vor Hedwig und hielt anschließend der Felswand den Djed entgegen. Diese begann matt zu leuchten, ein süßlicher Geruch erfüllte den Raum. Filippo ging auf die Felswand zu und diese ließ den Reisenden passieren.

London - 1920 n. Chr.

„Es gibt also tatsächlich ein weiteres Buch!" Wie eine Bombe hatte bei der diesjährigen Generalversammlung der Gilde diese Nachricht eingeschlagen. Ein gewisser Wilfrid Michael Voynich[151], hatte einige Kopien eines geheimnisvollen Manuskripts an Fachleute gesandt. Einer davon war zufällig ein Gildemitglied gewesen.

„Es gibt also zumindest ein weiteres Buch", William Forster, der derzeitige Gildesprecher in England lehnte sich zurück. „Dieser Voynich ...?" „...hat ein Geschäft in London, am Piccadilly", unterbrach ihn Susann Mey, Forsters Sekretärin und blickte auf ihren Notizblock. „Voynich ist bekannt für seine seltenen Exemplare. Er hat übrigens auch Antiquariate in Paris, Florenz und in Polen."

---

151 1865 - 1930

„Danke Susann", Forster griff nach der Kopie, die sich, seit einigen Tagen im Besitz der Gilde befand. „Zweifelsfrei die identische Schrift. Diesmal sogar illustriert. Haben unsere Wissenschaftler schon herausgefunden um welche Pflanzen es sich bei den Abbildungen handelt?" „Nein", Mey schüttelte ihren Kopf, „unbekannt, sie ähneln lediglich einigen bekannten Arten."

„Hmm", Forster blätterte weiter, „was hat es mit diesen nackten Frauen auf sich. Sie sitzen in Wannen und sind mit Rohren verbunden. Gibt es dazu schon Erkenntnisse?" Abermals schüttelt Mey verneinend ihren Kopf. Bevor Forster weitere Fragen stellen konnte, fügte sie rasch hinzu: „sämtliche Abbildungen sind fremdartig. Keine Ähnlichkeiten mit bekannten Bildern. Auch die benutzten Buchstaben oder Zeichen sind fremdartig."

„Gut" murmelte Forster nachdenklich, „oder nicht gut, auf jeden Fall wissen wir jetzt, dass es noch weitere Bücher gibt. Auf unserem Planeten gibt es viel mehr Geheimnisse als wir uns vorstellen können."

Jonathan

Pyrenäen 1921 n. Chr.

Er hatte sich in die Einsamkeit des Maladeta-Massivs[152] zurückgezogen. Jonathan musste über so vieles nachdenken. Die Geschehnisse der letzten Jahren galt es abzuwägen. Dieser brutale
menschenverachtende letzte weltweite Krieg hatte ganze vier[153]
Jahre gedauert. Vier Jahre sinnloses, grausames gegenseitiges Töten – nein Abschlachten! Die Hominiden wurden immer erfindungs-
reicher, wenn es darum ging Artgenossen zu töten. Sie hatten
sogar giftige Gase[154] eingesetzt. So etwas musste man sich erstmal
vorstellen. Die kostbare atembare lebenspendende Luft der Planeten zu verseuchen, um Artgenossen zu töten. Jonathan fand dies
nicht nur abstoßend, sondern zutiefst widerlich. Wie konnte ein
vernunftbegabtes Lebewesen so reagieren?

Die Waffenhersteller, Jonathan ging davon aus, dass diese selbst
nie aktiv an einem Kampfgeschehen teilnahmen, wurden immer er-
findungsreicher. Maschinengewehre, Flammenwerfer, Bomben. Es
war schrecklich. Zum Einsatz kam eine Kanone[155] die Geschosse

---

152 Pyrenäen
153 1914 – 1918 (I. Weltkrieg)
154 Senfgas, Chlor, Phosgen ... über dreißig verschiedene Kampfstoffe
155 die Dicke Bertha / Dicke Berta / Große Bertha

von 42 cm Durchmesser hatte. Die Zahl der getöteten Menschen wurde bereits nach Millionen gezählt. Vierzig Staaten hatten sich an den Kriegshandlungen beteiligt.

Jonathan war eine Zeitlang bei Verdun[156] gewesen und hatte dem Gemetzel fassungslos zugesehen. Nun zumindest ein Gutes würde dieser Krieg haben. Jonathan war überzeugt davon, dass dieser Krieg der letzte seiner Art gewesen war. Die Menschen würden lernen und erkennen wie dumm, unsinnig und unzivilisiert sich verhalten hatten. Sie würden sicher klüger werden und begreifen, dass sich nicht mehr zu solchen Taten hinreißen lassen durften.

Und was war sonst noch in den letzten Jahren gewesen? Ein Schweizer[157] hatte eine hohe Auszeichnung[158] erhalten. Die Menschen – zumindest einige von ihnen – verfügten also tatsächlich über ausreichenden Intellekt, um sich mit vernünftigen und überlegenswerten wissenschaftlichen Problemen auseinanderzusetzen. Zumindest einige unter diesen Hominiden benutzten ihr Gehirn und kamen zu erstaunlichen Ergebnissen. Wenn auch nicht bei allen das Ergebnis korrekt war.

---

156 insgesamt fast eine Million Tote
157 Albert Einstein
    (er hatte auch die preußische und später die US- amerikanische Staatsangehörigkeit)
158 Nobelpreis für Physik (Lichtquantenhypothese)

Nach dem unsäglichen Krieg waren an einer Influenza-Pandemie[159] weitere Millionen[160] Menschen an einem Virus verstorben. Dabei wäre es ein leichtes gewesen sich gegen solche Erkrankungen zu schützen. Was könnten diese Hominiden nur erreichen, wenn sie ihre Forschungen im medizinischen Bereich intensivieren würden. Das Schlimme an dieser Seuche war, dass sie ihre Opfer überwiegend bei den jungen Erwachsenen fand.

Jonathan

Hannut[161] - Belgien 1940 n. Chr.

Er hatte sich getäuscht. Gründlich getäuscht! Erneut gab es Krieg. Innerhalb von wenigen Tagen mussten zwei Länder[162] vor der feindlichen Übermacht kapitulieren. Jonathan tat etwas, was er schon viele Jahre nicht mehr getan hatte: er kratzte sich ratlos an seinem Kopf. Warum machten diese Hominiden immer die gleichen Fehler? Wieso hörten sie auf die unverständlichen Ausführungen einiger bösartiger Artgenossen und nicht auf Menschen die über mehr Intelligenz als diese Aufrührer verfügten? Vielleicht war die Nieder-

---

159 Spanische Grippe
160 über 50.000.000!
161 in Hannut fand eine der größten Panzerschlachten des II. Weltkrieges statt
162 Niederlande und Belgien kapitulierten vor der deutschen Wehrmacht

tracht bei einigen dieser Hominiden in ihrem Erbgut verankert? Das würde bedeuten, dass man sie überhaupt nicht verantwortlich für ihren Hass auf Fremde, Andersdenkende und Klügere Artgenossen machen konnte.

Jonathan resignierte. Jetzt war es soweit, dass er den nötigen Abstand zu den Geschehnissen auf diesem Planeten verlor. Aber er verstand diese seltsamen Wesen immer weniger. Sie machten ihn tatsächlich ratlos! Vielleicht sollte er seinen Aufenthalt auf diesem Planeten beenden? Er musste jetzt erstmal gründlich nachdenken und beschloss sich dazu in die Einsamkeit zurückziehen. Weit weg von Menschen. Jonathan beschloss sich in seine abgelegene hölzerne Hütte im Maladeta-Massivs zu begeben.

Jonathan

Vallon-Pont-d'Arc – Dezember 1994

Über 20.000 Jahre lang war er das einzige intelligente Lebewesen gewesen der die Höhle mit ihren unglaublich künstlerischen Malereien betreten hatte. Mächtige Steinschläge hatten einst dafür gesorgt, dass der Höhleneingang verschlossen und damit für die Nachwelt bewahrt wurde. Jonathan war der Meinung, dass der Höhle nichts Besseres hatte passieren können. Ansonsten wären die Höhlenmalereien längst verschwunden, übermalt oder mit primitiven Kritzeleien versehen worden. Vielen Menschen fehlten leider jeglicher Anstand und Respekt. Aber vielleicht tat er ihnen Unrecht und es fehlte ihnen nicht der Anstand, sondern der nötige Intellekt, um das Richtige zu tun?

Drei Höhlenforscher[163] hatten die Grotte, welche mehr als zwanzig Meter unter der Erde liegt, entdeckt. Jonathan hoffte, dass die Menschen rasch erkannten welch unglaublich wertvollen kulturellen Schatz ihnen ihre Vorfahren vor tausenden von Jahren mit ihren Zeichnungen gemacht haben. Es war schließlich die Geburtsstunde der Kunst gewesen. Die malerischen Leistungen der damaligen Menschen waren bereits unglaublich gut ausgebildet. Sie hatten seitdem in dieser Richtung nicht mehr viel dazugelernt.[164] Jonathan hatte in der Grotte immer wieder viel Zeit verbracht und mit großen Respekt und Ehrfurcht die Kunstwerke betrachtet. Er hoffte sehr, dass diese weiterhin geschützt und für die Nachtwelt bewahrt blieben.

---

163 Jean-Marie Chauvet, Eliette Brunel Deschamps und Christian Hillaire
   nach Jean-Marie Chauvet wurde die Höhle dann benannt
164 Ausruf von Pablo Picasso, als er die Höhlen Malereien von Lascaux sah:
   Wir haben nichts dazu gelernt!

Einsiedelei bei Ferreiros – 2019 n. Chr.

Maria und Josef waren noch ziemlich lethargisch und orientierungs-
los, als sie nach ihrem Übertritt in der verborgenen Höhle langsam
zu sich kamen. Das war normal und beunruhigte Hedwig nicht weiter. Ihr war es schließlich einst genauso ergangen. Überraschend
war für sie, als sie bemerkte, dass die beiden ohne einen Djed ankamen. Sie waren damit von den positiven, heilenden und leben-
spendenden Wellen abgeschnitten, welche die Djed aussandten.
Maria und Josef waren damit jetzt zu einem schnellen Alterungs-
prozeß verurteilt. Ihre menschlichen Körper würden sehr schnell
altern und zerfallen. Geistig hatten sie keine Einschränkungen zu
befürchten. Bisher spielte die Zeit für die Reisenden keine Rolle,
jetzt war sie ihr Feind. Sie mussten ihre Aufgaben jetzt lediglich
sehr rasch erledigen, bevor der körperliche Zerfall eintrat.

Warum hatte die Quelle diese Entscheidung getroffen? Hedwig war
neugierig, wusste aber, dass sie noch abwarten musste, bis die beiden neuen Reisenden sich erholt hatten. Ruhig und einfühlsam
sprach sie die beiden in der Sprache der Quelle an und erklärte
ihnen die Funktionen ihrer Körper. Zwar reagierten die menschlichen Gehirne bereits auf die Impulse ihrer Seele, aber die Koordination der Körperextremitäten nahm einfach einige Zeit in Anspruch.

Erfahrungsgemäß musste man nur geduldig abwarten, bis das Zusammenspiel zwischen Gehirn und Körper fehlerfrei funktionierte.

Maria und Josef waren selbstverständlich nicht die wirklichen Namen der beiden Ankömmlinge. Hedwig waren auf die Kürze einfach keine Besseren eingefallen, und so schlecht waren sie, wenn man die Mythologie der Menschen kannte, schließlich nicht gewählt. Ruhig blieben die beiden liegen und warteten ab, bis die Anpassung abgeschlossen war. Gelassenheit war einer der hervorstechendsten Charakterzug ihrer Art. Diesen benötigten sie auch bei ihren weiten Reisen, die oft sehr, sehr lange dauern konnten.

Wenig später lernten sie, gestützt auf Hedwig, etwas tollpatschig die ersten Schritte zu gehen. Später nahm Hedwig die mitgebrachten Kleider und half Maria und Josef beim Anziehen der fremdartigen Kleidung. „Wir verlassen jetzt diesen Ort und gehen an die Oberfläche. Nach meinem Gefühl müsste es in der Zwischenzeit Mittag sein. Das bedeutet, dass die Sonne, so nennen die Menschen ihren zentralen Stern, im Zenit steht. Es wird deshalb ziemlich heiß sein und ihr müsst unbedingt eure Augen schützen. Diese reagieren am heftigsten auf die ungewohnte Helligkeit. Am besten wird es sein, wenn ihr eure Kapuzen weit über die Köpfe zieht. Damit habt ihr einen ausgezeichneten Sonnenschutz und gleichzeitig werden euch die Menschen mit Hochachtung begegnen. Diese Klei-

dung tragen hier auf diesem Planeten die Angehörigen von religiösen Vereinigungen."

Maria und Josef nickten, sie wussten, dass sie noch nicht über alle
benötigten Informationen verfügten. Es dauerte stets einige Zeit,
bis das fremde Gehirn alle Informationen verarbeitet hatte. Auch
wenn sie sich bereits einmal auf diesem Planeten befunden hatte,
dauerte es, bis die Erinnerung an den früheren Aufenthalt vollständig war.

„Ich gehe voraus. Folgt mir einfach nach." Mit langsamen, bedäch-
tigen Schritten betrat die alte Frau den dunklen Gang, der nach
oben führte. Als sie ankamen, war es tatsächlich Mittag. Um diese
Jahreszeit war es um diese Stunde so heiß, dass die Menschen vernünftigerweise in ihren Behausungen blieben. Außerdem lagen die
Kapelle und die Hütte Hedwigs so abgelegen von den restlichen
menschlichen Besiedelungen, das nicht damit zu rechnen war, dass
sie einem anderen Menschen begegnen würden.

Kaum waren die drei ins Freie getreten, als Maria und Josef auch
schon rasch ihre Kapuzen über die Köpfe zogen. Hedwig lächelte
über diese heftige Reaktion, ihr war es damals genauso ergangen.
Damals - das waren jetzt fast 500 irdische Jahre, als sie in Rüeg-

gisberg diese Welt betrat, gemeinsam mit Elisabeth die schon lange wieder zur Quelle zurückgekehrt war. Ob sie noch dort, oder auf einem anderem Planeten eingesetzt war? Sie würde sie gerne wiedersehen. Schließlich hatten sie vereinbart, gemeinsam das Fest der Eins werdenden Körper zu begehen.

Die Helligkeit auf der Erde war anfangs sehr schmerzhaft gewesen. Hedwig mied auch jetzt noch, nach all den Jahren, den vollen Sonnenschein und zog die Nacht dem Tag vor. Aber bald hatte das ein Ende und sie würde dann endlich wieder im sanften goldenen Schimmer der Quelle wandeln können. Und vielleicht ... sie schob den Gedanken an das Fest der Eins werdenden Körper beiseite und konzentrierte sich auf die vor ihr liegenden Aufgaben.

Als sie Hedwigs Hütte betreten hatten, konnte Hedwig endlich nach dem Grund fragen, warum Maria und Josef ohne Djed angekommen waren. „Die Quelle hat mit Besorgnis die Entwicklung der letzten Zeit auf diesem Planeten zur Kenntnis genommen. Sie ist noch unschlüssig, ob wir uns von hier vollständig zurückziehen, oder weiter positiv auf die Lebewesen einwirken sollen. Sie hat Jonathan aufgefordert bald eine Entscheidung zu treffen. Auf jeden Fall soll verhindert werden, dass ein weiterer Djed verloren geht. Unsere

Aufgabe wird es sein, die beiden Djed die Filippo verborgen hat zu holen und zurückzubringen."

Santiago de Campostela[165] - 2019 n. Chr.

An einem sonnigen Tag verabschiedete sich Hedwig von Maria und Josef. Die beiden hatten sich in der Zwischenzeit auf ihre Aufgabe gut vorbereitet und sich gut an diese Welt angepasst. Die drei standen im Schatten des Hospital de los Reyes Católicos[166] auf dem Obradoiro Platz und ließen ihren Blick über die zahlreichen historischen Gebäude wandern. „Ihr kennt euer Ziel?" Josef und Maria nickten, „wir haben uns die Koordinaten eingeprägt", Josef nickte, „wir werden Filippos Versteck hinter dem Wasserfall in diesem Passeiertal finden und die beiden Djed zurückbringen. Es sollte uns möglich sein, die Felsbrocken soweit zu entfernen, dass wir das ehemalige Versteck hinter dem Wasserfall auffinden."

„Und du?" Hedwig griff nach Marias Frage nach dem Djed unter ihrem Umhang. „Ich werde jetzt ein letztes Mal in die Kathedrale gehen. Es gibt dort einige Stellen, die ich mir nochmals kurz anse-

---

165 Galicien / Spanien
166 Hospital der katholischen Könige

hen möchte. Die Menschen auf diesem Planeten sind manchmal zu außergewöhnlich großen künstlerischen Dingen fähig und leider gleichzeitig so unbeschreiblich naiv und dann", Hedwig streichelte behutsam über ihren Djed, „dann werde ich heimkehren zur Quelle." Sie verneigte sich vor Maria und Josef, drehte sich um und ging langsam in Richtung der Kathedrale davon.

Einschub

Gestatten sie mir an dieser Stelle einige Anmerkungen. Wahrscheinlich haben sie auf den letzten Seiten darauf gewartet, dass endlich etwas geschieht. Dass es spannender wird, dass es zu mehr Aktion kommt. Keine Angst sie stehen kurz davor. Allerdings waren die vorherigen Schilderungen wichtig, sie waren schließlich ursächlich für die folgenden Geschehnisse. Und sie wurden tatsächlich erheblich gekürzt wiedergegeben! Eine große Anzahl von Reisenden war nämlich über lange Zeiträume auf der Erde anwesend. Auf viele ihrer Schilderungen, von denen wir erfahren haben wurde verzichtet, sie wären zu unglaubwürdig gewesen. Man musste schon so wie Paul und ich persönliche Erfahrungen mit den Reisenden gemacht haben, um den Wahrheitsgehalt ihrer Berichte nicht anzuzweifeln. Wir haben uns deshalb auch weitgehend auf die Ereignisse beschränkt, die mit den späteren Geschehnissen im Kloster Neuendorf im Zusammenhang standen.

Waren sie neugierig und haben während des Lesens eigene Recherchen im Internet durchgeführt, um den Wahrheitsgehalt der geschichtlichen Angaben zu prüfen? Wie bereits erwähnt haben wir uns an die Tatsachen gehalten, mussten aber einige relevante Daten verändert, um die Reisenden und vor allem uns und das Kloster zu schützen. Es kann also durchaus sein, dass die Angaben in diesem Buch mit ihren Recherchen nicht übereinstimmen. Es bleibt dann selbstverständlich ihnen überlassen, wem sie mehr Glauben schenken wollen.

Da sich die Geschehnisse um den gestohlenen Djed und Filippos Bücher auf Europa beschränkt haben wurde auf die vielen Erlebnisse der Reisenden auf dem restlichen Planeten verzichtet. Das wäre übrigens ausreichend Stoff für eine ganze Bücherreihe; denn selbstverständlich waren die Reisenden weltweit aktiv. Damit lässt sich auch erklären, warum einige evolutionäre Geschehnisse trotz der räumlichen Trennung fast zeitgleich sowohl in Europa als auch auf dem amerikanischen Kontinent geschahen. Denken sie dabei nur an den Bau von Pyramiden. Übrigens mein Freund Paul war völlig aus dem Häuschen[167] als er erfuhr mit welchen Mitteln es den Ägyptern möglich war ihre Pyramiden zu erbauen. Ich habe ihm empfohlen, dass wir diese Entdeckung in dem Buch an einer Stelle einbringen konnten. Schließlich war da auch ein Reisender der sich Imhotep[168] genannt hatte maßgeblich beteiligt. Doch Paul hatte nur grinsend abgewunken und gemeint, dass uns das eh niemand glauben würde.

---

167 redensartlich für einen völlig ekstatischen Zustand
168 oberster Baumeister / Gelehrter

Eine Bemerkung noch zu den Durchgängen von und zur Quelle. Wie muss man sich diesen vorstellen? Wir wissen es nicht. Ein aus früherer Zeit bestehender, nicht mehr aktiver, Durchgang steht übrigens am Südufer des Titicacasees in der antiken Stadt Tiahuanaco. Im Internet können sie Bilder eines Sonnentores sehen, dass aus einem riesigen Steinblock herausgeschlagen wurden. Das Sonnentor ist selbstverständlich nicht der tatsächliche Durchgang. Dieser liegt gut versteckt, nicht auffindbar für die einheimische Bevölkerung, in der Nähe. Die damals dort lebenden Einheimischen konnten sich das plötzliche Erscheinen und Verschwinden der göttlichen Besucher nicht anders vorstellen, als dass diese durch ein Tor die Welten wechseln konnten. Was ja auch irgendwie der Wirklichkeit ziemlich nahe kommt.

Dieser Durchgang ist in der Zwischenzeit, wie viele andere auch von der Quelle geschlossen worden.

Ab jetzt werden wir auf die Angabe n. Chr. verzichten. Wir sind in der Jetztzeit angekommen. Den nachfolgenden Teil der Geschehnisse beginnen wir als Einstieg wieder mit einem Zitat, das nicht treffender sein könnte.

Benjamin Klausen

Die beste Tarnung ist die Wahrheit.

Die glaubt einem keiner.

Max Frisch

Kloster Neuendorf - 12. August

Mühsam kroch Paul Huber aus dem Erdloch und zog anschließend eine abgegriffene Aluminiumleiter hinter sich hoch. Er setzte sich auf einen Baumstumpf und griff dankbar nach der Wasserflasche, die ihm Benjamin Klausen, der Abt des Kloster Neuendorf, reichte.

„Und wie sieht es aus?" „Tja, wir haben ein Problem Benjamin. Es handelt sich tatsächlich um ein Dolmengrab. Eine großflächige Steinplatte mit einem Unterbau von fünf aufrechtstehenden Steinen. Das Grab bildet eine rechteckige Kammer." „Du hattest also recht mit deiner Vermutung." Klausen setzte sich neben seinen Freund. „Das ist keine große Sache", wehrte dieser ab, „wenn man sich diesen Teil eurer Gartenanlage genauer ansieht, fällt einem eine Vegetationsanomalie auf. Heller Rasen, dunkler Rasen. Das liegt daran, dass der Untergrund hier eine komplett andere Struktur hat als der Rest der Fläche." Huber grinste, „und wenn man dann auch noch Archäologe ist und ein wenig Bescheid über Luftbildarchäologie weiß, ist die Lösung ganz einfach. Ich bin davon ausgegangen, dass hier eine anthropogene[169] Bodenstörungen vorliegen muss."

---

169 menschgemachte ...

„Und was machen wir jetzt?" Klausen blickte seinen Freund ernst an. „Du kennst die Ansicht unseres Klosters über archäologische Untersuchen auf diesem Gelände." Bevor Huber antwortete, legte er einige herumliegende Holzbretter über seine Ausgrabung. „Jetzt ist das Loch gesichert. Soweit ich weiß, läuft in diesem abgelegenen Teil des Gartens zwar niemand herum, aber sicher ist sicher. Also, wenn du einverstanden bist, werde ich in den kommenden Tagen noch einige Untersuchungen machen. Soweit ich bisher feststellen konnte, liegen nur einige Skelette herum. Keinerlei Grabbeigaben. Ich nehme deshalb an, dass wir es hier mit der Grabanlage einer lokalen Gemeinschaft zu tun haben. Also keine Bestattung einer besonderen Person. Aufgrund der Knochenanzahl dürfte die Grabanlage nicht lange benutzt werden sein. Wissenschaftlich aber allemal interessant."

„Warum hat man eigentlich bisher nie etwas davon bemerkt", Klausen starrte auf die Holzbretter, die auf dem Boden lagen. „Ach weißt du Benedikt, es wird angenommen, dass noch unzählige Gräber, Siedlungen und Artefakte unter der Erde auf ihre Entdeckung warten. Hier war es wohl so, dass man irgendwann mit Erde eine große Fläche aufgefüllt hat, um eine ebene Weide oder Ackerboden zu bekommen. Große Steine und den Dolmen hat man einfach mit verfüllt. Das war wahrscheinlich einfacher, als die Felsen abzutragen. Irgendwann war alles eingeebnet und das Grab mit Erde verfüllt, deshalb ist unter der Erde auch alles so gut erhalten. Man hat von der Deckplatte nichts mehr gesehen. Jahrhunderte später ist dann der Klostergarten angelegt worden und weitere Jahrhunderte danach habe ich begonnen ein Loch zu graben."

„Wie alt ist das Grab deiner Meinung nach?" „Ohne nähere Untersuchungen ist das schwierig zu sagen. Aber ich schätze mal 3300–2900 v. Chr." Huber kratzte sich am Kinn. „Das Problem ist, dass so ein Dolmen landesgeschichtlich und wissenschaftlich von immenser Bedeutung ist. Wir müssten jetzt eigentlich sofort die Behörden informieren." „Müssten", Klausen blickte seinen Freund fragend an. „Naja", meinte dieser, „ein erfahrener Archäologe ist ja bereits vor Ort." Er grinste, „ganz ehrlich, seit Jahrtausenden hat niemand von dieser Grabstelle gewusst. Auf einige Tage wird es also nicht mehr ankommen. Die Knochen werden uns nicht davonlaufen. Ich würde hier gerne noch allein ein wenig herumbuddeln, ohne dass meine Kollegen mit ihrem ganzen technischen Equipment aufmarschieren und das ganze Umfeld in Beschlag nehmen." Der Abt grinste, als er die Worte seines Freundes hörte, „also", langsam stand er auf, „ich werde freiwillig die Behörden nicht informieren. Wegen mir kannst du hier herumbuddeln, solange du willst."

Kloster Oybin – 13. August

Benno Carsten sah seine Begleiterin an. „Wir haben eine Spur! Nach all den Jahren!" Er reichte Una Best sein Handy und zeigte erregt auf das Display: „hier: lies selbst." Die Irin mit den langen roten Haaren, überflog mehrmals die SMS auf Carstens Handy: Spur!!! Sofortiges Treffen erforderlich. CCAA. 12:00 – 13:00 Uhr, Anbetung von Kaiser Nero und seiner Mutter.

Carsten klopfte sich die schmutzigen Hände an seiner Hose ab. Er nahm die Chipkarte aus dem Handy und zerdrückte sie. „Zurück zum Wohnmobil, wir reisen unverzüglich ab. Wir haben eh nichts gefunden, was für die Gilde interessant sein könnte." Seit fast einem Monat waren die beiden im Landkreis Görlitz unterwegs gewesen. Sie hatten sich intensiv die Ruinen von Burg und Kloster Oybin angesehen. Erfolglos, genauso wie ihre zahlreichen Wanderungen durch die nähere Umgebung der Ruinen.

Das Kloster war von Kaiser Karl IV. für den Orden der Cölestiner gestiftet worden. Diese Ordensgemeinschaft war eine Unterabteilung des Benediktinerordens und von Peter vom Morrone[170] dem

---

170 ein Priester der nach seiner Priesterweihe in einer Einsiedelei auf dem Monte Morrone wohnte (auch Pietro da Morrone, Petrus de Murrone oder Pietro Angelari)

späteren Papst Cölestin V.[171] gegründet worden. Carsten und Best waren im Auftrag der Gilde unterwegs gewesen.

In einem Archiv eines italienischen Klosters hatte ein Gildenmitglied vor einigen Monaten Hinweise aus dem Jahr 1290 gefunden, danach hatte Papst Nikolaus IV.[172] ein geheimnisvolles Relikt zur sicheren Aufbewahrung ins Benediktinerkloster in Santa Maria de Faifula bringen lassen. Das Relikt sei nach einem persönlichen Notiz des Papstes erkennbar nicht von dieser Welt und solle vor den Augen des gemeinen Volkes verborgen bleiben. Der Papst vertraue auf die geistige Kraft und den großen Glauben des Abtes.

Der damalige Abt war niemand anders als der spätere Papst Cölestin V. gewesen. Er lebte einige Jahre als Einsiedler im Majella-Gebirge. Vielleicht, so die Mutmaßungen der Gildeoberen, hatte er dort dieses geheimnisvolle Relikt verborgen. Entsprechende Nachforschungen waren bisher aber ergebnislos verlaufen. Die Suche wurde von der Gilde deshalb auf Klöster ausgedehnt, die zu Papst Cölestin V. einen Bezug hatten. Das Kloster Oybin wurde zwar erst nach den Tode von Papst Cölestin V. gegründet. Das bedeutete

---

171 Geburtsjahr unbekannt – 1296 / Papst Juli – Dezember 1294
172 1227 - 1292 / Papst seit 1288

aber nicht, dass das ominöse Relikt nicht seinen Weg in dieses abgelegene Kloster gefunden haben könnte.

Leider war die Anlage im Zittauer Gebirge im Jahr 1577 durch einen Blitzschlag und anschließendem Brand zerstört worden. Niemand hatte deshalb ernsthaft damit gerechnet tatsächlich noch einen Hinweis zu finden. Aber es sollte auch nichts unversucht bleiben.

„CCAA. 12:00 – 13:00 Uhr?" Una Best wirkte ratlos, „du weißt, wohin wir müssen?" „Klar", Carsten lächelte süffisant, „du nicht?" „Nein", kam die zögerliche Antwort. „Dann lass dich überraschen."

Kloster Neuendorf - 13. August

Paul Huber hatte das archäologische Fieber gepackt. Er war nämlich plötzlich auf einen harten Untergrund gestoßen. Eine Bodenplatte! Das war ungewöhnlich. Behutsam räumte er die herumliegende Skelettteile beiseite. Er tat dies mit großer Pietät, immerhin waren das einmal Menschen gewesen, auch wenn sie schon tausende Jahre tot waren. Huber nahm einen Pinsel und säuberte die steinerne Platte. Er nahm seine Trinkflasche und goss etwas Wasser auf den Stein. Drei tief in den Fels geritzte Rillen! Ohne Zweifel hatten das Menschen gemacht. Aber was diese Zeichen einst bedeuteten, ließ sich nicht mehr klären. Vielleicht waren sie ein Abwehrzeichen gegen böse Geister, oder das Symbol des Stammes, der das Dolmengrab errichtet hatte. Es würde ein Rätsel bleiben.

Huber klopfte mit dem Pinselstiel die Platte ab, es klang tatsächlich hohl. Unter der Platte musste sich demnach ein weiterer Raum befinden. Mit einem kleinen Meisel kratzte er den Rand der Platte ab. Dann steckte er einen Hammer von außen unter die freigelegten Plattenkante und versuchte die Platte zu heben. Schon nach kurzer Zeit ran Huber der Schweiß von der Stirn. Hartnäckig wie er nun einmal war, gab er aber nicht auf und stemmte sich immer wieder gegen den Hammerstiel. Endlich lockerte sich die Platte. Mit einer letzten großen Kraftanstrengung wuchtete Huber diese schließlich hoch und legte sie auf die Seite. Mit seiner Taschenlampe leuchtete er neugierig in das freigelegte Loch hinein. War das ein Schlupf, ein Erdstall? Huber hatte natürlich als Archäologe von den in dieser Gegen vorhandenen unterirdischen Gangsystemen gehört. Mit Tierställen hatte diese unterirdischen Anlagen nichts zu tun. Den genauen Sinn und Zweck dieser Bauten hatte man noch nicht festgestellt. Im Volksglauben war von Zwergen und anderen mystischen Figuren die Rede.

Huber schwitzte immer noch stark. Sein Puls war erhöht. Das spürte er, da brauchte er nicht nachmessen. Er muss jetzt dringend eine Pause einlegen. Keine Aufregung in ihrem Alter hatte sein Kardiologe ihn ermahnt, das wäre Gift für sein Herz. Bei seinem letzten Checkup vor einigen Wochen war eine koronare Herzkrankheit festgestellt worden. Ablagerungen aus Cholesterin und Kalk in den Blutgefäßen. Auf Hubers Frage, woher das kommt, hatte der Kardiologe ihn nach seinem Alter gefragt und kritisch seinen Bauch betrachtet. Um einen Herzinfarkt zu vermeiden, sollte er neben einer Gewichtsreduktion übermäßig starke körperliche Anstrengungen vermeiden.

Huber legte sein Werkzeug beiseite und kletterte aus dem Loch. Er zog die Leiter hoch und legte sie beiseite. Anschließend setzte er sich in den Schatten und trank langsam etwas Mineralwasser. Für Heute würde er seine Grabungen beenden. Jetzt war Zeit für Kyūdō[173]. Huber hatte sich bereits vor vielen Jahren der traditionelle japanische Kampfkunst mit dem Langbogen zugewandt. Die festge-

---

173 Der Weg des Bogens

legten Bewegungsabläufe, die erforderliche hohe Konzentration, die körperliche Anspannung und gleichzeitige Ruhe bevor der Pfeil den Bogen verließ, faszinierten ihn. Das war ein Sport, den er bevorzugte.

Huber hatte sich einen sehr teuren und hochwertigen Bogen aus einer laminierten Bambus- Hartholzkonstruktion gegönnt. Auf die traditionelle Bekleidung und sonstigen Ausrüstungsgegenstände verzichtete er aber. Er schoss mit seinem Bogen in dem abgelegen Teil des Klostergartens auf eine aufgehängte Zielscheibe. Die Ya-Pfeile aus gehärteten Bambus waren ihm zu teuer. Er benutzte Carbon- und Fieberglaspfeile. Die erfüllten ihren Zweck genauso. Huber hatte es in der Zwischenzeit zu einer wahren Meisterschaft in der Treffsicherheit gebracht. Wie er das geschafft hatte, war ihm selbst ein Rätsel. Er hielt den Bogen nicht richtig, seine Haltung ließ sowieso zu wünschen übrig, aber es machte ihm Spaß und er traf ins Ziel. Und er konnte seinem Arzt mit guten Gewissen versichern, dass er regelmäßig Sport trieb.

Autobahn Deutschland A 5 – 14. August

„Jetzt sag schon. wo fahren wir hin." Als Benno Carsten nicht sofort antwortete, verlegte sich Una Best aufs Betteln, „ein kleiner Hinweis – bitte." „Also gut", Benno Carsten blickte kurz auf das Navi des Autos, „wir sind schließlich noch einige Stunden unterwegs. Vertreiben wir uns die Zeit. CCAA was könnte das deiner Meinung nach bedeuten?" „Klingt wie ein Modelabel", die Irin öffnete das Handschuhfach und holte sich einen Müsliriegel heraus. Carsten grinste, wo in aller Welt aß Una diese Mengen an Süßigkeiten nur hin? Sie wog doch keine 50 Kilo.

„Modelabel?" „Nein Una. CCAA ist eine Abkürzung für eine ehemalige römische Kolonie im Rheinland. Colonia Claudia Ara Agrippinensium. Auf deutsch: Claudische[174] Kolonie und Opferstätte der Agrippinenser."[175] „Und in Deutsch?" „Köln."

„Köln?" „Ja", Carsten nickte grinsend, „aus einer Ubiersiedlung[176] und einer römischen Kolonie entstand mit der Zeit ... tata ... Köln. Dauerte anschließend natürlich eine Zeitlang, bis es so groß war wie heute." Eine Weile herrschte Schweigen, Una steckte sich das

---

174 Tiberius Claudius Caesar Augustus Germanicus
175 Agrippina
176 Die Ubier waren ein westgermanisches Volk

zerknüllte Verpackungspapier ihres Müsliriegels in die Tasche. „Gut also Köln", begann sie nach einer Weile „und wo befindet sich diese Stelle an der Kaiser Nero und seine Mutter angebetet werden?"

„Das bleibt vorerst mein Geheimnis", Carsten grinste in sich hinein. Er war gespannt, wie viel Zeit wohl verging, bis seine Begleiterin ihre nächste Frage stellen würde.

Kloster Neuenburg – 15. August – 13:30 Uhr

Die beiden alten Menschen saß auf einer Bank und blickten auf das im Tal liegende Kloster Neuenburg. „Du glaubst wirklich, dass wir hier für einige Zeit in Sicherheit sind?" Die Frau betrachtete skeptisch die Umgebung. „Wir haben leider nicht viele Alternativen", antwortete der Mann. „Ausgerechnet der Bus, in dem wir beide saßen wurde in diesen Unfall verwickelt. Wir können nicht zurück nach Ferreiros. Man wird uns unterwegs mit Sicherheit aufspüren." „Vielleicht haben wir Glück?"

„Haben wir nicht", der Mann legte der Frau seine Hand auf die Schulter, „ich habe ein Bild von uns in einer überregionalen Zeitung gesehen. Wahrscheinlich waren wir in vielen Nachrichtensendungen.

Ein großer Vorteil für diese Gilde. Mit ihren technischen Möglichkeiten haben sie jetzt eine frische Spur von uns und werden sich wie Bluthunde darauf stürzen. Ich bin mir sicher, dass sie in wenigen Tagen in dieser Gegend auftauchen werden. Bis dahin müssen wir wieder verschwunden sein und vor allem für die beiden Djeds ein sicheres Versteck gefunden haben. Er kann leider nicht in unserem Besitz bleiben. Falls Mitglieder der Gilde uns ergreifen, müssen die Djeds in Sicherheit sein."

„Es ist schon merkwürdig", die Frau öffnete ihre Handtasche und nahm eine Heilsalbe heraus. Während sie sich damit einige Schürfwunden auf ihrem Arm eincremte, schüttelte sie ihren Kopf, „der eine Djed war nach Tausenden von Jahren nicht einmal einen Monat in unserem Besitz und schon besteht die Gefahr ihn erneut zu verlieren." „Nein, das wird diesmal nicht geschehen", der Mann wirkte entschlossen, „ich habe mich über diese Gegend informiert. Der Archäologe, der hier wohnt kann uns von Nutzen sein. Ich habe einige Veröffentlichungen von ihm gelesen. Er scheint mir der richtige Mann zu sein. Intelligent und vor allem praktisch veranlagt. Wir brauchen ein gutes Versteck für die Djeds. Dieser Mensch kann uns helfen. Später werden wir die Djeds wieder abholen und dann endlich nach Hause bringen."

„Nach Hause", die Frau seufzte wehmütig, dann griff sie nach der Hand des Mannes. „Du weißt, dass meine Kräfte rapide schwinden. Mir bleibt nicht mehr viel Zeit. Bald werde ich ... du musst mir helfen." „Ja", der Mann ballte kurz seine Hände zusammen, „wir brauchen beide dringend die Hilfe dieser Menschen. Wir werden dafür aber Einiges über uns preisgeben müssen."

Kloster Neuenburg – 15. August

Das ältere Paar kam am Abend des 15. August an. Benedikt Klausen der Abt des Klosters Neuenburg blieb dieses Datum auch deshalb in guter Erinnerung, weil es der Abend von Assumptio Mariae, also der Aufnahme der seligen Jungfrau Maria in den Himmel war. Mariä Himmelfahrt war einer der Feiertage, die in der ländlichen Gegend in den bayerischen Alpen, in dem sich das Kloster befand noch unter großem Anteil der Bevölkerung begangen wurde. Bereits einige Tage vorher waren vom Frauenbund traditionsgemäß die Kräuterbüschel gebunden worden, die dann nach der Weihe durch den Priester in den Wohnungen im Herrgottswinkel ihren Platz fanden. Sie sollten das Haus und seine Bewohner das Jahr über vor Krankheit, Unglücken beschützen, den Hof vor Blitzen bewahren und an was man sonst noch so glaubte.

Pater Benedikt Klausen war ein gläubiger, aber auch intelligenter und weltoffener mit beiden Füßen im Leben stehender Mensch, der seine eigene Meinung über Kräuterbüschel und sonstige alte, oft noch aus heidnischer Vergangenheit kommende Rituale hatte. Diese Meinung behielt er natürlich für sich, oder teilte sie, wenn überhaupt nur mit seinem Freund Paul Huber, dem er blind vertraute. Bei anderen, vor allem einigen kirchlichen Würdenträger wäre er mit der Preisgabe seiner eigenen Ansichten vorsichtig gewesen.

Benedikt Klausen sah das ältere Ehepaar, Maria und Josef Müller, in Gedanken noch immer vor sich, wie sie ihn an Mariä Himmelfahrt um eine Herberge für einige Tage baten. Herberge – Klausen lächelte damals insgeheim über den etwas veralteten Ausdruck, erfüllte dem Ehepaar selbstverständlich diesen Wunsch.

Das Kloster war schließlich weltoffen, weithin bekannt für sein Internat und die moderne schulische Ausbildung. Zusätzlich bot das Kloster Seminare an, um zur inneren Ruhe und Ausgeglichenheit zu finden. Hervorzuheben ist hierbei, dass sich das Kloster dabei allen Kulturen und Religionen öffnete. Es fanden neben christlichen Einkehrtagungen und Gebetsstunden auch Mediationen, Yoga und vor allem Predigten von Geistlichen anderer Glaubensrichtungen statt. Außerdem gab es mehrere Unterkünfte für Menschen, die einige

Tage in der klösterlichen Ruhe verbringen wollten, oder auf dem Jakobusweg eine Rast einlegten. Maria und Josef Müller hätten also einfach nur sagen brauchen, dass sie für einige Tage ein Zimmer buchen wollten.

Das Kloster befand sich nämlich, wie fast alle Kirchen oder Klöster in den letzten Jahren auf einmal exakt auf einer Route eines Jakobusweges. „Euer arme Jakobus ist ganz schön herumgerannt auf der damaligen Welt", hatte Paul Huber kopfschüttelnd bemerkt, als vor einigen Jahren an der Klostermauer ein Schild mit der stilisierten Jakobsmuschel als Erkennungszeichen für den Jakobsweg angebracht wurde. „Wenn sich Neil Armstrong bei seiner Mondlandung[177] etwas genauer umgesehen hätte, wäre er sicherlich auch irgendwann über eine Jakobsmuschel gestolpert."

„Alter Nörgler", Klausen hatte seinem Freund grinsend auf die Schulter geklopft und mit dem Finger auf das Schild getippt, „dem Kloster hilfts und den Menschen schadet es nicht." „Und der Glaube versetzt Berge", fügte Huber trocken hinzu. „Genau", Klausen lächelte, „so steht es schließlich bereits in der Bibel."[178]

---

177 21. Juli 1969
178 Matthäus 17:20

Gerade für seine weltliche Öffnung des Klosters, war Benedikt Klausen zunächst sehr angegriffen worden. In der Zwischenzeit wurden viele Veranstaltungen und Gastpredigten bereits im Fernsehen übertragen und die Zuschauerzahl dafür nahm stetig zu. Dieser mediale Erfolg führte dazu, dass auch einige Privatsender sich dieses Genres annahmen. Es war wie mit den ausufernden Kochsendungen. Ein Sender hatte begonnen und in der Zwischenzeit war es nicht mehr möglich den Fernseher einzuschalten, ohne dass auf irgendeinem Kanal ein Koch den Zusehern erklärte, wie sie ein Schnitzel richtig zubereiten sollten, nein mussten. Als hätten die Millionen Menschen die täglich Schnitzel für ihre Familie zubereiteten überhaupt keine Ahnung davon und würden diese versalzen, verbrennen und in einem völlig ungenießbaren Zustand ihrem Partner oder Kindern vorsetzen.

Abt Benedikt hatte für einfache Priestern und Laien, die in den Kirchen tätig sind genauso ein Forum eingerichtet, wie für Führern von Religionen seien sie jetzt Priester, Bischof, Mufti, Imam, Rabbi, Lama oder Schamane. Diese Tatsache macht vielleicht verständlich, warum Abt Benedikt als er von dem Tod der Frau erfuhr, nicht sofort die Polizei verständigte, sondern dem mutmaßlichen Mörder, trotz großer Vorbehalte, die Möglichkeit gab seine, äußerst merkwürdige Geschichte zu erzählen.

Worte für die man diesen Menschen vor einigen hundert Jahren ohne langes Zögern als Ketzer vor Gericht gestellt und anschließend verbrannt hätte. In der heutigen, aufgeklärten Zeit wäre der Mann, wenn man ihm am Ende habhaft geworden wäre in einer Heilanstalt gelandet und man hätte dort den Versuch unternommen ihn zu therapieren; obwohl der Mann, die Wahrheit gesprochen hatte.

Kloster Neuenburg – 15. August – 19:15 Uhr

Das ältere Paar stand im Büro des Abtes und bat um ein Zimmer für einige Tage. Sie wollten sich von einer langen Wanderung ausruhen. Abt Benedikt wunderte sich zwar darüber, dass die beiden alten Menschen keine Wanderkleidung trugen und auch sonst keinerlei Gepäck, Rucksack oder Reisetasche bei sich hatten. Aber vielleicht hatten sie mit dem Begriff der langen Wanderung auch nicht die körperliche Betätigung, sondern mehr eine spirituelle Aussage gemeint. Die beiden Menschen machten einen sehr ausgeglichenen, ruhigen, zufriedenen und freundlichen Eindruck. Sie ruhten in sich selbst, wie der Abt feststellte. Dieses Paar war offensichtlich wirklich am Ende einer langen Reise angekommen. Es gab für den Abt keinen Grund ihnen ihren Wunsch abzuschlagen.

Die beiden Besucher, die sich in das Gästebuch als Maria und Josef Müller eintrugen, bedankten sich höflich. Erkundigten sich nach den Essenszeiten im Speisesaal und gingen schließlich auf ihr Zimmer. Müller ist im Übrigen der am häufigsten vorkommende Nachname in Deutschland. Es gab deshalb keinen Grund an der Echtheit des Namens zu zweifeln. Der Abt verzichtete darauf sich die Personalausweise zeigen zu lassen. Er war ein wenig müde von der langen Messfeier zu Ehren des Feiertags und es war ein älteres Ehepaar und dann auch noch ihre beiden Vornamen!

Bei Maria und Josef hätte man natürlich an die Eltern[179] von Jesus Christus denken können. Hätte man … oder, es war einfach ein Zufall, dass dieses Ehepaar solche Vornamen hatte. Niemand hatte zu diesem Zeitpunkt wissen können, dass die Namen falsch waren und die beiden alten Menschen wahrscheinlich überhaupt keine Namen hatten. Zumindest keine der normalsterblichen Menschen bekannt gewesen wäre. Auch die Bezeichnung Mensch für Maria und Josef Müller ist unangebracht. Aber wie sollten wir sie sonst bezeichnen. Sie sahen schließlich aus wie Hinz und Kunz[180].

---

179 zumindest was Maria angeht
180 deutsche Redewendung und Synonym für Jedermann

Maria und Josef Müller zogen sich auf ihr Zimmer zurück. Die Frau hatte Abt Benedikt zu diesem Zeitpunkt das letzte Mal lebend gesehen. Josef Müller kam später noch kurz in den Speisesaal und holte sich dort eine Flasche Mineralwasser. Mit ihrer Hilfe töte er kurze Zeit später seine ... Frau.

Kloster Neuenburg – 16. August – 10:05 Uhr

Benedikt Klausen war für die Andacht um 09:00 Uhr eingeteilt gewesen. Er befand sich auf dem Rückweg von der Kirche zum Klosterbau und freute sich auf ein gutes zweites Frühstück mit seinem Freund Paul Huber. Huber war emeritierter Professor mit dem Spezialgebiet Prähistorische Archäologie und verbrachte seine freie Zeit seit vielen Jahren im Kloster. Da er nur noch wenige Lehraufträge hatte konnte er sich hier, frei von den Zwängen den ein Lehrstuhl an einer Universität nun mal mit sich brachte, seinem Beruf widmen.

Das Kloster stand an einer Stelle, an der bereits seit Urzeiten Menschen gesiedelt hatten. Die barocke Kirche des Klosters war auf den Resten einer heidnischen Opferstätte gebaut worden. Nach Ansicht vieler Archäologen war das Kloster Neuenburg ein Ort, der unbedingt im Hinblick auf seine Vorgeschichte wissenschaftlich untersucht werden musste. Jegliche offizielle Anfrage über archäologische Grabungen war bisher aber stets am Einspruch des Kloster gescheitert. Nicht weil man irgendetwas zu verbergen gehabt hätte. Man befürchtete aber, dass archäologische Forschungen den gewohnten klösterlichen Ablauf erheblich stören könnten. Und niemand konnte vorhersagen, welche Einschränkungen auf das Kloster in der Folge zukommen würden. Wie lange konnten solche Untersuchungen dauern? In welchem Umfang mussten Ausgrabungen durchgeführt werden? Wurde der weithin bekannt historische Kräutergarten dessen Anfänge bis in das Jahr 890 zurückreichten in Mitleidenschaft gezogen? Nach alten Aufzeichnungen waren Teile der frühesten Gartenanlage noch unter Anleitung von Walahfrid Strabo[181] entstanden. Später wurde die Gärten um das Kräuterwissen von Hildegard von Bingen[182] ergänzt und unter Berücksichtigung der naturwissenschaftlichen Erkenntnisse von Albertus Magnus[183] erneut erweitert.

Deshalb fanden bisher keine offiziellen archäologischen Untersuchungen auf dem Klostergelände statt. Lediglich Paul Huber streifte

---

181 Benediktiner, Botaniker, von 842 bis 849 Abt des Klosters Reichenau
182 Hildegard von Bingen * 1098 † 1179 Benediktinerin, Äbtissin, natur- und heilkundige Gelehrte
183 Albertus Magnus * um 1200 † 1280 deutscher Gelehrter, Bischof,
　　Universalgelehrter, Naturwissenschaftler

beharrlich durch das Gelände, fotografierte, skizzierte und hielt seine Erkenntnisse für die Nachwelt schriftlich fest. Diese Arbeit gefiel ihm. Das war die gute alte Archäologie, genauso wie er es vor Jahrzehnten erlernt hatte. Mit dem neumodischen Zeugs einiger Kollegen mit ihrer Hightech-Archäologie konnte er nichts anfangen. Sie war interessant, brachte neue überraschende Ergebnisse, löste bestehende Rätsel, aber für ihn hatten geophysikalische Methoden oder die Fotogrammmetrie[184] nichts mit Archäologie zu tun. Man musste sich als Archäologe die Finger schmutzig machen! Paul Huber genügte deshalb meist ein Spaten, einige Spachteln und ein paar Pinsel, um seinem Beruf und seiner Leidenschaft nachzugehen. Neben schmutzigen Fingern war ein wachsames Auge wichtig, wie Huber seinen Studenten immer auf den Weg gegeben hatte. Auf diese Weise war er auch auf die Bodenanomalie im abgelegenen Teil des Klostergartens und auf die dort im Boden eingegrabenen Felsen aufmerksam geworden.

Köln – 16. August – 11:20 Uhr

Sie waren in Köln angekommen und hatten in der Contipark Tiefgarage am Dom ihr Auto abgestellt. Una Best hatte sich tatsächlich

---

184 aus einer großen Anzahl von Fotos wird ein digitales Modell erschaffen

bis jetzt mit ihren Fragen zurückgehalten, obwohl Benno Carsten ihr ansah, dass sie vor Neugierde gleich platzen würde.

„Komm mit", Carsten eilte auf den Dom zu. „Wohin gehst du?" „Na zu der Stelle an der Kaiser Nero und seine Mutter angebetet werden." „Im Dom?" Carsten lachte „klar hier im Dom. Wo dachtest du? Hast du gemeint, dass es in Köln einen römischen Tempel gibt?"

Als sie im Dom standen, drehte sich Una Best überwältigt von den Ausmaßen des riesigen Gebäudes einige Male um sich. „Uns bleibt noch etwas Zeit", Carsten blickte auf seine Armbanduhr, „Treffpunkt ist immer zur vollen Stunde. Komm mit, du bekommst von mir eine kurze Führung durch den Dom." Die beiden eilten mit großen Schritten an einigen Touristen vorbei. Benno Carsten griff nach Una Bests Hand, mit seiner freien Hand deutete er auf einige Sehenswürdigkeiten: „Das Gerokreuz[185], die Mailänder Madonna, der Altar der Stadtpatrone[186], der Klarenaltar, der Agilolphusaltar[187], die Bibelfenster, das Chorgestühl ..."

---

185 das gewaltige Holzkreuz wurde von Erzbischof Gero (976) gestiftet
186 Werk des Kölner Malers Stefan Lochner († 1451)
187 Antwerpener Schnitzaltar um 1520

Schließlich standen sie vor dem Dreikönigenschrein[188], der sich hinter dem Hochaltar befand. Carsten zeigte auf einige der Gemmen, „hier haben wir Kaiser Nero, man erkennt ihn am Lorbeerkranz und am Zepter. Die Frau daneben mit der Löckchen-Frisur ist Agrippina die Gründerin Kölns und Agrippina war ..." „die Mutter von Kaiser Nero", ergänzte eine tiefe Stimme hinter ihnen.

Carsten und Best fuhren herum. Vor ihnen stand Bill Bright, einer der Gildenführer. Bright war Engländer, hatte aber in Deutschland studiert, seine Aussprache war akzentfrei. Er reichte Carsten einen Notizzettel. „Wir treffen uns hier in zwei Stunden. Dann erfahrt ihr beide mehr." „Die Adresse hättest du mir doch gleich auf dem Handy mitteilen können", meinte Carsten stirnrunzelnd. „Nein Benno" Bright schüttelte seinen Kopf, „diesmal sind wir so knapp an ihnen dran." Er zeigte mit Daumen und Zeigefinger die Spanne eines Zentimeters an. „Wir überlassen ab jetzt nichts mehr dem Zufall." Mit einer Kopfbewegung deutete er auf Best, „weiß sie bereits alles über die Gilde?" „Nein." „Dann informiere sie, wir brauchen ab jetzt jeden Mann ... und Frau." Bright nickte den beiden nochmals kurz zu, drehte sich um und eilte auf den Ausgang zu.

---

188 dreißig Jahre wurde an dem Schrein für die Heiligen Drei Könige Caspar, Melchior und Balthasar gearbeitet. Fertigstellung war 1225

Benedikt Klausen beeilte sich, um in die Kantine zu kommen, da sein Magen schon mehrmals ein aufforderndes und äußerst ungeduldiges Knurren verlauten hatte lassen. Trotzdem blieb der Abt stehen, als er sah, dass Jemand auf der Bank neben dem Feldkreuz am Eingangstor zum Kloster saß. Das war nicht weiter erstaunlich, da sich dort immer wieder müde Wanderer, oder Menschen, welche eine kurze Zwiesprache mit ihrem Gott abhielten, einfanden. Der Abt blickte unwillkürlich auf seine Armbanduhr, obwohl er natürlich wusste, wie spät es sein musste. Schließlich war er pünktlich mit der Andacht fertig gewesen.

Eigenartig, jetzt bereits ein Wanderer? Die kamen in der Regel immer erst nach Mittag. Aber warum nicht? Der Abt wandte sich ab und ging weiter in Richtung des Hauptgebäudes, blieb dann aber nach einer Weile stehen und sah sich nochmals um. Irgendwas stimmte nicht, er wusste nicht was, aber es überkam ihn ein seltsam mulmiges Gefühl. Eine Vorahnung, dass der Mensch, der auf der Bank saß vielleicht seine Hilfe benötigen könnte.

Der Abt ging nach kurzem Zögern auf die Gestalt auf der Bank zu. Nach einer Weile erkannte Klausen, dass es sich um Josef Müller handelte. Allein! Nun, vielleicht hatte er nicht schlafen können und wollte seine Frau nicht stören? Der Abt war jetzt etwas unschlüssig, setzte sich dann aber neben den Mann und wünschte ihm einen guten Morgen. Müller nickte nur und blickte weiter auf die Nebelbänke hinaus, die sich aus den nahen Wäldern hoben. „Wo ist ihre Frau?", der Abt stellte die Frage mehr aus Höflichkeit, er wollte nicht ohne ein paar nette Worte gewechselt zu haben wieder aufstehen und weitergehen.

„Ich hoffe doch sehr, dass sie bereits daheim ist." Benedikt ging zu diesem Zeitpunkt davon aus, dass Müller das Zimmer im Kloster meinte. Erst später erfuhr er, dass der alte Mann bei diesem Wort an einen völlig anderen Ort gedacht hatte. „Gut", der Abt stand auf, nickte Müller lächelnd zu, „einen schönen Tag noch", er wandte sich um und wollte bereits weitergehen.

„Danke, für Maria ist es wahrscheinlich wirklich ein schöner Tag, für mich aber ein weiterer Tag, den ich warten muss." Benedikt drehte sich nochmals um, „wie meinen sie das?" „Ich könnte es ihnen erklären, aber ich weiß nicht, ob sie es verstehen würden. Maria und ich haben uns gründlich überlegt, an welchem Ort wir unsere Reise beenden. Glauben sie mir, wir waren während unseres früheren irdischen Lebens bereits fast auf der ganzen Erde unterwegs gewesen.

Diesmal hatten wir einen sehr genauen Auftrag und nur einen ein-geschränkten zeitlichen Rahmen. Eigentlich wollten wir wieder zu-rück nach Ferreiros. Aber das ist uns leider nicht mehr möglich. Wir haben entschieden unsere letzten Tage an einem Ort zu verbringen, der etwas abgelegen ist." Müller tippte einladend auf den Platz ne-ben sich. Klausen setzte sich wieder. Er tat es, teils aus Höflichkeit, teils aber auch aus Neugier. Was war der Sinn hinter den krypti-schen Worten des Alten?

„Wussten sie eigentlich, dass sich an der gleichen Stelle, an der sich ihre Klosterkirche befindet, in vorchristlicher Zeit ein heidnischer Opferstein befunden hat?" Der Abt nickte, die Geschichte des Klos-ters war ihm natürlich bekannt. Es gab in der Nähe noch einige große unbehauene Steinblöcke. Paul war der Meinung, dass es sich um Megalithen[189] handelte. Sie lagen allerdings ungeordnet herum. Ein Monument war nicht erkennbar. Trotzdem machte Paul dort immer wieder seine eigenen kleinen Ausgrabungen. Bisher aber erfolglos. Der Abt hatte oft genug mit seinem Freund Paul über Megalithen, Menhire[190] und Opfersteine gesprochen, gemeinsam hatten sie ...

---

189 aufgerichtete Steinblöcke / Monumente (Stonehenge)
190 einzelne aufgerichtete Steine (Hinkelstein)

Die Stimme von Josef Müller holte ihn aus seinen Gedanken zurück.

„... er hatte Ähnlichkeit mit dem Lochstein in Niederschwörstadt[191]."

„Wie?" Der Abt wirkte konsterniert, „wie kommen sie darauf? Es gibt zwar alte Relikte, aber einen Opferstein kennen wir nur aus alten Aufzeichnungen." „Ach so", Müller fuhr sich über sein Gesicht, „entschuldigen sie, ich war ein wenig unkonzentriert. Natürlich sie haben ihn natürlich nie wirklich gesehen. Anscheinend hat die Sache mit Maria mich etwas aus dem Konzept gebracht. Und davor", der alte Mann sprach weiter, ohne eine Reaktion seines Gesprächspartners abzuwarten, „also vor dem Opferstein befand sich hier fast auf den Meter genau sogar eine ...", er zögerte, „egal ... lassen wir das. Tut schließlich nichts zur Sache. Es hat auch nichts damit zu tun, dass Maria und ich diesen Ort ausgewählt haben. Wir hatten nicht viele Wahlmöglichkeiten. Erstens mussten wir möglichst schnell ein geschütztes Quartier finden. Und Zweitens hängt es natürlich damit zusammen, dass hier, ich denke, dass dies weitgehend ihr Verdienst ist, eine Offenheit gegenüber allen Religionen und Weltanschauungen anzutreffen ist. Sie lehnen andere Meinungen wie ihre", Müller verzog, bevor er weitersprach, leicht sein Gesicht, „Glaubensbrüder nicht sofort kategorisch ab. Sie akzeptieren auch andere religiöse Ausrichtungen, egal welcher Art und hören Menschen, haben sie auch noch so abstrus Vorstellungen, zumindest

---

191 Ort in Baden-Württemberg

zu. Das tut leider nicht jeder. Und" Müller seufzte, „zuhören kann man doch, das tut nicht weh. Genau das ist es, was ich von ihnen verlange …, nein entschuldigen sie meine Wortwahl, erwarte, ich wollte sagen erhoffe. Ich bitte sie, mir an diesem schönen Tag einfach zuzuhören. Schenken sie mir ein paar Stunden, bevor sie die Polizei verständigen. Mehr verlange ich nicht."

Der Abt richtete sich unwillkürlich auf. Bei den letzten Worten des Mannes war es ihm kalt den Rücken hinuntergelaufen. Er schluckte, „warum in Gottes Namen sollte ich denn die Polizei verständigen? Sie waren doch hoffentlich nicht in ein Verbrechen verwickelt? Haben sie hier vielleicht einen Unterschlupf gesucht?" „Nein, nein. Wie kommen sie denn auf so einen Gedanken. Wir waren nie Verbrecher. So etwas ist meiner Art fremd. Ich habe Maria lediglich erlöst."

„Erlöst?" Klausen biss sich auf die Lippen, hatte der Mann seine Frau getötet? Die nächsten Worte erstaunten den Abt aufs Neue: „Ihr Menschen würdet wahrscheinlich sagen, dass ich sie ermordet habe. Aber das habe ich nicht. Ganz im Gegenteil. Tatsächlich habe ich ihr lediglich ermöglicht den Rückweg einzuschlagen. Mir ist dies leider verwehrt. Ich muss noch etwas erledigen … etwas Wichtiges." Der alte Mann seufzte, „leider schwinden meine Kräfte zusehends. Dieser Körper wird zunehmend zu einer Last."

Klausen kamen langsam Zweifel am Geisteszustand des alten Mannes. Von was redete der in drei Gottes Namen nur? Hatte er tatsächlich gesagt, ihr Menschen würdet es als Mord bezeichnen? Menschen? Mord?

„Was haben sie denn getan?" der Abt stand auf und betrachtete den alten Mann stirnrunzelnd. Dieser erhob sich jetzt ebenfalls. Er ächzte, „diese alte verbrauchte Hülle, bereitet mir stündlich mehr Schmerzen. Kommen sie bitte mit." Er drehte sich um und ging langsam auf das Hauptgebäude zu. Der Abt folgte ihm voller dunkler Vorahnungen.

Vor dem Speisesaal trafen sie auf Paul Huber. „Geh bitte voraus Paul, ich muss noch rasch etwas erledigen." Huber nickte den beiden Männern freundlich zu und betrat den Saal. Er wunderte sich lediglich darüber, dass der alte Mann neben Benedikt ihn überhaupt nicht angesehen hatte. Es war, als hätte er ihn vollkommen ignoriert, oder als hätte er ihn überhaupt nicht wahrgenommen. Ein wenig mehr Freundlichkeit hätte nicht geschadet.

In der Zwischenzeit hatten Klausen und Müller das Zimmer des Ehepaars erreicht. Der alte Mann öffnete es und bat den Abt herein. Dieser betrat den Raum und sah entsetzt, nein vielmehr erstaunt, dass Maria Müller der Länge nach ausgestreckt auf einem der Betten lag. Ihr Gesichtsausdruck war friedlich, gelassen und … fröhlich. Ein eigenartiges Wort in diesem Zusammenhang. Aber es sah tatsächlich so aus. Die Gesichtszüge der alten Frau wirkten entspannt und … erfreut, als hätte sie ein Geschenk erhalten, dass sie sich gewünscht hatte.

Der Abt trat näher, er berührte sacht die zusammengelegten Hände der alten Frau. „Sie ist tatsächlich tot." „Nein, das ist sie natürlich nicht. Nur ihr menschlicher Körper. Aber das erwähnte ich doch bereits", Müller wirkte leicht gereizt, „ich habe ihnen doch vor wenigen Minuten gesagt, dass ich Maria den Rückweg ermöglicht habe. Wesen wie wir lügen nicht."

„Ja das sagten sie schon", murmelte er Abt. Er hörte die Worte des alten Mannes verstand ihren Sinn aber nicht. Hatte dieser Mann jetzt tatsächlich seine Frau umgebracht? Was wollte er mit seinen eigenartigen Andeutungen aussagen? War die Frau unheilbar krank gewesen und er wollte ihr eine lange Leidenszeit ersparen? Ein Liebesdienst? Falls der Mann die Wahrheit gesagt hatte und er den Sinn hinter den Worten richtig verstand, der Abt seufzte, musste er jetzt wohl oder übel die Polizei verständigen!

Dann kam ihm der letzte Satz des alten Mannes nochmals in den Sinn, „was sagten sie gerade? Wesen wie wir lügen nicht?" „Das stimmt." „Ich verstehe sie nicht. Aber es ist meine Pflicht die Polizei anzurufen." „Nein, ich habe sie vorhin gebeten mir einige Stunden Zeit zu schenken." Klausen versuchte sich an das vor einigen Minuten geführte Gespräch zu erinnern. „Ich habe aber nicht zugesagt."

Der alte Mann überlegte, dann nickte er, „dass ist korrekt." Ein Lächeln flog über sein Gesicht. „Jetzt haben sie recht gehabt. Eine Bitte: Herr Klausen schenken sie mir diesen Tag. Was ist schon ein Tag. Geben sie mir die Gelegenheit ihnen Marias und meine Geschichte zu erzählen. Ich kann ihnen versprechen, dass sie äußerst interessant sein wird. Wir beide", er zeigte auf die tote Frau, haben seit unserer Ankunft einen weiten Weg zurückgelegt. Marias körperliche Hülle war genauso alt wie meine. Ich habe sie erlöst. Glauben sie mir, wenn sie unsere Geschichte gehört haben, werden sie vieles, was geschehen ist … nicht nur in diesem Zimmer, unter einem völlig anderen Licht sehen. Vielleicht werden sie es später sogar als ein Privileg ansehen, mir zugehört zu haben", nach einer Weile fügte er noch „und uns getroffen zu haben" hinzu.

Klausen war jetzt überzeugt davon, dass der Mann, wie hätte sein Freund Paul es in seiner lockeren Art ausgedrückt, einen an der

Waffel hatte. War es ein Privileg einem Mörder, oder Sterbehelfer zuzuhören? Der Abt setzte sich an den kleinen Tisch und verbarg sein Gesicht in den Händen. Mein Gott, was war heute nur los? Der Tag hatte doch so friedlich begonnen. Eigentlich sollte er jetzt bei Paul im Speisesaal sitzen. Anschließend war geplant gewesen, dass sie beide zurück zur Klostergärtnerei wandern und dort Mittagessen und im Klostergarten unter der alten Kastanie eine Flasche Rotwein ...

Klausen war Abt, kein verknöcherter Priester der alten Schule, nicht immer der erzkonservativste Gläubige unter Gottesvertretern auf unserem Planeten. Aber er hatte stets versucht für alle seine Mitmenschen, egal welchen Glaubens oder Couleur sie waren Verständnis zu haben, für sie da zu sein und vor allem möglichst ein guter Christ zu sein.

Klausen schwankte noch kurz zwischen Polizei verständigen oder weiter zuhören hin und her? Schließlich nickte er, auch der alte Mann, der ihm vis-à-vis stand hatte es verdient, ihm sein Herz auszuschütten. Deshalb entschied er sich für das zuhören. Er stufte das Ganze als eine Art von Beichte ein. Und da war er ja praktisch von Berufswegen sogar dazu verpflichtet seinem Gegenüber zuzuhören.

Außerdem musste er zugeben, dass ihn die merkwürdige gestelzte Wortwahl des alten Mannes neugierig gemacht hatte.

„In Ordnung", Benedikt zeigte einladend auf den zweiten Stuhl, „erzählen sie. Aber, nur dass wir uns richtig verstehen: ich verspreche nichts. Ich höre mir an, was sie zu sagen haben und dann werde ich die Polizei verständigen müssen."

Josef Müller lächelte bei den letzten Worten des Abtes, genauso als zweifle er an, dass der Abt das tun würde. Er setzte sich langsam, „meine ... also unsere Geschichte ist sehr seltsam. Sie werden sie wahrscheinlich nicht glauben können ... nicht glauben mögen. Ich bin ihnen auch nicht böse deswegen. Wir beide," er zeigt kurz auf den Körper der toten Frau, „waren uns lange Zeit uneinig darüber, ob wir Jemanden unsere Geschichte erzählen dürfen. Maria war der Meinung, dass wir es wie unsere Vorgänger halten und einfach wieder still und unerkannt irgendwann aus dieser Welt verschwinden sollten. Im Grunde ist es auch ein ehernes Gebot unserer Heimatwelt das jegliche Worte über einige unserer Eigenheiten streng untersagt. Aber dann ist etwas geschehen, dass es erforderlich macht Menschen um Hilfe zu bitten. Durch einen unglaublichen Zufall ... ", der Mann zögerte, „manchmal fehlen mir die richtigen Worte, um mich für Menschen verständlich auszudrücken. Es gelang uns, etwas zu vollenden, für das unsere Vorgänger viele Jahre auf der Erde verbracht haben. Und dann ist dieser Unfall geschehen." Müller verzog sein Gesicht, „eine ihrer Religionen hätte es wahrscheinlich als Kismet bezeichnet."[192]

Der Abt runzelte seine Stirn. Was redete Müller da? War er am Ende schizophren? Oder gar einer dieser esoterischen Spinner, der an Traumwelten und so dummes Zeugs glaubte?

„Ich bin deswegen hin- und hergerissen. Eines Teils gab ich Maria recht, anderen Teils verlangte es mir danach, Jemanden unsere Geschichte zu erzählen und um Hilfe zu bitte. Ich bin im Grunde überzeugt davon, dass sie mir nicht glauben werden, aber ich möchte es einfach loswerden. Wenigstens einmal! Vielleicht wurde dieser Drang in mir verankert. Es ist so schwierig, aber nach all dieser Zeit ..."

Erneut schwiegen die beiden Männer. Der Abt wartete ab, er hatte sich gerade vorgenommen, so wenig Fragen wie möglich zu stellen. Vielleicht reagierte Müller aggressiv, wenn er die falschen Worte wählte. Unter Umständen war der alte Mann gefährlich oder gar bewaffnet.

---

192 dass einem Menschen von Allah auferlegte Schicksal / Islam

„Ich ... nein anders", Josef Müller betrachtete seine Hände und sah dann Klausen nachdenklich an, „wahrscheinlich ist es vollkommen egal wie ich anfange. Unser Auftrag war, dass wir uns um das so-genannte Voynich-Manuskript und das andere Buch und natürlich um den Djed kümmern sollten. Ein unverzeihlicher dummer Fehler eines unserer Vorgänger. Er war einfach viel zu ... naiv bei seinem damaligen Aufenthalt auf diesem Planeten gewesen. Er hatte die Menschen arrogant, wie er war, als primitiv und dumm eingestuft. Er war noch so unerfahren, er war auch noch sehr jung und die Trennung von der Quelle hatte ihm natürlich zugesetzt. Trotzdem durfte er so einen Fehler nicht machen. Egal, er hat den Djed wie-der gefunden und gut versteckt. Er musste nur noch geborgen werden."

Müller machte eine etwas unwirsche, nein eher traurige Handbewe-gung über seinen Körper bevor er weitersprach, „also die Quelle hatte die Entscheidung getroffen und Maria und mich dafür ausge-wählt. Wir wurden auf die Erde gesandt um uns um die beiden Bü-cher und den Djed zu kümmern. Wenn möglich sollten sie umgehend in Sicherheit gebracht werden. Die Bücher konnten zur Not vernichtet werden, es war schließlich nur das dumme Ge-schmiere eines unerfahrenen und leichtsinnigen ... – egal. Die Men-schen würden es nie lesen können. Die Schrift ist nicht von dieser

Welt. Doch ein Djed muss unter allen Umständen zurückgeholt oder vernichtet werden. Die Gefahr einer versehentlichen Benutzung muss unbedingt vermieden werden. Unsere Heimat darf von Menschen nicht betreten werden. Obwohl", der Mann schloss kurz seine Augen, „allzu viele Tore gibt es in der Zwischenzeit nicht mehr. Die Quelle hat bereits viele verschlossen. Es wäre deshalb schon ein unglaublich großer Zufall, wenn der Djed und ein Tor zusammenkämen. Und dann müsste der Djed noch mit dem richtigen Griff gehalten werden. Aber den Menschen traue ich alles zu. Entschuldigen sie, ich sehe an ihrem Blick, dass sie offenbar ungeduldig werden. Wir wurden also nach Ferreiros transferiert. Dort ..."

Klausen runzelte die Stirn, vielleicht war es an der Zeit dieses wirre Gespräch jetzt abzubrechen. Er hatte genug Geduld mit Müller gehabt. Der alte Mann war mit Sicherheit geistig krank. Es klang alles so völlig absurd und wirr und außerdem hatte er jetzt langsam einen Riesenhunger und wollte endlich zu Paul in die Kantine.

„Ich sehe es ihnen an, dass sie mir nicht glauben", Müller riss den Abt aus seinen Gedanken, „dass wundert mich nicht. Wie gesagt, geben sie mir trotz ihrer Bedenken ein paar Stunden. Mehr verlange ich nicht. Es wird nicht länger dauern als diesen Tag und ich bin, wirklich nicht gefährlich. Wir sind sehr friedliche Wesen. Ich bin ein alter Mann."

„Ich weiß nicht, schließlich haben sie zugegeben ihre Frau getötet haben", gab Klausen zu Bedenken, „also geht doch eine gewisse Gefahr von ihnen aus." „Nein, sie haben nicht zugehört: ich habe lediglich gesagt, dass ich ihr einen Wunsch erfüllt habe. Ich habe ihr das größte Geschenk gemacht, zu dem ich auf Erden in der Lage war. Haben sie einen zuverlässigen Menschen im Kloster, den sie um etwas bitten könnten?" „Warum?" „Ich sehe, dass sie mir keinen, oder wenig Glauben schenken. Die Menschen glauben leider nur dass was sie schwarz auf weiss sehen. Ich möchte sie an Thomas erinnern, einen der zwölf Jünger, der bei dem ersten Treffen mit dem auferstandenen Jesus nicht dabei war. Er glaubte nicht, er zweifelte, er wollte Jesus mit eigenen Augen sehen. Sie erinnern sich?"

„Natürlich", Klausen nickte, „Joh. 20, 24-29." „Genau", der alte Mann lächelte. Der Abt fragte sich insgeheim, ob Müller wirklich so bibelfest war, dass er wusste, ob er richtig zitiert, hatte.[193]

---

193 Klausen hat natürlich richtig zitiert

„Ich schlage ihnen Folgendes vor: Lassen sie meine Angaben von einer Person, der sie vertrauen überprüfen. Gehen sie zu Paul Huber." „Woher kennen sie Paul?", Klausen unterbrach überrascht den Redefluss von Huber. „Egal", winkte dieser ab. Das ist nicht wichtig. Reden sie mit ihm. Vielleicht glauben sie mir dann? Wie bereits gesagt: Schwarz auf Weiß! Wobei, für alle meine Aussagen werden sie keine Belege finden können. Es wird wie bei Joh. 20, 24-29 sein. Manches muss man glauben, ohne dass sie den letzten Beweis dafür bekommen. Aber als Christ sollte ihnen das doch möglich sein?"

Der Abt nickte, schwieg aber und musterte seinen Gegenüber. Dieser lächelte ihn freundlich an und sagte: „Fangen wir mit dem Voynich Manuskript an." „Mit was?" „Das Voynich Manuskript. Sagt ihnen das wirklich nichts? Ich habe gedacht, dass Jemand der so belesen ist wie sie, mit diesem Begriff etwas anfangen könnte. Nun wenn nicht, dann wäre das der erste Fall für eine Recherche. Fragen sie Paul Huber?"

Klausen musste zugeben, dass er mit diesem Voynich Manuskript nichts anfangen konnte. Er hatte den Begriff natürlich schon mal gehört und dass dieses ominöse Manuskript irgendein Geheimnis umgeben sollte. Aber mehr war da nicht. Außerdem beunruhigte es ihn, dass Müller immer mehr die Führung in ihrem Gespräch übernahm. Er musste aufpassen, dass der alte Mann ihn nicht manipulierte. Huber hat wahrscheinlich seine Frau getötet. Er musste unbedingt mit Paul reden. Vielleicht war jetzt der Zeitpunkt gekommen, dieses eigenartige Gespräch zu beenden.

„Also gut", Klausen stand entschlossen auf. „Ich werde mich jetzt über dieses Manuskript erkundigen." „Das sollten nicht sie machen, ich ... wir haben nämlich nicht so viel Zeit. Ich nehme an, dass wir bereits verfolgt werden. Fragen sie ihren Freund nach dem Manuskript." „Sind sie einverstanden, wenn ich ihm erzähle, was sie ...", der Abt zögerte, „getan haben und um was sie mich gebeten haben?" Müller sah den Abt intensiv an. Es war fast so, als versuche er direkt in sein Innerstes zu blicken. „Ja, warum nicht. Sie sind schließlich ein Mann Gottes und dürfen nicht lügen. Ich vertraue ihnen."

Klausen kratzte sich verlegen am Kopf, „naja es stimmt schon, dass ich nicht lügen sollte. Leider gelingt mir das nicht immer. Ich bin schließlich auch nur ein ganz normaler Mensch, kein Heiliger. Aber ich gebe ihnen mein Wort vorläufig nicht zur Polizei zu gehen. Mehr aber auch nicht." „Das genügt mir." „Mein Freund ist ein Professor und kennt sich gut in der Vergangenheit aus. Er wird sicher wissen, was es mit diesem Voynich Manuskript auf sich hat." „Nur zum Teil", der alte Mann lächelte. „Nur zum Teil."

„Ich komme sobald als möglich zurück." „Ich laufe ihnen nicht davon", Müller lächelte, „ich habe keine Möglichkeit dahin zu gelangen, wohin ich gehen möchte."

Benedikt Klausen öffnete die Tür, wandte sich aber nochmals um, „wie schreibt man dieses Voynich Manuskript eigentlich?" „V-o-y-n-i-c-h.", buchstabierte Müller, „es ist nach Wilfrid Michael Voynich[194] benannt, einem Büchersammler und Antiquar." Klausen nickte, „und was ist mit diesem Djed?" „Den kennt ihr Freund sicherlich. Der Begriff wird ihm nicht ganz fremd sein. Es ist ein Djed-Pfeiler aus Gold und in der Mitte befindet sich ein großer blauer Saphir. Im Inneren des Djeds befindet sich eine Viole mit Quecksilber und darin ruht ein Tropfen Wasser."

Ein Djed-Pfeiler! Benedikt nickte und schloss hinter sich die Tür. Eine Zeitlang blieb er unentschlossen stehen. Was für ein Tag! Er hatte so gut angefangen und dann abrupt so eine Wendung genommen. Er hätte einfach an Müller vorbeilaufen sollen. Nur das

---

194 Wilfrid Michael Voynich 1865 - 1930

hätte nichts daran geändert, dass die Frau tot war. Der 16. August war ein Schicksalstag für Benjamin Klausen. Auf einer Landstraße in Italien war am 16. August 1977 seine Schwester Claudia verunglückt. Sie starb damit am gleichen Tag wie der King[195]. Claudia war dreiundzwanzig gewesen. Und musste sterben, weil sie ein betrunkener Lastwagenfahrer übersehen hatte. Elvis war bevor er berühmt wurde Lastwagenfahrer gewesen. Obwohl seine Schwester jetzt fast schon ein halbes Jahrhundert tot war, holten ihn an ihrem Todestag immer wieder die Erinnerung an sie ein.

Klausen blickte nach oben, als suche er dort Hilfe. Vielleicht sollte er jetzt Zwiesprache mit seinem Gott halten, aber er wusste nicht, ob ihm dies weiterhelfen würde. Für einen Abt ein ungläubiger fast schon gotteslästerlicher Gedanke. Sollte er Müller einsperren? Nein, wohin sollte der alte Mann schon fliehen. Und ganz offensichtlich wollte der das gar nicht, sonst hätte er dies doch schon längst getan.

Klausen schüttelt energisch seinen Kopf und wandte sich in Richtung des Speisesaals. Er brauchte erstmal etwas zu Essen und eine Portion starken Kaffees. Und vor allem musste er mit Paul reden. Und anschließend musste er eine Entscheidung treffen. Machte er

---

195 Elvis Aaron Presley

diese Charade noch weiter mit, oder verständigte er die Polizei. Vielleicht würden diese aus Josef Müllers schlau werden.

Köln – 16. August – 12:45 Uhr

Una Best und Benno Carsten saßen in ihrem Auto. Sie hatten sich bei McDonalds etwas zum Essen mitgenommen. „Also folgendes", Carsten lehnte sich zurück und wischte sich mit einer Papierserviette den Mund ab, „die Gilde ist eine Vereinigung von Suchenden," er überlegte kurz, „das bedeutet, dass wir nach der Wahrheit suchen. So steht es zumindest in unseren Statuten. Wir sind nur der Wahrheit verpflichtet. Mitglieder sind überwiegend Archäologen, Historikern und Philosophen. Neben diesem wissenschaftlich ausgerichteten Zweig haben wir selbstverständlich noch administrative Mitarbeiter Buchhalter, Finanzexperten und ..." er zögerte, bevor er weitersprach, „Einsatzkräfte für besondere Fälle. Aufnahme finden nur Personen, die von anderen Gildemitgliedern vorgeschlagen werden, oder die uns aufgefallen sind. Es wird im Vorfeld sehr genau geprüft, wer für uns in Frage kommt. Deshalb haben Pseudowissenschaftler wie Esoteriker, Ufologen und sonstige Spinner bei uns nichts zu suchen", er seufzte, „der Hintergrund neuer Kandidaten wird sehr genau geprüft. Carsten lächelte und sah Best dabei an, „du bist eine hervorragende Historikerin, hast eine wirklich bemerkenswerte Doktorarbeit verfasst und arbeitest gerade an einem Buch über die Kreuzzüge …" „Woher weißt du das?" Best sah ihn baff an, „ich habe doch noch niemanden darüber erzählt." „Beruhige dich Una", Carsten hob beschwichtigend seine Hände, „wie bereits gesagt: wir müssen mögliche Kandidaten sehr genau durchleuchten. Ich habe dich nach Oybin mitgenommen, weil ich sehen wollte, wie du praktisch arbeitest." Best runzelte ihre Stirn, „und?" „Alles gut Una, gib mir zehn Minuten, dann kannst du dich entscheiden, ob du mit mir kommst."

„Einverstanden." „Danke", begann Carsten, „also die Gilde geht zurück auf die Tempelritter. Diese gab es von 1118 – 1312. Ihr voller Name lautete?", fragend sah er Best an. Diese verzog ihr Gesicht: „Arme Ritterschaft Christi und des salomonischen Tempels zu Jerusalem."[196] „Richtig", Carsten sprach weiter, „ursprünglich taten sich sieben französische Ritter zusammen und gründeten den Orden mit dem Zweck die Straßen des Heiligen Landes zu sichern. Im März 1312 wurde der Orden durch Papst Clemens V. aufgelöst. Wie du als Historikerin weißt, wurden viele Tempelritter durch Frankreichs König Philipp IV. gefangengenommen, gefoltert und angeklagt. Der vorgeschobene Vorwurf war Homosexualität und Blasphemie. Viele

---

196 Pauperes commilitones Christi templique Salomonici Hierosolymitanis

der Templer wurden hingerichtet. Der letzte Großmeister", erneut sah Best fragend an, „Jacques des Molay", antwortete diese sofort. „Richtig", Carsten lächelte, hob anerkennend seinen rechten Daumen und sprach weiter: „Molay starb schließlich auf dem Scheiterhaufen. Das eigentliche Problem für Frankreichs König war, dass die Templer über unglaubliche Macht verfügten. Sie hatten riesige finanzielle Rücklagen, Ländereien, liehen Geld an Adelige aus. Sie waren dem König einfach zu mächtig geworden. Dazu kam, dass es seit dem Aufenthalt der Templer auf dem Tempelberg das Gerücht gab, dass die Templer damals heimlich Ausgrabungen vorgenommen haben. „Ja, die Sage vom Heiligen Gral", lachte Best. „Richtig", Carsten verzog süffisant lächelnd sein Gesicht, „der Heilige Gral. Nur Una: es war kein Kelch, Becher – es war in Wirklichkeit ein Djed Pfeiler! Du kennst Djed Pfeiler?" „Ja, ein Symbol aus der ägyptischen Hieroglyphenschrift."

„Richtig", Carsten trank etwas von dem mitgebrachten Milchkaffee. „Aus den schriftlichen Überlieferungen der Tempelritter wissen wir, dass der Tempelschatz neben wertvollen Diamanten, Goldmünzen und Pergamentrollen einen äußerst wertvollen Djed Pfeiler enthalten hat. Und das Besondere daran ist, dass es nach den Nachforschungen der Gilde der erste Djed Pfeiler überhaupt gewesen sein muss. Aus uns vorliegenden schriftlichen Aufzeichnungen konnte der Djed einst einem Mann mit großen und übernatürlichen Kräften abgenommen werden. Dieser Mann verfügte über gewaltige Kräfte, wehrte sich gegen eine große Übermacht und konnte nur mit viel Glück überwältigt werden. Der Mann dem der erste Djed gehörte hatte sich laut Überlieferung Seth genannt!!"

„Echt? Seth?" Una Best hob ihre Augenbrauen. „Du meinst jetzt aber nicht den ägyptische Gott?" „Tja Una, ob er ein Gott war, wissen wir nicht", Carsten lächelte, „aber aufgrund seiner unnatürlichen Kräfte wurde in den Aufzeichnungen davon ausgegangen, dass es tatsächlich der Sohn der Himmelsgöttin Nut und des Erdgottes Geb war. Aber die ägyptische Götterwelt ist eines deiner Fachgebiete. Du hast darüber deine Doktorarbeit geschrieben. Deshalb ist die Gilde auch auf dich aufmerksam geworden."

Eine Weile herrschte Schweigen, dann schüttelte Una Best ihren Kopf. „Also Seth! Seine Geschwister waren Osiris, Isis und Nephthys, die gleichzeitig seine Gattin war. Weitere Gemahlinnen, die man ihm zuordnete, waren Taweret, Neith, Astarte und Anat. Außerdem gab es da noch ..." „Es reicht Una", Carsten unterbrach sie schmunzelnd, „auch ich weiß so ziemlich alles über Seth. Zurück zu den Tempelrittern. Der Tempelschatz wurde damals nach Schottland gebracht.

Dort liegt auch der Ursprung unserer Gilde. Seit der Gründung sind wir ..."

Kloster Neuenburg – 16. August – 11:35 Uhr

Als der Abt im Speisesaal angekommen war, war dieser nur mäßig besetzt. Der Abt sah kurz auf seine Uhr. Nicht einmal eine Stunde war vergangen, seitdem Josef Müller ihm den Mord an seiner Frau gestanden hatte. Nein nicht den Mord, nur ihren Tod.

„Wir müssen reden", Benedikt setzte sich gegenüber seinem Freund hin und griff nach der Käsesemmel, die sich dieser gerade hergerichtet hatte. „Entschuldige, ich habe wahnsinnig Hunger. Ich hatte während der Frühmesse schon schrecklichen Kohldampf und dann jetzt noch diese Geschichte. Aufregungen schlagen sich bei mir gewöhnlich gehörig auf den Magen."

„Gern geschehen", Huber nickte, „soll ich dir auch noch etwas Kaffee holen und vielleicht noch eine Semmel für mich?" „Gerne Paul, du bist ein wahrer Freund." Kopfschüttelnd stand Huber auf und holte eine Tasse schwarzen Kaffees und nahm aus dem großen Brotkorb zwei frische Brötchen heraus.

„Also, was ist los?", fragend sah er Benedikt an. „Was soll schon los sein? Ich hatte gerade eine Begegnung der besonders unheimlichen Art", er nahm einen tiefen Schluck aus der Kaffeetasse, sah sich um, ob Jemand in der Nähe saß, der eventuell ihr Gespräch mitanhören könnte. Dies war nicht der Fall, trotzdem beugte er sich nach vorn und begann seinem Freund leise die Geschehnisse der letzten Stunde zu schildern. „... was hältst du von dieser Geschichte Paul? Und was hat es mit diesem Voynich Manuskript auf sich?"

Huber strich sich nachdenklich Butter auf seine Semmel. „Also zunächst, in Niederschwörstadt gibt es tatsächlich einen Heidenstein, einen Lochstein. Ursprünglich diente dieser als Eingangsstein einer Megalithanlage. Dieses Loch in dem Stein bezeichnet man auch als Seelenloch. Es gibt ähnliche Steine in Pierre-Percée in Courgenay, in der Normandie[197] und in Degernau[198]. Der Ausdruck Seelenloch beruht ..."

„Stopp!" Der Abt streckte einen Finger aus. „Paul spar dir deine wissenschaftliche Abhandlungen. Für mich ist wichtig: was hältst du von der Geschichte des Mannes? Wie ist deine Meinung, soll ich die Polizei anrufen?" Huber lehnte sich zurück und runzelte nachdenk-

---

197 Pierre Trouée von Aizier
198 Dolmen von Degernau

lich seine Stirn. Huber sezierte für sich den Bericht von Klausen, er überlegte längere Zeit. Bevor er seinem Freund antwortete, stellte er noch einige Fragen: „Wie wirkt der Mann eigentlich auf dich, ist er aufgeregt, ruhig, gelassen?" „Er ist ziemlich ruhig, ich würde fast sagen er ruht in sich selbst." „Er glaubt also an das, was er dir erzählt?" „Ja, der Abt seufzte, „der Mann macht im Grunde, also trotz seines Geredes, einen vertrauensvollen und seriösen Eindruck. Nur, wahrscheinlich ist er ein Mörder."

„Das ist der Knackpunkt, ist er wirklich ein Mörder? Es kann nämlich auch sein, dass seine Frau heute Nacht eines natürlichen Todes gestorben ist und ihn diese Tatsache so erschüttert hat, dass er in seiner Verwirrtheit glaubt, schuld an ihrem Tod zu sein. Wie hat er die Frau denn überhaupt getötet?" „Ich weiß es nicht?" Klausen wirkte verstört, darüber hatte er tatsächlich noch gar nicht nachgedacht. Josef Müller hatte ihn so in den Bann geschlagen, dass er das noch nicht gefragt hatte. „War sie verletzt? Hat sie eine Wunde? Hast du Blut gesehen?" „Nein ...", Klausen zögerte, erwiderte dann aber nochmals, „nein, sie wirkte im Gegenteil sehr friedlich, lächelte sogar ... wie im Schlaf. Geradeso als würde sie träumen, sie wirkte ... glücklich."

Huber nickte und sah seinen Freund an, „dass deutet dann doch eigentlich auf einen natürlichen Tod hin. Du musst den Mann fragen, wie er sie getötet hat. Wenn er das nicht plausibel erklären kann, ist die Angelegenheit abgeschlossen. Dann steht er vermutlich nur unter einem starken mentalen Schock." Huber kratzte sich am Kopf, „es könnte natürlich auch Selbstmord gewesen sein. Das wäre für den Mann dann noch schlimmer. Er könnte sich Vorwürfe machen und kommt unter Umständen zu dem Schluss, dass er für den Suizid seiner Frau verantwortlich ist. Du musst also auf jeden Fall die Ursache des Todes klären. Anschließend kannst du bestimmen, wie es weitergehen soll."

Klausen seufzte und griff nach der nächsten Käsesemmel, die ihm sein Freund grinsend reichte. „Wie soll ich entscheiden Paul. Ich war noch nie in einer solchen Lage." Klausen biss sich auf die Lippen und sah seinen Freund fragend an. Dieser lächelte und berührte kurz die Hand des Abtes. „Es ist doch eine interessante Abwechslung, was spricht dagegen, dass du dir die Geschichte des Mannes anhörst?

„Ja du hast vermutlich recht", Klausen trank seinen Kaffee aus, „schließlich wird von einem Geistlichen auch erwartet, dass sie gute Zuhörer sind. Es ist auch ein Problem unserer Zeit, dass wir immer seltener einander zuhören. Eine bedauerliche Tendenz. Und Paul ich bin, wenn ich ehrlich bin, auch neugierig. Der Mann spricht eine eigenartige Sprache, nein das ist falsch. Er spricht normal und verständlich, aber seine Wortwahl ist manchmal etwas unverständlich." Der Abt grinste und kratzte sich am Kopf, bevor er weitersprach. „Er redet irgendwie esoterisch und mystisch."

„Gandalf?" „Nein", Klausen lachte über den Einwurf seines Freundes, „mit dem alten weisen Zauberer aus dem Herr der Ringe hat Müller nichts gemein Paul. Es ist anders ... tiefer." „Tiefer? Saruman?" „Quatsch! Auf keinen Fall. Ich kann es nicht anders ausdrücken. Gut", Klausen ballte entschlossen seine Fäuste, „ich gebe dem Mann eine Chance. Würdest du die Recherche im Internet übernehmen?"

„Klar Benedikt", Huber grinste, „Wo - und was soll ich machen?" Das Gespräch hatte gerade einmal eine Viertelstunde gedauert. „Du kannst in mein Büro gehen. Ich geh kurz mit und schalte dir meinen Laptop ein. Das Zimmer der Müllers liegt auf dem gleichen Stockwerk. Wenn es darauf ankommt, bin ich innerhalb von ein paar Minuten bei dir."

Die beiden Männer machten sich auf den Weg. Während sie nebeneinander hergingen, fragte Huber seinen Freund, ob er sein Handy dabeihätte. „Nur für den Notfall, man weiß ja nie, wie sich so eine Sache entwickelt." Klausen griff kurz in seine Tasche und nickte dann. Sie waren im Büro des Abtes angekommen. Klausen klappte das Laptop auf und schaltete es ein. Als das Programm nach dem Passwort fragte, erwartete Huber, dass der Freund ein paar Buchstaben und Ziffern, vielleicht noch ein Satzzeichen eingeben würde. Stattdessen tippte dieser einen ganzen Satz ein. Huber hatte gar nicht gewusst, dass man solch lange Passwörter eingeben konnte. Er las den Text: „Die beste und sicherste Tarnung ist immer noch die blanke und nackte Wahrheit. Die glaubt niemand!"[199]

„Toll, wie bist du denn auf den Spruch gekommen?" „Er schien mir passend." „Von wem ist das Zitat?" „Ich glaube von Max Frisch." „Dem Schriftsteller?" Huber sah seinen Freund fragend an. Dieser nickte und stellte die Verbindung zum Internet her. „Bitte, dein Job." Er zeigte einladend auf den bequemen Stuhl, den normal er benutzte.

„Okay", Huber ballte ein paarmal seine Hände zu Fäusten und suchte sich dann eine Suchmaschine aus. „Also dann sehen wir einmal

---

199 Zitat Max Frisch

nach was sich hinter diesem Begriff Voynich Manuskript verbirgt." Huber gab den Begriff ein und es wurden sofort 30.100 Eintragungen angezeigt. „Das ist nicht wenig, für etwas, dass uns beide nichts sagt. Ich schau jetzt kurz mal noch bei Bing nach. Der Kommissar öffnete die Suchmaschine von Microsoft und gab erneut Voynich Manuskript ein. 41.500 Eintragungen! „Okay, sehen wir uns einige Eintragungen an. Zunächst Wikipedia …"

Die beiden Freunden lasen sich durch ein paar Seiten. Huber öffnete weitere Eintragungen. Schließlich veränderte er die Suche, so dass auch die Bilder angezeigt wurden, die sich unter dem Begriff im Internet befanden.

„Was hältst du davon Paul", Klausen atmete tief aus. Huber lehnte sich zurück und machte mit seiner rechten Hand eine Bewegung in Richtung Tür. „Geh zu diesem Menschen und hör dir seine Geschichte an. Ich bleib hier", er holte sein Handy aus der Tasche und legte es neben den Laptop, „du kannst mich jederzeit erreichen."

Der Abt nickte stand auf und verließ sein Zimmer. Auf dem Weg zu Josef Müller blieb er kurz an dem Kruzifix stehen, dass sich am Anfang des Ganges befand. Er nickte dem Gekreuzigten kurz zu, dann

öffnete er das Zimmer, in dem sich eine tote Frau mit ihrem merkwürdigen Mann befand.

Kloster Neuenburg – 16. August – 11:55 Uhr

Es hatte sich nichts verändert. Die tote Frau lag immer noch genauso friedlich da, der Mann – und vielleicht ihr Mörder – saß auf seinem Stuhl und blickte dem Eintretenden freundlich lächelnd an. „Sie
waren lange unterwegs." „Ja", Klausen setzte sich, „ich musste mir
über einiges klar werden und habe kurz mit einem Freund über
ihren Wunsch gesprochen."
„Es ist schön, dass sie einen Menschen haben, dem sie vertrauen
können. Ein amerikanischer Philosoph hat einmal gesagt: Ein
Freund ist ein Mensch, vor dem man laut denken kann[200]." „Ja",
Klausen wirkte irritiert. Es war alles so unwirklich. Das Verhalten
des alte Mannes verunsicherte ihn. Vielleicht hätte sich besser Paul
mit ihm unterhalten sollen. Seine akademische Vorbildung wäre
unter Umständen hilfreich gewesen, um die Wahrheit in diesem Fall
zu klären.

---

200 Ralph Waldo Emerson

„Wie haben sie eigentlich ihre Frau getötet? Sie wirkt so fröhlich ... als wäre sie eines natürlichen Todes gestorben, als wäre sie eingeschlafen." „Ich habe ihr Pentobarbital[201] verabreicht." Josef Müller zeigte auf die Mineralwasserflasche, die auf dem kleinen Tisch stand. „Meine Frau trinkt vor dem Schlafen gehen und wenn sie nachts aufwacht, gerne etwas Wasser. Nicht viel, unser Durstempfinden ist nicht sehr groß. Ich habe gestern einige Tabletten aufgelöst und in ihr Trinkwasser gegeben. Die Dosis war ausreichend hoch, dass ein kleiner Schluck genügte. Wie sie sehen, hat sie auch nur sehr wenig getrunken."

Um seine Aussage zu untermauern, griff der Mann in seine Hosentasche und holte zwei Tablettenröhrchen heraus die er Klausen wortlos reichte. Dieser blickte kurz darauf, konnte aber mit der Arzneimittelbezeichnung nichts anfangen. Er steckte es ein, während er die Frau betrachtete.

„Hat sie gewusst, was sie ...?" „Nein, natürlich nicht! Das wäre verboten! Der Tod darf nicht bewusst herbeigeführt werden. Das wäre ein Eingriff in die genetische Programmierung." „In die was?" Der alte Mann verzog sein Gesicht, er wirkte kurz etwas unwillig. Aber

---

201 Barbiturat. Fand in der Humanmedizin als Schlafmittel Verwendung wird in der Tiermedizin zum Einschläfern eingesetzt

als er antwortete, war er wieder freundlich und zuvorkommend. „Entschuldigung, dass übersteigt ihr Kenntnis. Ich setzte immer voraus, dass sie Bescheid wissen. Ich funktioniere anscheinend nicht mehr korrekt."

„Vielleicht sollten sie endlich anfangen ihre Geschichte zu erzählen." „Ja, das sollte ich. Ich befürchte nur …", Müller brach ab und lehnte sich zurück. Er schloss kurz seine Augen und schien sich zu sammeln. „Also gut: stellen sie sich vor, dass es auf dieser Welt Wesen gibt, die nicht hierhergehören. Nein, das ist auch falsch, wir gehören selbstverständlich genauso hierher wie sie", Müller verzog sein Gesicht, „ich versuche wirklich ehrlich mit ihnen zu sein. Viele meiner Schwestern und Brüder, also Wesen meiner Art haben, wenn sie mit Menschen in Kontakt waren, in Gleichnissen gesprochen. Sie haben Umschreibungen gewählt, um die Wahrheit zu schildern. Dies geschah in früheren Jahren zum Schutze der Menschheit, um sie nicht völlig zu verunsichern. Heutzutage sind die Menschen natürlich wesentlich aufgeklärter, intelligenter und zumindest manchmal auch toleranter. Sie können sich zumindest vorstellen, dass es andere Wesen gibt. Und … sie sind nicht mehr so arrogant, die menschliche Art in die Mitte ihrer Welt zu stellen. Obwohl es dies nach unseren Planungen für diese Welt natürlich durchaus ist. Wissen sie eigentlich, wie lange es Computer gibt?"

„Äh … was?", Klausen war erstaunt über die überraschende Frage. „Ich bin mir nicht sicher", der Abt stotterte etwas hilflos vor sich hin, konzentrierte sich dann aber. Er hatte schließlich vor einigen Jahren im Kloster das Unterrichtsfach Informatik eingeführt. Dazu gehörte selbstverständlich ein geschichtliches Grundwissen über die Entwicklung der Computer. Klausen hatte sich damals die Zeit genommen und einige der Vorlesungen interessehalber besucht. „Ich glaube, dass es 1960 begann. IBM baute damals einen Rechner mit Magnetbandsystem. Das war natürlich noch recht einfach." Das Wort primitiv wollte der Abt in Verbindung mit dem Thema Computer nicht verwenden. Er konzentrierte sich und sprach langsam weiter: „Dann kamen die Entwicklungen von Nixdorf und Hewlett-Packard. Ich glaube, dass da zunächst die zentrale elektronische Datenverarbeitung eingeführt wurde. Später erfolgte dann die Erfindung von Mikroprozessoren. Dadurch wurden die Computer kleiner. Aber es dauerte, ich bin mir nicht sicher, bis Mitte der siebziger Jahre, bis die ersten tragbaren Computer entwickelt wurden. Zunächst gab es 8-Bit-Mikroprozessoren mit einem Arbeitsspeicher bis 64 kB, mit Disketten und …", Klausen sah seinen Gegenüber entschuldigend an, „ich bin in technischen Dingen wirklich nicht so bewandert. Ich bin wie die meisten Menschen nur ein Benutzer. Die Computer müssen für mich funktionieren, mehr interessiert mich nicht. Aber ein paar Dinge weiß ich noch. Als Laie

fallen mir so Begriffe ein wie: Sun Microsystems, Apple, Commodo-
re, Amiga, Pentium-Prozessoren und natürlich Microsoft."

„Naja ob Microsoft hierhergehört", Josef Müller lächelte, „aber es
begann nicht in den sechziger Jahren, sondern viel früher." „Ja, natürlich. Jetzt fällt es mir wieder ein", Klausen schlug sich an die
Stirn, „klar, da war doch dieser Deutsche, Konrad Zuse[202]. Dieser
hat ja schon während des zweiten Weltkrieges eine Rechenmaschine entwickelt, die als Vorläufer der Computer angesehen wird."

„Es begann viel, viel früher." Müller räusperte sich, „hier auf der
Erde gab es zum Beispiel den Abakus. Das war eine mechanische
Rechenhilfe, die bereits 1.000 Jahre v. Chr. erfunden wurde. Auch
Pythagoras[203], der ihnen sicherlich ein Begriff ist, hatte bereits ein
Rechenbrett als Hilfe. Dann gab es den Computer von Antikythera,
entwickelt im 1. Jahrhundert v. Chr. Das Gerät funktionierte mit ei-
nem Differentialgetriebe. Einer Technik die es übrigens zu dieser
Zeit nicht gab! Und später kamen dann noch Rechenschieber, Loga-
rithmentafeln, Rechenmaschinen und so Erfindungen wie der Arith-

---

202 1910 -1995
203 ca. 570 v. Chr. - 510 v. Chr.

mometer[204] hinzu. Auf der Erde wie bereits gesagt. Sie können die Begriffe von ihrem Freund im Internet recherchieren lassen."

Klausen nickte nur, er dachte noch eine Zeitlang über die Aussage: Auf der Erde nach. Dann griff er seufzend nach seinem Handy und rief Huber an. „Paul? Was weißt du über den Computer von Antikythera und ... Ari..." Hilfesuchend sah der Abt seinen Gegenüber an. Dieser nickte und buchstabierte so laut, dass es über das Handy zu hören war. „A-r-i-t-h-m-o-m-e-t-e-r." „Danke Paul, das wars dann vorerst." Klausen schaltete das Handy aus.

„Gut", Josef Müller nickte. „Verlassen wir kurz die Vergangenheit und wenden uns ihrer Zukunft zu. Wie glauben sie wird sich die Technik bei den Computern entwickeln?" „Nun die Maschinen werden immer schneller werden, kleiner, leistungsfähiger ... keine Ahnung." „Sie würden sich wundern, wenn sie wüssten, wohin die Entwicklung tatsächlich führt. Sie können sich gar nicht vorstellen, welche Quantensprünge der Menschheit noch bevorstehen. Beim Computer befindet sich die Erde praktisch noch in der Steinzeit, wenn nicht vergleichsweise noch weiter zurück. Es werden sich Möglichkeiten auftun, die für sie momentan nicht denkbar sind. In den nächsten hundert Jahren, wird es Biocomputer, Quantencompu-

---

204 mechanische Rechenmaschine

ter und künstliche Intelligenzen geben. Aber auch das ist nur ein Anfang!"

Müller schwieg und blickte gedankenverloren auf das Bett, in dem seine tote Frau lag. Klausen folgte seinem Blick. Er war sich der irrealen Szene durchaus bewusst. Es war unwirklich und total fremd. Er saß hier mit einem Mörder und dieser fragte ihn über Computer aus! Was ihn am meisten irritierte waren allerdings diese immer wieder kehrenden eigenartigen Andeutungen.

„Können sie sich überhaupt vorstellen, was in ein paar Millionen Jahren bei der Computertechnik geschehen wird. Welche Entwicklungssprünge vor ihnen liegen?" Der alte Mann hatte das Gespräch wieder aufgenommen. „Nein, natürlich nicht", Klausen klang etwas verärgert, „wer kann das schon mit Sicherheit sagen."

„Ich!" Nur dieses Wort, keine weitere Erklärung. Aber Klausen war jetzt hellwach und hakte sofort nach. „Sie? Warum? Wollen sie jetzt auch noch behaupten, dass sie aus der Zukunft kommen?" „Nein - natürlich nicht. Wie kommen sie denn auf so eine Annahme. Wir befinden uns doch nicht in einem Sciencefiction Film. Sie bekommen ihre Erklärungen schon noch. Ich muss vorher lediglich noch etwas vorbereiten. Außerdem ist der Begriff Zukunft fehlerhaft, es gibt nämlich keine Zeit, sie ist nur ein Hilfsmittel."

Klausen schwieg ergeben, was hätte er auch sagen sollen. Er hatte sich auf dieses ungewöhnliche Szenarium eingelassen und jetzt musste er es wohl oder übel noch eine Weile durchhalten. Geduld war angesagt ... schließlich war er Priester. Vielleicht würde er mit Pauls Hilfe dieses alptraumhafte Geschehen irgendwann beenden können.

„Ich möchte sie nicht mit technischen Ausdrücken und Zahlen belasten. Wenn sie einfach mal ein paar Jahre in ihrer Zeit zurückgehen. Ein anschauliches Beispiel sind die Computerspiele. Die ersten bestanden lediglich aus primitiven, stilisierten Darstellungen. In der Zwischenzeit sind die Spiele so echt geworden, dass sie sich von der Wirklichkeit kaum noch unterscheiden. Denken sie doch nur mal an die vielen computeranimierten Filme, die in den letzten Jahre in ihre Kinos kamen. Die Spiele sind noch viel komplexer, sie können sie als Benutzer bald schon beeinflussen und ihre Wünsche mit vorgeben. Und dass ...", Müller hob kurz seinen Zeigefinger. Eine Geste die Klausen bisher bei ihm noch nicht gesehen hatte. „... innerhalb, sagen wir mal, vierzig Jahren. Und jetzt zurück zu meiner vorherigen Frage. Was glauben sie geschieht mit dieser Technik in einem Zeitraum von Tausend oder gar in einer Million Jahren? Sie brauchen nicht zu antworten. Sie können es sich nämlich nicht vorstellen. Obwohl die Menschheit, wenn es um solche Zeiten geht, manchmal sehr großzügig umgeht. Sie sind so ehrlich zu sagen, dass sie sich bei solchen Zeiträumen nicht vorstellen können, was passieren wird ... oder besser gesagt, kann. Manche Politiker halten sich allerdings für so schlau, intelligent wäre in diesem Zusammenhang das falsche Wort, dass radioaktiver Müll gefahrlos für mehr als eine Million Jahre versteckt werden kann. Das ist so absurd, weltfremd und abgrundtief dumm. Es ist für unsere Art nicht vorstellbar, dass halbwegs vernunftbegabte Wesen solche Gedanken haben können. Ihre biologische Programmierung muss fehlerhaft sein, aber das menschliche Gehirn ist auch sehr komplex. Die Großhirnrinde, der Cortex enthält zwischen 19 und 23 Milliarden Nervenzellen. Das menschliche Gehirn besitzt etwa 100 Milliarden Nervenzellen, die durch etwa 100 Billionen Synapsen sehr eng miteinander verbunden sind. Im Durchschnitt ist ein Neuro mit fast 1000 anderen Neuronen verbunden und ... ", Müller brach ab und hob entschuldigend seine Hände. „Es tut mir leid, ich bin ins Dozieren geraten und mache die Angelegenheit damit nur noch komplizierter. Ich wollte nur versuchen zu erklären, dass es bei dieser Unmenge von Daten, die für das Gehirn vorgegeben werden müssen, es durchaus zu Fehlern kommen kann. Das ist bedauerlich und tut uns natürlich leid."

Der alte Mann schwieg und Klausen war nach den letzten Sätzen von Müller jetzt nah daran aufzustehen und einfach den Raum zu verlassen. Vernünftigerweise hätte er das schon vor ein, zwei Stunden machen sollen. Er zweifelte immer mehr am Geisteszustand seines Gegenüber. Der Mann benötigte dringend ärztliche Hilfe. Andernteils ging von Müller auch etwas aus, was ihn fesselte. Der Mann wirkte so abgeklärt, in sich ruhend und irgendwie, trotz seiner wirr erscheinenden Reden, klug und weise. Klausen beschloss noch etwas abzuwarten. Ein kleinwenig noch. Irgendwann musste dieses absurde Schauspiel schließlich zu Ende gehen.

In diesem Augenblick klingelte sein Handy. Huber meldete sich, „willst du die Ergebnisse über den Computer von Antikythera?" „Nein, noch nicht Paul, danke. Ich melde mich bei dir." „Alles in Ordnung?", die Stimme des Freundes klang besorgt. „Ja, ich kann den Ausführungen von Herrn Müller zwar nicht immer folgen", Klausen sah bei diesen Worten seinen Gegenüber bedauernd und auch etwas fragend an, „aber ich bemühe mich ... noch. Es ist alles gut. Ich melde mich wieder." Klausen schaltete ab.

„Danke." „Für was?", irritiert sah der Abt Müller an. „Nun, dass sie sich bemühen. Ich weiß sehr wohl, wie weit sie mir entgegenkommen." Klausen überlegte, wann der alte Mann wohl das letzte Mal etwas gegessen oder getrunken hatte. Besorgt frage er ihn, „sollen wir eine Pause machen? Soll ich ihnen etwas zu trinken besorgen?" „Nein, danke. Es geht mir gut. Ich würde jetzt gerne weitermachen." Klausen nickte ergeben und Müller lehnte sich zurück. Lächelnd verschränkte er seine Hände und begann zu reden.

„Ich weiß natürlich, dass ich ihnen einiges zumute. Die Situation hier, muss für sie sehr befremdlich sein. Ich möchte ihnen nochmals versichern, dass ich geistig völlig gesund bin. Ich leide weder an Schizophrenie noch an einer sonstigen mentalen Retardierung oder dissoziativen Störung. Sie können … nein, sie sollten davon ausgehen, dass wirklich jedes meiner Worte der Wahrheit entspricht."

Köln – Chorweiler – 14:00 Uhr

Pünktlich betraten Una Best und Benno Carsten ein Bürogebäude, dass nach dem am Eingang montierten Messingschild einem international agierendem GILDE Consulting Unternehmen gehörte. Carsten führte Best in einen Konferenzraum. Dort saßen bereits mehrere Personen, welche die beiden neugierig musterten.

Ein großgewachsener grauhaariger Mann stellte sich Una Best als Claus Meyer vor. Best wusste von Carsten, dass es sich bei Meyer um den Gildesprecher in Europa handelte. „Bill Bright kennen sie bereits", Meyer stellte Best die anwesenden Personen kurz vor. „Gut dann sind wir vollständig. Nehmt bitte Platz. Sie wissen in der Zwischenzeit über die Gilde Bescheid?" Una Best nickte. „Gut, wir verzichten untereinander im Übrigen auf das förmliche Sie." Meyer lächelte und schaltete mit einer Fernbedienung einen wandgroßen Bildschirm ein. „Wir haben in den letzten Jahren viel Geld in unsere technische Ausrüstung gesetzt. Über unsere Server laufen sämtliche weltweit gesendeten Nachrichten und werden anschließend von mehreren KIs durchleuchtet. Wie das technisch funktioniert und welche Suchkriterien angewendet werden erspare ich euch. Wir sind diesmal auf jeden Fall mit einer Quote von 89,45 Prozent fündig geworden. Das entspricht meiner Ansicht nach einem Volltreffer. Deshalb auch unser rasches Handeln."

Meyer tippte kurz auf die Fernbedienung. „Hier seht ihr die Nachrichten über den Unfall eines Pilger Buses. Er ist von der Fahrbahn gerutscht und über eine Böschung gestürzt. Es gab etliche Tote und Verletzte. Wahrscheinlich kennt ihr diese Bilder bereits. Sie waren auf sämtlichen Nachrichtenkanälen zu sehen. Die verunglückte Pilgergruppe war auf dem Rückweg von der Pfarrkirche Zum Heiligen Leonhard in St. Leonhard[205]. Für die Reisegruppe war der neugotische Hochaltar, der Taufstein von Andreas Hofer aus weißem Marmor und wertvolle Wandgemälde interessant. Anschließend war ein gemeines Mittagessen vorgesehen, die restliche Zeit bis zur Abfahrt des Buses stand dann zur freien Verfügung. Warum erzähle ich euch das? Bereits vor der Führung in der Pfarrkirche haben sich diese beiden Personen", das nächste Bild erschien und zeigte ein älteres Ehepaar. „von der übrigen Reisegruppe entfernt und sind nach unseren Recherchen in der Gegend herumgewandert. Herumgewandert müsste hier in Anführungszeichen stehen!" Meyer machte mit seinen Fingern eine entsprechende Bewegung. „Jetzt eine weitere wichtige Info: die Pfarrkirche befindet sich im Passeiertal. Und wie ihr alle wisst, ist diese Gegend durchaus von herausragender Bedeutung für die Gilde. Ihr erinnert euch sicherlich an die dortigen Geschehnisse?" Die Anwesenden nickten unisono. Meyer fuhr fort: „Dieses Gegend steht seitdem unter unserer besonderen Beobachtung. Gut weiter, nach dem Aufenthalt im Passeiertal geschah auf dem Rückweg des Reisebusses das Unglück mit den zahl-

---

205 Marktgemeinde St. Leonhard in Passeier

reichen Toten und Verletzten. Wie das Schicksal es will, diesmal war es offensichtlich uns gegenüber gnädig, es war zufällig ein Übertragungswagen des örtlichen Fernsehsenders innerhalb kürzester Zeit an der Unfallstelle. Und jetzt seht euch bitte diese kurze Filmsequenz genau an. Sie war auch der Grund, für das rasche Tätigwerden unserer Rechercheabteilung.

Das ältere Paar erschien wieder. Offensichtlich waren beide unverletzt geblieben. Sie kletterten den Hang hinauf und wurden dort von Sanitätern in Empfang genommen. Nach kurzer Befragung ließ man von den beiden ab. „Von diesen beiden Personen fehlt seit dem Unfall jede Spur. Das sind die letzten Aufnahmen, wo man sie gesehen hat. Die Polizei konnte weder einen Aufenthaltsort von ihnen feststellen noch, wer die beiden überhaupt waren. Die Personen, die in den Reiseunterlagen des Busunternehmens eingetragen sind existieren nämlich nicht. Es gibt sie offiziell nicht! Und jetzt schaut euch noch dieses Bild an. Ich habe es extra vergrößern lassen. Schaut euch an, was der Mann in den Händen hält. Einen Tornister! Ein völlig veraltetes, aus der Zeit gefallenes Ding. Es stammt nach unseren Unterlagen exakt mit dem Tornister überein, den der Mann, den wir damals verfolgt haben besessen hat. Wir haben ihn bis zum heutigen Tag trotz großer Bemühungen nicht gefunden. Wie ihr wisst, gehen wir davon aus, dass sich in diesem Tornister

die Artefakte befinden, denen wir bereits seit Jahrhunderte hinter-
herjagen. Als wir im Jahr 1783 diese merkwürdige Person gefangen
nahmen, die, falls sie überhaupt ein Mensch war, über sehr außergewöhnliche Fähigkeiten verfügte. Sie alterte kaum, kam mit sehr
wenig Flüssigkeit aus und widersetzte sich unseren damaligen Ver-
hörmethoden. Aber das wisst ihr ja bereits alles. Vieles deutet daraufhin, dass dieser", Meyer verzog vor seinem nächsten Wort
abfällig sein Gesicht, „Mensch, im Passeiertal die Artefakte, die wir
seit Jahrhunderten suchen, versteckt hat. Warum sollte sich dieses
Subjekt sonst immer wieder dort aufgehalten haben. Gründe dafür
gab es, soweit wir feststellen konnten, nicht. Und deshalb, last but
not least, sehen wir auch einen Zusammenhang zwischen den beiden Alten und dem Tornister. Wir gehen davon aus, dass die zwei
genau wussten, wo sie suchen mussten."

Eine Weile herrschte Schweigen. Meyer ließ seine Worte auf die
Anwesenden wirken, griff nach einem Glas Mineralwasser, trank
etwas davon und sprach dann zufrieden lächelnd weiter. „Meine
Freunde unsere klugen Köpfe aus der Rechercheabteilung sind der
Meinung, dass dieser Tornister im Zusammenhang steht mit dem
ledernen Köcher den wir seit ewigen Zeiten suchen. Wahrscheinlich
ist dieser im Tornister verborgen. Wir haben also tatsächlich eine
verdammte heiße Spur!"

Die Anwesenden klatschten begeistert und redeten eine Zeitlang durcheinander. Schließlich hob Meyer seine Hände und klickte auf ein weiteres Bild. Das alte Paar war wieder zu sehen. „Wir haben hier die Aufnahme aus einer Überwachungskamera. Die beiden Personen haben sich zu diesem Zeitpunkt in Bayern aufgehalten. Fragt mich nicht wie sie das in der kurzen Zeit geschafft haben. Aber seit dieser Aufnahme, sie ist zwei Tage alt, sind die beiden wie vom Erdboden verschluckt. Sie konnten offenbar untertauchen. Dumm sind diese Wesen nicht. Das haben sie in der Vergangenheit mehrmals bewiesen. Es stellt sich nun die Frage, wohin sie gegangen sind. In der Nähe ihres letzten Aufenthalts befindet sich das Internat Oberberg, ein Gutshof, ein Golfhotel und ein Kloster. Irgendwo dort müssen sie sich aufhalten. Außer sie verbergen sich in den Wäldern, aber das schließen wir aus. Das Internat scheidet aus, die Außenbereiche sind Video überwacht. Die meisten Kinder und Jugendlichen, die sich dort aufhalten sind wegen ihrer prominenten und reichen Eltern potenzielle Entführungsopfer und deshalb gut geschützt. Es kann ausgeschlossen werden, dass sich Jemand Zugang zu dem Internatsbereich geschaffen hat. Wir habend deshalb auf den Gutshof, das Golfhotel und das Kloster unsere Satelliten angesetzt. Der Gutshof und das Golfhotel scheiden aus. Meine Freunde, das Kloster Neuenburg ist unser Jackpot! Seht euch diese Satellitenaufnahme von einer Bank oberhalb des Klosters an." Meyer tippte auf die

Fernbedienung und ein Bild erschien, auf dem ein älteres Paar auf einer Bank saß.

Meyer schaltete den Bildschirm aus und legte die Fernbedienung auf den Tisch. „Und jetzt werden wir aktiv! Benno und Una ihr fliegt sofort dorthin. Auf dem Köln Bonn Airport wird in diesen Minuten ein Learjet der Gilde für euch startklar gemacht. Ab München steht ein Auto parat. Leon wird euch begleiten." Meyer zeigte auf einen großgewachsenen athletischen Mann der ernst dreinblickte. „Er ist bei diesem Einsatz der Mann fürs Grobe. Euer Auftrag wird es sein den Tornister und wenn möglich auch die zwei Personen in Gewahrsam zu nehmen. Habt ihr verstanden?"

„Was ist, wenn die beiden Schwierigkeiten machen?", Una Best sah Meyer fragend an. Dieser verzog sein Gesicht, „ich denke, das werden sie nicht. Nicht war Leon?" Dieser nickte emotionslos. „Sie wollen tatsächlich Gewalt anwenden?" Una Best sah etwas ungläubig drein. „Die beiden befinden sich in einem Kloster und ..."

„Und?", unterbrach Meyer die Bedenken von Best mit einer unwirschen Handbewegung, „diesmal wird uns nichts aufhalten. Ich wiederhole: Nichts! Ihr drei seid auch nur unser Stoßtrupp. Ihr sondiert vor Ort die Lage. Wenn möglich bringt ihr die Artefakte in eueren

Besitz. Falls nötig ruft ihr an und wir senden euch zur Unterstützung weitere Gildemitglieder. Ende der Diskussion. Ich denke wir
haben alles besprochen. Und jetzt - viel Erfolg. Packt zusammen,
was ihr benötigt. Abflug ist in einer halben Stunde."

Benno Carsten und Una Best nickten und verließen eilig den Konferenzraum. „Leon noch kurz auf ein Wort", Meyer schloss die Tür.

Kloster Neuenburg – 16. August – 14:10 Uhr

„Bevor ich von unserer Ankunft berichte, möchte ich ihnen noch
etwas über das Universum erzählen. Ich meine dabei den Begriff,
den sie unter Universum verstehen. Die Menschheit bemüht sich ja
schon seit Jahren die Geheimnisse dieses Universums zu entschlüsseln. Sie werden es aber nicht können, es ist ihnen geistig nicht
möglich."

Müller schwieg, dann lachte er gequält auf, „wenn die Menschheit
jemals erfahren sollte, was der Urknall wirklich war, dann bedeutet
das wahrscheinlich auch das Ende für die meisten ihrer Art. Viele
würden verzweifelt und depressiv werden. Das Leben hätte für sie
überhaupt keinen Sinn mehr. Obwohl", Müller lachte erneut, es

klang diesmal bitter, „es in Wirklichkeit keinen Unterschied macht zwischen dem, was ihr meint, was der Urknall war und dem, wie dieses Ereignis tatsächlich ablief. Trotzdem, die Wahrheit könnten die wenigsten Menschen verkraften. In Kürze wird das James Webb Teleskop[206] in Betrieb gehen. Eure Astronomen hoffen tatsächlich, dass sie damit bis an den Rand des Universums blicken können. Sie schätzen, dass sie eine Entfernung von über 13 Milliarden Lichtjahren überwinden werden. Vor allem möchten sie natürlich Antworten auf viele noch offene Fragen finden. Der Blick in weit entfernte Bereiche ist schließlich gleichzeitig ein Blick in die Vergangenheit des Universums. Die Menschheit geht davon aus, dass das Universum expandiert. Eines dürfen sie mir glauben Herr Klausen: ich bewundere die Menschheit für ihre Anstrengungen. Im Grunde könnte man das lächerlich kurze Leben, dass man in dieser Hülle hat auch anders nutzen." Müller machte eine Handbewegung quer über seinen Körper. Klausen nahm sich fest vor ihn später danach zu fragen, wie er den Begriff Hülle definieren würde. Er konzentrierte sich zunächst aber weiter auf die Ausführungen des alten Mannes. Sie waren kompliziert genug.

„Dieses Universum mit seinen Milliarden, Billionen Lichtjahren ... wir könnten dieses Zahlenspiel immer weitertreiben, bis wir Zah-

---

206 Start 25. Dezember 2021

lenwerte erreichen, die für sie unendlich sind. Und genau das ist das Problem der Menschen. Egal wie leistungsfähig ihre Teleskope werden, sie werden nie ... glauben sie mir ... niemals, absolut niemals bis zum Urknall gelangen. Es - ist − nämlich - unmöglich! Seien sich dankbar dafür! Zurück zu den unglaublichen Entfernungen. Gehen sie davon aus, dass die Ausdehnung des Universums viel, wirklich viel, viel größer ist als sie sich vorstellen können." Der alte Mann stoppte in seiner Rede und blickte Klausen intensiv an. Er wollte dessen volle Aufmerksamkeit für seine folgenden Worte. „Es ist unvorstellbar groß, zu groß für sie und ihre Mitmenschen. Und in Wirklichkeit ist es klein", Müller lachte erneut auf, „hören sie genau zu, es ist klein, so klein", der Mann zeigte einen Abstand zwischen Daumen und Zeigefinger an, „und noch kleiner ... es ist winzig. Für die Wesen meiner Art ist es nur ein Staubkorn, wenn überhaupt." Müller schwieg und blickte seinen Gegenüber an. Er fuhr sich über seine Lippen und räusperte sich. Klausen stand auf, „ich werde ihnen jetzt etwas zu trinken holen. Aus der Flasche ihrer Frau werden sie wahrscheinlich nicht trinken wollen?"

Der Abt hatte das scherzhaft gemeint, doch der alte Mann verzog nur traurig sein Gesicht. „Glauben sie mir, ich würde wirklich gerne den Rest davon zu mir nehmen. Aber es ist mir verwehrt. Die Folgen wären für mich schrecklich. Dabei meine ich nicht den Tod, den sehne ich herbei."

Klausen schüttelte verständnislos seinen Kopf. Dieser alte Mann blieb ihm ein Rätsel. Er redete wirklich wirr. „Ich hole ihnen jetzt etwas zu trinken. Ich denke, eine kurze Pause tut uns beiden gut."

Kloster Neuenburg – 16. August – 15:00 Uhr

Klausen war rasch in die Kantine gegangen. Er brauchte jetzt dringend einen doppelten Espresso und für Müller nahm er eine Flasche Mineralwasser mit. Auf dem Rückweg sah er kurz in seinem Büro vorbei und erkundigte sich, welche Ergebnisse Hubers Recherchen im Internet ergeben hatte. Dieser reichte dem Abt ein paar ausgedruckte Seiten.

„Also diese Begriffe kannte ich natürlich. Das ist für einen Archäologen schließlich Grundwissen. Ein Arithmometer ist eine Rechenmaschine auf rein mechanischer Basis", Huber zeigte auf eine Stelle seiner Ausdrucke, „sehr viel interessanter ist aber der Mechanismus von Antikythera. Es ist nämlich ein antikes Artefakt, das mit Zahnrädern funktionierte. Das alte Ding hatte, soweit man bisher festgestellt hatte, mehrere Funktionen: Er war ein Sonnenkalender, er zeigte die Tierkreise an, er war dazu auch noch ein Mondkalender und man konnte angeblich auch die Austragungsorte der Panhellenischen Spiele damit feststellen. Außerdem hat diese alte Konstruktion - nur zu deiner Erinnerung Benedikt: das Ding wurde einige hundert Jahre vor Christi Geburt gebaut - auch die Daten von Sonnen- und Mondfinsternissen unglaublich genau angegeben. Der Mechanismus wurde erst 1900 vor der griechischen Insel Antikythera entdeckt. Er lag verborgen in einem antiken Schiffswrack. Aufgrund der verbliebenen Planken des Schiffes konnte man errechnen, dass der Bau des Schiffes so um 200 v. Chr. erfolgt sein muss. Das Alter des aufgefunden Mechanismus konnte bisher nicht genau datiert werden. Er kann also in Wirklichkeit noch viel älter sein. Er ist auf jeden Fall die älteste erhaltene Apparatur dieser Art. Weil er so unglaublich komplex aufgebaut ist, wird er von einigen Wissenschaftlern auch als erster Computer bezeichnet. Wer das Ding gebaut hat, ist nicht bekannt. Vor allem ist völlig unklar, wer zu der damaligen Zeit in der Lage war, so einen Mechanismus zu errechnen und zu bauen." Huber lehnte sich zurück und streckte sich. „Es ist ein verdammtes Rätsel Benedikt. Was machst du eigentlich hier? Hattest du nicht vor, den alten Mann nicht aus den Augen zu lassen?"

Klausen hob demonstrativ die Flasche mit dem Mineralwasser hoch, „ich habe Müller nur etwas zu trinken geholt. Er behauptet zwar dauernd, dass Wesen seiner Art nicht viel Flüssigkeit benötigen.

Vielleicht ist er schon leicht dehydriert und redet deshalb so wirres Zeug." Er drehte sich um und öffnete die Tür, „ich bin auch schon wieder auf dem Weg. Ich melde mich bei dir, sobald ich wieder eine Auskunft brauche."

„Jederzeit gerne Benedikt, die Angelegenheit ist wirklich interessant., sie beginnt mich zu interessieren. Ich bin gespannt, was der Mann noch alles erzählen wird. Aber bitte pass auf dich auf."

Köln – 16. August – 15:30 Uhr

Una Best und Benno Carsten überprüften ein letztes Mal ihre Reisetaschen. „Sag mal", die junge Frau setzte sich auf einen Stuhl, „dieser Leon der uns begleiten wird - was bedeutet er sei der Mann fürs Grobe?" Carsten zog langsam den Reisverschluss seiner Tasche zu und blickte Best ernst an, „Lean ist ein Profikiller Una. Auch solche Personen gehören seit einigen Jahrzehnten zu unseren Mitgliedern. Und der Ausdruck bedeutet, dass wenn die Gilde sich ein Ziel setzt, dieses auch erreichen wird. Wenn nötig wird sie dabei über Leichen gehen." Carsten zog einen Stuhl zu sich her und setzte sich ebenfalls. „Erinnerst du dich an den Diebstahl des Gemäldes Christi Geburt von Caravaggio? Das Gemälde wurde 1969 gestohlen. Das

Bild ist mehrere Millionen wert. Dargestellt ist die Weihnachtsge-schichte. Neben der Heiligen Familie sind auch Franz von Assisi und Laurentius von Rom abgebildet. Das Gemälde konnte bis heute nicht wiedergefunden werden. Wenn du mal die Ehre hast, und wirst in unser Hauptquartier eingeladen kannst du es bewundern. Und viele andere wertvolle Gemälde und Artefakte. Natürlich nur Originale. Die Gilde gibt sich nicht mit Pillepalle ab."

„Willst du sagen die Gilde hätte das Gemälde gestohlen?" Carsten lächelte, nickte, beugte sich vor und sprach leise weiter: „Das Ge-mälde Das Konzert des Niederländers Johannes Vermeer, wurde 1990 gestohlen[207], sein geschätzter Wert liegt übrigens bei weit über 200 Millionen Dollar. Das Bild befindet sich genauso wie zwei von Darwins Notizbücher, zahlreichen Artefakten aus dem Briti-schen Museum in London[208] im Besitz der Gilde. Wenn du in unser Hauptquartier kommst, kannst du dort einen Teil des verschwunde-nen Zarengolds, des Bernsteinzimmers[209], den berühmten Florenti-nerdiamant, Caliburn[210], zahlreiche Schriftrollen und einige äußerst wertvolle Kultgegenstände aus Sakkara[211] bewundern." „Und viel-leicht auch noch den Nibelungenschatz", Una Best glaubte, dass sie

---

207 1990 Kunstraub von Bosten
208 tatsächlich sollen nach Angabe des Museums ungefähr 2.000 Objekte verschwunden sein
209 Geschenk des preußischen Königs Friedrich Wilhelm I. an Zar Peter dem Großen.
210 auch Excalibur, Schwert von König Artus
211 Ägypten / Totenstadt / Gräberfeld

ihr älterer Kollege veralberte. Doch dieser hob nur erstaunt seine Augenbrauen, „woher weißt du das Una? Ich mache, wenn es um die Gilde geht keine Witze: lass dich überraschen. Aber wenn ich dir noch einen guten Rat geben darf. Du solltest Personen wie Claus Meyer oder Bill Bright niemals widersprechen. Du gehörst jetzt zur Gilde. Du kannst dich nicht von ihr lossagen, du weißt schon viel zu viel. Tu mir einen Gefallen, wenn Leon aktiv wird, komm ihm nicht in die Quere. Es ist wirklich zu deinem Besten."

Kloster Neuenburg – 16. August – 15:15 Uhr

Josef Müller saß immer noch an der gleichen Stelle. Es sah aus, als hätte er sich, seit Klausen den Raum verlassen hatte, überhaupt nicht bewegt. Der Abt setzte sich im gegenüber hin, nahm ein leeres Glas, dass sich auf dem Tisch befand und schenkte es voll. Wortlos schob er es dem alten Mann hin. Eine Verwechslung mit der kontaminierten Flasche war nicht möglich, da Klausen klugerweise eine andere Firmenmarke mitgebracht hatte. Die Flasche mit dem hochdosierten Betäubungsmittel war schließlich ein wichtiges Beweismittel. Es war unter Umständen eine Mordwaffe! Klausen wollte sie nicht einfach vom Tisch nehmen, weil er sich nicht sicher war, wie der alte Mann darauf reagieren würde, wenn er dies tat.

Also ließ der Abt die Flasche einfach stehen. Eine Verwechslung war ausgeschlossen.

Josef Müller nahm das Glas zur Hand, betrachtete es eine Weile nachdenklich und trank dann einen kleinen Schluck. Er hatte anscheinend tatsächlich überhaupt keinen Durst und trank lediglich aus Höflichkeit. Langsam stellte er das Glas zurück und räusperte sich, „also", sagte er entschlossen, „beginnen wir. So schwer es mir auch fällt, über die vergangenen Ereignisse zu sprechen. Aber ich habe ihnen schließlich eine Geschichte versprochen. Sie sind ein katholischer Geistlicher. Ich weiß natürlich nicht, wie sie aufgrund ihres Glaubens auf meine folgenden Worte reagieren werden. Vielleicht sind sie aber sensibel genug zumindest in Betracht zu ziehen, dass meine Geschichte der Wahrheit entsprechen könnte. Das würde mir bereits genügen."

Der alte Mann schwieg und sah nachdenklich die tote Frau an. Ohne den Blick von ihr abzuwenden, begann er zu berichten: „Wir verließen unsere makellose Welt ... diese klare, herrliche Welt, den absolut schönsten Ort im Universum ... und begaben uns auf die lange Reise. Wir beide wussten, dass es Jahrhunderte ihrer Zeitrechnung dauern könnte, bis wir zurückkehren würden. Außer einer von uns wird sterben und könnte aus diesem Grund früher zur

Quelle zurückkehren. Unser Durchgang war eine Höhle in Ferreiros, das ist ein kleiner Ort am Jakobsweg im Nordwesten Spaniens. Dieser Pilgerweg endet, wie sie wissen in Santiago de Compostela. Die dortige Kathedrale ist übrigens auf den Resten einer viel älteren Kirche erbaut worden. Damals war die dortige Kraftquelle noch unglaublich präsent. In späteren Jahren haben die Menschen in ihrer Dummheit leider dafür gesorgt, dass die Verbindung zur Quelle langsam erlosch. Es gab damals, als noch viele von uns Reisenden auf der Erde unterwegs waren, viele solcher magische Orte, heilige Orte, Orte der Kraft und was der Wahrheit am nächsten kommt Heimstätte der Seelen. Es sind Orte, von denen die Menschen seit Jahrtausenden fasziniert waren. Stätten die sie magisch anzogen. Ich denke da an Glastonbury, Kailash, Ayers Rock oder den Uluru in der Sprache der Aborigines, Karlsruhe, einigen Höhlen in den Pyramiden, ... und die vielen unzähligen religiöse Gebetsstätten wie die Gnadenkappelle in Altötting. Solange sie, wie bereits erwähnt, von den Menschen in ihrer Beschränktheit nicht brutal und rücksichtslos entweiht worden waren. Man muss zur Entschuldigung der Menschheit natürlich auch feststellen, dass diese nicht wussten, was sie getan haben. Der Übergang in der Nähe der Kathedrale in Santiago de Compostela galt über Jahrhunderte als besonders starker Kraftort. Tausende Menschen sind deshalb mit der Hoffnung nach Gesundheit oder religiöser Erleuchtung dorthin gepilgert. Wallfahrten finden auch heute noch statt. Das spirituelle Erlebnis, das intensive Gefühl der Verbindung zum Universum ist aber unwiederbringlich zerstört worden. Seit man in Santiago de Compostela die vorhandenen irdischen Höhlen und geheimnisvollen unterirdische Wasserkanäle aufgefüllt hat, verringert sich die frühere Strahlkraft stetig."

Der alte Mann schwieg eine Weile. Sein Blick war auf das Fenster im Raum gerichtet, geradeso als könnte er von dort hinaus in die Vergangenheit schauen.

„Orte wie in Ferreiros sind ... Verbindungstore, welche es uns ermöglichen auf diese Erde zu gelangen. Sie sind Menschen selbstverständlich verwehrt. Aber besonders sensible Lebewesen spüren in ihrer Nähe die universellen Energie. In früheren Jahren hat man, um die Übergänge benutzen zu können als Legitimation, einen Djed benötigt. Mit diesem Djed standen wir Reisenden auch untereinander in Kontakt. In der Zwischenzeit können die Übergänge auch ohne Djed benutzt werden, aber selbstverständlich nur von uns Reisenden." Huber stand auf und griff nach einem kleinen Rucksack, der in einer Ecke des Zimmers stand. „Vielleicht sollten sie jetzt ihren Freund dazu holen. Ich kann mir vorstellen, dass ihn meine folgende Geschichte auch interessieren wird. Schließlich ist er Archäologe und", der alte Mann seufzte, „ich werde bei meinen folgenden Worten einige Jahre in die Vergangenheit zurückgehen müssen."

Kloster Neuenburg – 16. August – 17:30 Uhr

Paul Huber konnte nach Betreten des Zimmers seinen Blick nicht von der toten Frau wenden. Sie sah so unglaublich ... glücklich aus. War das so, wenn man starb? Roch es nach Rosen in dem Zimmer? Konnte das sein?

„Bitte setzten sie sich", der alte Mann lächelte Huber freundlich an. Dann griff er nach seinem Rucksack. „Die Geschichte, die ich ihnen beide jetzt erzählen werde dreht sich hauptsächlich um einen Djed. Sie als Archäologe kennen das Symbol natürlich. Nur ist es in Wirklichkeit etwas völlig anderes. Die Menschen haben dem Anblick eines Djeds ein Gerät der Götter daraus gemacht. Nun ... so ganz Unrecht hatten sie dabei nicht. Wobei ich mich und die anderen Reisenden nicht als Götter bezeichnen würde. Ich habe ihrem Freund schon einiges über die vergangenen Geschehnisse berichtet. Er kann es ihnen später alles erklären, ich wiederhole mich nicht gern. In diesem Rucksack befinden sich zwei Djeds. Einer davon ist uns vor einigen tausend Jahren abhandengekommen. Seitdem versuchen wir ihn wieder zu bekommen. Bei falscher Handhabung geht von einem Djed nämlich große Gefahr aus. Der andere Djed stammt von einem Reisenden. Mehr erfahren sie in meiner Geschichte. Zunächst zeige ich ihnen die beiden Djeds, ich gehe davon aus, dass sie mir dann glauben werden.

Josef Müller griff in seinen Rucksack, holte einen alten Tornister heraus in dem sich ein lederner Köcher befand und aus diesem holte er schließlich zwei Gegenstände hervor. Es waren etwa zwanzig Zentimeter längliche Gegenstände, die offenbar aus purem Gold bestanden. An einem Ende hatten sie anscheinend einen Handgriff. Am anderen Ende erkannte man vier eckige Umrandungen. In der Mitte jedes Stabes befand sich ein großer blauer Saphir. Der alte Mann griff nach einem Djed und hob ihn hoch, „tief im Innern des Djed befindet sich eine Viole mit Quecksilber und darin ruht ein Tropfen Wasser!" Müller hob seinen rechten Zeigefinger. „Wasser in seiner absolut reinsten Form. Ein Tropfen der ersten Quelle, dem Ursprung allen Lebens. Die eingelegten Kristalle, die sie hier sehen, sind keine Diamanten. Diese Kristalle sind wesentlich härter als Diamanten und haben auch eine viel höhere Wärmeleitfähigkeit."

„Das kann nicht sein," entfuhr es Huber unwillkürlich. „Es gibt keine härteren Mineralien als Diamanten und soweit ich weiß, verfügen sie auch über die höchste Wärmeleitfähigkeit." „Auf der Erde Herr Huber, auf der Erde", erwiderte Müller, „soweit stimme ich ihnen zu. Aber diese hier", er tippte auf die eingearbeiteten Kristalle sind nicht von der Erde. Genauso wie die vier Umfassungen. Dieses Mineral ist ... doch lassen wir das, ich möchte nicht den gleichen Fehler wie Filippo machen und etwas aus meiner Heimatwelt verraten. Lassen sie mich jetzt die Geschichte erzählen. Es geht um die beiden Djeds und um die beiden Voynich Bücher. Der Beginn der Ereignisse liegt weit zurück. Genauer gesagt geschah es in Ägypten im Jahr 2.835 v. Chr. Einer der Reisenden, er nannte sich damals Seth befand sich auf den Weg nach Memphis. Dort stand die Regierungszeit eines neuen Pharao bevor. Seth wurde bereits in der ersten Nacht nach seiner Ankunft überfallen. Deshalb war er noch etwas geschwächt und konnte sich nicht gegen die große personelle Übermacht wehren. Er wurde brutal niedergeschlagen. Als er wieder bei Bewusstsein war, musste er feststellen, dass sein Djed fehlte. Daraufhin ..."

Kloster Neuenburg – 17. August 02:20 Uhr

Josef Müller lehnte sich zurück und griff nach seinem Trinkglas. „Jetzt bin ich tatsächlich durstig geworden. Das kommt bei uns selten vor, allerdings habe ich auch noch nie so viel gesprochen."

Klausen sah seinen Freund fragend an, dieser zuckte mit seinen Schultern und sagte dann laut, „also soweit es mir erinnerlich ist, stimmen die geschichtlichen Daten. Die zeitlichen Angaben entsprechen der Richtigkeit. Alles, was mit dieser ominösen Gilde zusammenhängt, ist mir aber vollkommen fremd. Ich habe noch nie von so einer Vereinigung gehört."

Huber wandte sich an Müller, „wieso zwei Voynichbücher und warum wollen sie diese nicht mehr in ihren Besitz bringen. Zumindest der Verbleib eines der Bücher ist allgemein bekannt." „Ja", Müller nickte, „ich weiß. Es befindet sich in der Bibliothek einer ihrer Universitäten[212]. Aber ich bin überzeugt davon, dass die Menschen den von Filippo verwendeten Code niemals erraten werden. Das Problem war, dass bei dem Buch, dass sich im Besitz der Gilde befindet, ein Satz steht, der mehrmals vorhanden ist, in altgriechisch und in ...", Müller schloss kurz seine Augen und schüttelte seinen Kopf,

---

212 Beinecke Rare Book and Manuscript Library der Yale University in New Haven (Connecticut)

„egal. Durch diese beiden Sätze hätten die Menschen Vergleichs-
möglichkeiten und könnten damit hinter das Geheimnis des Codes
kommen. So wie es ihnen bei den Hieroglyphen gelang." „Richtig",
Huber nickte bestätigend „der berühmte Stein von Rosette, eine der
wichtigsten archäologischen Funde der Geschichte." Er sah seinen
Freund an und fügte erklärend hinzu, „auf dem Stein waren Texte in
drei verschiedenen Schriften eingemeißelt. Demotisch, Griechisch
und in Hieroglyphen. Das Griechische war leicht zu entziffern. Am
Ende des Textes stand, dass die in Griechisch verfasste Verordnung
aufgrund ihrer Wichtigkeit in drei Schriften aufgeschrieben werden
sollte. Also befand sich auf dem Stein dreimal der gleiche Text. Einem Franzosen[213] gelang damit deshalb die Entzifferung der Hieroglyphen."

Müller nickte, „wir hatten zunächst die Befürchtung, dass es der
Gilde gelingen würde die Worte in dem Buch zu finden, mit denen
dies auch möglich gewesen wäre, aber das hat sich zum Glück nicht
bestätigt. Und wie wir erfahren haben, ist der Universität, in der das
andere Buch liegt, trotz Einsatzes ihrer Computer eine Dechiffrie-
rung auch nicht gelungen." Müller begann zu lächeln, diese Mimik
überraschte Klausen und Huber. „In der Zwischenzeit sind wir davon überzeugt, dass selbst wenn eine Entschlüsselung gelingen

---

213 Jean-François Champollion

würde, der Inhalt der Bücher als pure Fantasie des Schreibers hingestellt wird. Die Worte und Zusammenhänge bleiben für die Menschen unverständlich. Niemand wird jemals hinter die wahre Bedeutung kommen."

„Gut", Klausen stand auf und ging nachdenklich in dem kleinen Zimmer auf und ab, „unterstellen wir, dass ihre Geschichte stimmt." Er seufzte, „ich hatte dann noch einige Fragen: Sie behaupten, dass die Reisenden nicht sterben." Müller lächelte, „ja, das ist überhaupt nicht möglich. Es gibt in Wirklichkeit keinen Tod für uns. Nur die körperlichen Hüllen, die wir benutzen sind vergänglich." „Woher haben sie ihr Wissen über die Gilde?", mischte sich Huber ein. „Die Quelle hat Reisende her gesandt, deren alleinige Aufgabe es war diese Vereinigung auszuspionieren. Mit Geduld haben wir einiges über die Gilde erfahren", der alte Mann warf einen Blick auf den Leichnam im Bett, „es ist bald so weit." Er hob seinen Kopf, „sie dürfen nicht außeracht lassen, dass sich viele weitere Reisende auf diesem Planeten befanden, von denen ich ihnen nichts erzählt habe. Irgendwann wussten wir über diese Vereinigung und vergangene Geschehnisse dann Bescheid."

„Gut", Klausen gähnte, „eine Frage noch, warum sind sie überhaupt hierhergekommen? Warum ausgerechnet ins Kloster Neuenburg."

Müller hob bedauernd seine Hände. Eine zutiefst menschliche Geste für einen Reisenden. „Das war nicht vorgesehen. Wie nennen es die Menschen? Schicksal! Es war Maria und mir sofort bewusst, dass durch den Unfall Bilder von uns beiden in ihren Medien verbreitet worden sind. Sie müssen dabei wissen, dass die Gilde in den letzten Jahrzehnten ein weitverzweigtes Netz von Spionagesatelliten über ihren Planeten gesponnen hat. Deren alleinige Aufgabe besteht darin nach Personen wie uns zu suchen. Die Passeierschlucht steht dabei immer noch mit auf der Prioritätenliste. Falls wir dort noch nicht auffällig geworden sind, durch den Unfall, den auffälligen Tornister, den ich in Händen hatte mit Gewissheit. Maria und ich mussten deshalb sofort untertauchen. Nicht wegen uns, der Inhalt des Tornisters musste in Sicherheit gebracht werden. Und das Kloster Neuenburg war für uns einfach am schnellsten zu erreichen." Müller hob bedauernd seine Hände, „ich bedauere die Unannehmlichkeiten, die sie wegen unseres Erscheinens haben werden."

„Von was reden sie jetzt?", der Abt sah den Reisenden verwundert an, „welche Unannehmlichkeiten?" „Nun befürchte, dass Mitglieder der Gilde in Kürze im Kloster erscheinen werden. Und ..." Müller zögerte, „erfahrungsgemäß werden sie sich nicht zivilisiert benehmen." Paul Huber zog seine Stirn kraus, „wenn es stimmt, was sie uns bisher berichtet haben, könnten sie mit ihrer Annahme recht haben."

Kloster Neuenburg – 17. August 05:00 Uhr

Una Best, Benno Carsten und Leon saßen auf einer Bank und blickten auf die vor ihnen liegenden Klosteranlagen. Es war die gleichen Bank, auf der vor einigen Stunden noch Maria und Josef Müller gesessen hatten. „Sieht doch ganz friedlich aus", murmelte Best, „was machen wir jetzt?", fragend wandte sie ihren Kopf und sah Carsten an. „Jetzt werden wir drei den Brüdern dort unten einen höflichen Besuch abstatten." „Klären wir nur die Lage, oder ..."

„Wir holen uns diesen verdammten Tornister", unterbrach Leon die junge Frau heftig. „Wir spielen hier nicht Frage und Antwort. Wir sind kein freundlicher Sondierungstrupp, oder eine schlappe Vorhut. Wir holen uns den Tornister und sind in Kürze wieder weg." „Aber ..." „Kein Aber Una", Leon lächelte kalt, „du rechnest doch hier nicht im Ernst mit einer Gegenwehr. Keine Angst uns wird sich niemand in den Weg stellen. Das dort unten ist ein Kloster, ein Internat. Also Schüler, Lehrer und ein Haufen Mönche. Mönche Una!

Also keine Männer! Was sollte uns da schon passieren." Leon spuckte verächtlich auf den Boden. „Auf geht's."

Kloster Neuenburg – 17. August 06:30 Uhr

Die Stunden waren verflogen. Müller hatte die zahlreichen Fragen von Klausen, und Huber stoisch über sich ergehen lassen. Oft waren seine Antworten aber sehr kryptische Sätze geblieben. Vor zwei Stunden hatte er plötzlich seine rechte Hand gehoben und um Ruhe gebeten. „Riechen sie es auch?", fragend sah er seine beiden Gegenüber an. „Rosengeruch", Huber nickte, „den habe ich schon gerochen, als ich ins Zimmer kam." „Stimmt", Klausen hob seinen Kopf, „und ein Hauch von Zitrone, Flieder ..."

„Ja", Müller lächelte, „jetzt ist es bald soweit. Maria kehrt zur Quelle heim. Ihre Hülle wird nicht mehr benötigt und sich in Kürze auflösen." Klausen und Huber starrten nach diesen Worten auf die tote Frau. Tatsächlich wurde der Leichnam langsam schemenhaft und verschwand schließlich.

„Wohin ist ...?", mehr brachte Klausen nicht über die Lippen. Er starrte fassungslos auf das leere Bett, wo vor einem Augenblick noch der Leichnam einer Frau gelegen hatte. Fragend blickte er auf das Kruzifix an der Wand, erhielt aber keine Antwort. Er bekreuzigte sich rasch mehrmals.

Josef Müller richtete sich auf, er lächelte zufrieden vor sich hin. „Sie ist daheim." Er packte die beiden Djeds rasch in den Tornister, diesen stopfte er anschließend in den abgegriffenen Tornister und reichte ihn dann Paul Huber. „Können sie diesen Behälter für mich sicher aufbewahren? Die Gilde wird sich auf meine Spur gesetzt haben und irgendwann auch hier erscheinen. Die Djeds dürfen unter keinen Umständen in den Besitz der Gilde kommen. Das verstehen sie nach meiner Geschichte doch sicherlich?"

Huber griff zuerst zögernd, dann entschlossen nach dem Tornister. „Gut ich", er verzog grinsend sein Gesicht, „also ich glaube ihrer Geschichte. Ich verstecke den Tornister für sie." „Wohin bringst du ihn?", neugierig blickte der Abt seinen Freund an. „In das Dolmengrab", antworte Huber lächelnd, „das erscheint mir momentan der sicherste Ort im Kloster. Ich kann mir nicht vorstellen, dass dort jemand nachsehen wird."

Rasch verließ er Müllers Zimmer und ging zu der kleinen Garderobe vor der Kantine. Dort lag sein alter Rucksack aus gewalkter Schurwolle der an Luis Trenker[214] erinnerte und stopfte den Tornister hinein. Huber verließ das Gebäude und lief dann eilig in Richtung des Klostergartens davon.

Kloster Neuenburg – 17. August 06:30 Uhr

Klausen war aufgestanden und neben das Bett getreten. Vorsichtig berührte er das leere Laken, auf dem vor wenigen Augenblicken noch der Leichnam der Frau gelegen hatte. „Ich verstehe das nicht", murmelte er. „Das widerspricht allem, was ich gelernt habe und an was ich glaube."

"Erde zu Erde, Asche zu Asche, Staub zu Staub[215]. Ist das nicht einer ihrer religiösen Sprüche bei ihren Riten?" Müller war neben ihn getreten. „Ja", antwortete der Abt gedehnt. „Und das ist im Grunde nichts anderes", Müller wechselte das Thema, „wie lange wird es dauern, bis ihr Freund zu uns zurückkommt?" „Das kann schon etwas dauern", antwortete Klausen zögernd. „Allein für die Strecke hin und zurück wird er eine dreiviertel Stunde benötigen. Dazu kommt dann noch die Sache mit dem Verbergen. Warum fragen

---

214 1892 - 1990 Bergsteiger, Schauspieler, Regisseur, Filmemacher und Schriftsteller
215 liturgische Formel

237

sie?" „Wir könnten in der Zwischenzeit in die Kirche gehen", Müller lächelte, „ich möchte ihnen dort etwas zeigen." „Sie?", jetzt war Klausen wirklich baff. „Waren sie denn überhaupt schon in dem Gebäude?" „Ja, aber das ist lange her. Sehr lange. Ich war damals als Reisender in dieser Gegend unterwegs und nannte mich Moritasgus[216]. Bevor ich in diese Gegend kam, war ich viel im damaligen Gallien unterwegs gewesen."

„Mich überrascht heute nichts mehr", Klausen schüttelte seinen Kopf. „Es war so ruhig hier, bevor sie auftauchten", seufzte er ergeben. „Sie könnten ruhig zugeben, dass die letzten Stunden zu den aufregendsten in ihrem Leben gehören." Müller griff nach seiner Jacke. „Anscheinend verfügen sie auch noch über eine gehörige Portion von Sarkasmus", murmelte Klausen ironisch und öffnete die Tür.

Die beiden Männer gingen nebeneinander den breiten Weg zu Klosterkirche hinauf. „Nein nicht durch das Hauptportal", Müller zeigte auf eine alte seitliche Tür. „Was ich ihnen zeigen möchte, befindet sich im alten Ostflügel." Klausen zuckte ergeben mit seinen Schultern und ging Müller voraus. Gerade als sie die hölzerne Tür öffnen wollten, kam ihnen Pater Bertram entgegen. Klausen nickte

216 Name einer Heilgottheit

dem Pater freundlich zu. Er wusste, dass dieser sich in den frühen Morgenstunden regelmäßig im hinteren Teil der Kirche zu einem stillen Gebet einfand. „Bruder Bertram, wir werden sie nicht stören. Herr Müller und ich sehen uns nur kurz etwas an."

Zu dritt betraten sie die Kirche. Pater Bertram setzte sich gewohnheitsgemäß in eine der alten Stuhlreihen. Müller führte Klausen in die Taufkapelle der Kirche. „Das hier ist der älteste Teil der alten Kirche, die vor Jahrhunderten abgebrannt ist. Auf ihren Trümmern wurde dann später die jetzige Kirche gebaut. Das ist doch richtig?" Fragend sah Müller den Abt an, dieser nickte. „Gut, jetzt sehen sie sich doch dieses Fresko einmal an. Was stellt es ihrer Meinung nach dar?" Klausen seufzte, „offizielle Meinung ist, dass es die Himmelfahrt Christi darstellen soll." „Offiziell?", Müller sah Klausen ernst an, „sie glauben also auch nicht daran?" „Naja, es sind mehrere Figuren hintereinander gezeichnet, deren Erscheinung immer schwächer wird. Ich persönlich würde die Himmelfahrt etwas anders darstellen."

Müller nickte und berührte einige der alten Freskensteine. „Das hier sind nicht mehrere Figuren. Es ist immer die gleiche Person. Glauben sie mir, ich kannte den damaligen Künstler. Wenn sie jetzt an Maria denken, wie würden sie ihr Verschwinden darstellen? Das hier", Müller tippte auf das dargestellte Fresko, „ist die körperliche Auflösung eines Reisenden aus dem Jahr 515 n. Chr. Er hat sich Bedaius[217] genannt. Den Namen hatte er schon bei seinen früheren Reisen geführt. Bedaius hat einen Unfall erlitten. Eine mächtige Eiche hat ihn bei einem schweren Gewitter unter sich begraben. Alber, sein Begleiter konnte nichts mehr für ihn tun. Bedaius war aufgrund der schweren Verletzungen seines menschlichen Körpers zum Tode verurteilt. Alber nahm den Djed an sich und verbarg sich anschließend im Wald als sich ein Trupp Arbeiter der Unglücksstelle näherten. Diese Menschen waren dann leider noch zugegen, als sich der Körper von Bedaius auflöste. Können sie sich vorstellen, was dieses Erlebnis bei diesen einfachen Menschen auslöste? Ein Wunder! Teufelswerk? Aber wem konnten sie das Erlebte erzählen, es gab keinen Leichnam. Man würde ihnen nicht glauben. Als Wichtigtuer und Lügner hinstellen. Die Arbeiter waren damals am Bau der alten Kirche beteiligt. Einer von ihnen hat dann dieses eigenartige Mosaik geschaffen. Falls sie sich jetzt fragen, woher ich das weiß. Ich war damals Alber, Bedaius Begleiter."

---

217 Keltischer Gott der im Chiemgau verehrt wurde

Kloster Neuenburg – 17. August – 07:10 Uhr

Nachdem er die Abdeckbretter entfernt hatte und die Leiter in das ehemalige Grab gestellt hatte, stieg Paul Huber rasch hinunter. Er schaltete eine Stablampe ein und sah sich um. Besondere Versteckmöglichkeiten gab es in diesem Loch nicht. Aber das Grab allein sollte im Grunde schon genügen. Bisher hatte sich niemand im Kloster für seine Grabungsarbeiten interessiert. Die Stelle hier lag so einsam, kein Mensch würde sich in die verwilderte Ecke des alten Gartens verirren.

Huber sah sich kurz um. Auf der einen Seite lagen die von ihm aufgeschichteten Knochen. Die große Steinplatte die einen Durchschlupf in den Untergrund ermöglichte, hatte er bei seinem letzten Aufenthalt wieder an ihrer ursprünglichen Stelle eingefügt. Sollte er die Platte lösen und den Tornister darunter verstecken? Sicherlich ein ideales Versteck. Allerdings erneut eine anstrengende Arbeit. Es musste noch eine andere Möglichkeit geben. Diese Gilde schien sehr zielgerichtet und hartnäckig vorzugehen. Aber ging wirklich so große Gefahr von ihnen aus? Huber konnte sich nach Müllers Erzählung allerdings vorstellen, dass Mitglieder der Gilde im Kloster auftauchen und jeden Stein umdrehen würden, um nach dem Tornister zu suchen. Auch wenn er es jetzt für unwahrscheinlich hielt, konnten sie tatsächlich in dem Dolmengrab nachsehen.

Huber zog seinen Kittel aus und legte ihn auf die Erde. Dann öffnete er den Tornister und anschließend den ledernen Köcher und schüttelte entschlossen dessen kompletten Inhalt auf die alte Jacke aus. Anschließend stopfte er einige der herumliegenden Steine in den Köcher verstaute diesen wieder im Tornister und versteckte ihn dann unter den Knochen. Rasch knüllte er die alte Jacke zu einem Knäuel zusammen und presste den anschließend in seinen Rucksack. Dann stieg er rasch die Leiter wieder hoch, zog sie ins Freie und legte abschließend die Schutzbretter über das Erdloch.

Huber betrachtete nachdenklich seinen in die Jahre gekommenen Rucksack, den er neben sich auf den Boden gestellt hatte. Was war das jetzt gerade für eine Aktion von ihm gewesen? Völlig unüberlegt, aber unglaublich spontan. Genauso wie damals als er einer Studienkollegin, die er nur wenige Wochen gekannt hatte einen Heiratsantrag gemacht hatte, den diese dann auch noch grinsend angenommen hatte. Anschließend waren sie über fünfunddreißig Jahre, zehn Monate und acht Tage glücklich verheiratet gewesen. Bis Gundi bei einer Geburtstagsfeier plötzlich tot umgefallen war. Schrecklich – für ihn. Für Gundi ein schöner Tod. So von einer Sekunde auf die andere, ohne vorherige Krankheit, Schmerzen und Leiden einfach direkt in den Himmel. So stellte es sich Huber zumindest vor, auch wenn er kein gläubiger Mensch war. Aber wo sollte seine Lebenspartnerin sonst sein? Damals bei dem Heiratsantrag hatte er auf jeden Fall alles richtig gemacht. Vielleicht dann auch gerade eben.

Huber griff nach dem Rucksack und lief damit eilig in das nahe Wäldchen. Dort hatte er das Zelt mit seinen Ausrüstungsgegenständen, seinem Bogen und den Pfeilen aufgebaut. Rasch warf er seinen Rucksack in das hinterste Eck des kleinen Zeltes. Zog die Reißverschlüsse zu und machte sich wieder auf den Rückweg ins Kloster.

Kloster Neuenburg – 17. August – 07:25 Uhr

Gerade als Müller und Klausen die Kirche verlassen wollten, wurde die große Tür heftig aufgerissen und sie beide brutal in die Kirche zurückgedrängt. Zwei Männer und eine Frau und Klausen riss überrascht seine Augen auf: Alba, eine Nonne aus einem in der Nähe liegenden Frauenkloster, die einmal in der Woche kam, um die Theatergruppe des Internats zu betreuen. Einer der Männer presste

Schwester Alba eine Pistole an die Stirn. Mit seinem Kopf machte er eine herrische Bewegung in das Kircheninnere.

„Was soll das, was ...?" Der Mann mit der Pistole ruckte herum und richtete seine Waffe auf Klausen. Der andere Mann lächelte, „die Fragen stellen wir. Darf ich vorstellen: wir drei sind von der Gilde. Ich gehe davon aus, dass ihre Gäste sie bereits über uns informiert haben." Benno Carsten mustere Müller kalt, „wo ist ihre Partnerin?" „Daheim", antwortete dieser. „Lassen sie diese Spielchen. Wir wissen, dass sie nicht von dieser Welt sind. Was wir noch nicht wissen, woher sie kommen, was sie überhaupt für Kreaturen sind, was sie hier wollen ... und noch einiges mehr. Aber das werden wir sicherlich bald erfahren. Zunächst klären wir aber wo der lederne Köcher ist." Müller lächelte lediglich leicht, sagte aber kein Wort.

Der Mann der bisher Schwester Alba bedroht hatte, hob kurz seine Waffe und schlug Alba an die Stirn. Bewusstlos brach sie zusammen. Dann ging er zu Müller und schlug ihm mit der Faust ins Gesicht. „Man hat sie etwas gefragt."
„He, was machen sie da. Wir sind in einem Haus Gottes." Die Anwesenden fuhren herum. Bruder Bertram hatte der Szene entsetzt zugesehen. Leon fuhr herum und richtete seine Pistole auf Bertram. Dann packte der den Mönch und zerrte ihn zu einem nahegelegen

Beichtstuhl. Leon riss die Tür auf. „Hinein!" Kurz danach hörte man zweimal den dumpfen Knall seiner Pistole. Fassungslos folgte Klausen dem Geschehen. Die Gilde! Dieser Mann hatte Bruder Bertram kaltblütig erschossen! Spätestens jetzt glaubte er jedes Wort des Reisenden.

„Also, wo waren wir stehen geblieben?" Carsten lächelte Müller an, „wo – ist – der – Tornister?" Der Reisende blickte Carsten ausdruckslos an. „Gut", Carsten nickte, „wissen sie es?", fragend sah er Klausen an. Dieser rührte sich nicht. Er war völlig erstarrt von dem Geschehen der letzten Minuten. Die Reisenden waren keine Menschen, aber diese Gildemitglieder auch nicht. Das waren Teufel in Menschengestalt. Wie konnte man einfach einen Menschen töten, den man gar nicht gekannt hatte. „Also gut – Leon." Carsten deutete auf die am Boden liegende Schwester Alba. Leon Hob die bewusstlose Frau hoch und trug sie zu dem Beichtstuhl. Achtlos ließ er sich fallen. Abermals ertönten zwei Schüsse.

„Wir haben jetzt genau zwei Möglichkeiten", Carsten lächelte Klausen kalt an. „Entweder sie sagen uns endlich, wo der verdammte Köcher versteckt ist, oder Leon wird ab jetzt alle zehn Minuten einen Menschen erschießen. Das ist allein ihre Entscheidung!"

„Benno", Una Best berührte die Schulter von Carsten, „dass kann jetzt aber nicht dein Ernst sein. Wir können doch nicht ...", die junge Frau blickte ihn entsetzt an. Sie war blass geworden. Auf ihr Stirn bildete sich kalter Schweiß. „Doch Una, wir können das. Und wenn ich nicht bald eine Antwort habe, geht Leon ins Kloster hinüber und exekutiert den nächst Besten." Carsten wandte sich wieder an Müller und Klausen, „sie haben noch etwas mehr als fünf Minuten."

In dem Gotteshaus war es still. Die anwesenden Menschen starrten sich abwartend an. Plötzlich hörte man ein leichtes Knarren. „Was war das?" Leon fuhr herum und schwenkte dabei seine Pistole in alle möglichen Richtungen. „Der Glockenturm", antwortete Klausen, der gesehen hatte, wie sich die Tür zur Sakristei bewegt hatte und versuchte Ruhe zu bewahren. „Der Turm ist mehrere hundert Jahre alt und reagiert mit dem Wetter. Bei Kälte zieht er sich zusammen und bei Wärme dehnt er sich wieder. Das führt dann zu diesem eigenartigen Knarren."

„Die Zeit ist um", Carsten hatte die letzten Minuten demonstrativ auf seine Armbanduhr gesehen. „Leon würdest ..." „Stopp", Klausen presste seine Augen zusammen. „So kann es nicht weitergehen." Entschuldigend sah er Müller an. „Ich kann jetzt nicht mehr Schwei-

gen." Er wandte sich an Carsten: „Der Tornister liegt in einem Erdloch im Klostergarten."

Benno Carsten überlegte kurz, dann nickte er. „Gut, ein eigenartiges Versteck. Aber ich glaube ihnen. Vorerst wenigstens. Wir gehen
jetzt dorthin. Sollten sie gelogen haben ... doch so dumm werden
sie wohl nicht gewesen sein. Die Gilde kann nämlich äußerst nach-
tragend sein. Aber wie gesagt: wir wollen nur endlich diesen Köcher. Sobald wir ihn haben, verschwinden wir von hier. Sie werden
uns dann nie mehr wiedersehen. So und jetzt gehen sie voraus.
Führen sie uns zu diesem Erdloch", auffordernd sah er Klausen an.
Ergeben seufzte dieser und öffnete dann die Kirchentür.

Paul Huber hatte die Unterhaltung aus der alten Sakristei mit ange-
hört. Der Einfachheit halber hatte er bei seiner Rückkehr die Kirche
durch eine Seitentür betreten. Starr vor Angst hatte er die Geschehnisse in der Kirche durch die halbgeöffnete Tür der Sakristei
anschließend mit verfolgt. Nach den Schüssen war er vor Schreck
an die Tür gestoßen und hatte sie ein Stück weiter geöffnet. Als sie
wieder langsam zurück schwang knarrten ihre Scharniere vernehm-
lich. „Was war das?" Als die kalte Stimme des Mörders ertönte,
musste sich Huber beherrschen, um nicht sofort panisch die Flucht
zu ergreifen.

Er rannte los, sobald sich die Kirchentür geschlossen hatte. Die Verbrecher waren zum Dolmengrab unterwegs! Sie hatten Benjamin und Müller dabei! Wenn er den beiden helfen wollte, musste er sich beeilen! Mindestens zwei Menschen waren von der Gilde bereits getötet worden. Huber war überzeugt davon, dass sobald diese Verbrecher hatten, was sie wollten, die Gefahr bestand, dass sie sämtliche Zeugen ihrer Tat töten würden. Huber eilte so schnell er konnte in die Richtung, aus der er vor einigen Minuten gekommen war. Da es nicht der übliche Weg in den Klostergarten war, bestand keine Gefahr, dass er mit den Verbrechern zusammentreffen würde.

Der alte Archäologe nahm keine Rücksicht mehr auf seinen Puls, der sich bereits in gefährlichen Höhen bewegte. Er musste sich jetzt so schnell es ihm möglich war zurück zu seinem Zelt. Trotz der brenzligen Situation, in der er sich gerade befand, musste er grinsen, als er an seinen Kardiologen dachte. „Sie müssen sich etwas mehr bewegen", hatte ihm dieser eindringlich geraten. „Stetig, aber nicht überziehen. Keine Übertreibungen. Ruhige Spaziergänge … ruhige Spaziergänge!"

Kloster Neuenburg – 17. August – 08:05 Uhr

Sie standen vor der Grube. Leon hatte Klausen gezwungen die Abdeckbretter zu entfernen und die Aluminiumleiter, die im Gras lag in das Loch zu stellen. „Gut", Benno Carsten griff nach der Leiter, doch Leon hielt ihn davon ab. „Sie geht", er zeigte auf Una. „Es ist vernünftiger, wenn wir Männer oben bleiben." Carsten runzelte über diese Bemerkung die Stirn, verkniff sich aber jeglicher Bemerkung.

Una Best stieg vorsichtig die Leiter hinab. „Es ist hier unten stockdunkel", rief sie nach einer Weile herauf. „Habt ihr zufällig eine Taschenlampe dabei?" Leon griff in seine Jacke und beugte sich über das Loch. „Hier", er reichte Una eine Maglite[218]. Von oben sahen sie kurze Zeit danach, wie das Licht der Taschenlampe in dem Erdloch herumwanderte. „Ich glaub ich habe was", rief Best aufgeregt. „Hier liegt unter einem Haufen Knochen ein alter lederner Tornister." „Das muss er sein", antwortete Carsten begeistert. „Bring ihn hoch." „Die Knochen", erwiderte Best zögernd, „soll ich diese beiseite ..." „Scheiß auf diese verdammten Knochen", brüllte Benno Carsten und vergaß für einen Moment seine ruhige besonne Art. „Una, die Gilde wartet seit Jahrhunderten auf diesen Moment. Bring den verdammten Tornister hoch."

---

218 Taschenlampe

Eine Weile geschah nichts. Anscheinend barg Una Best den Tornister. Endlich erschien ihr Kopf am Rande des Lochs. Leon kniete sich hin und griff mit einer Hand nach dem Tornister in der anderen hielt er seine Waffe. Er hob sie hoch und schoss der Frau in den Kopf. „Was?", fassungslos sah ihn Benno Carsten an. „Ausdrücklicher Befehl von Claus Meyer. Best galt in seinen Augen als nicht zuverlässig und stellte eine Gefahr für die Gilde dar."

Benjamin Klausen und der Reisende hatten der Ermordung der Frau verständnislos zugesehen. „Ich werde die Menschen niemals verstehen", murmelte Müller. „Ich kann es einfach nicht." Der Abt seufzte und erwiderte leise, „ich auch nicht mein Freund." Freund! Klausen wunderte sich selbst über seine letzten Worte. Vor wenigen Stunden war er noch davon überzeugt gewesen, dass Müller seine Frau ermordet hatte. Dann hielt er ihn für psychisch krank und jetzt war er ein Freund – nein das war er nicht. Aber ein Gefährte, ein Leidensgenosse in einer völlig außer Kontrolle geratenen Situation.

In der Zwischenzeit hatte sich Carsten hingekniet und sich mit die Verschlüsse des Tornisters aufgeknüpft. Er stellte ihn auf den Kopf und schüttete den Inhalt heraus. Fassungslos blickte er auf die herausfallenden Steine. Dann öffnete er hoffnungsvoll den Köcher.

Auch hier nur Steine. Wütend drehte er sich zu Klausen und Müller um, „ihr Idioten habt mich verarscht. Aber damit kommt ihr nicht durch." Klausen hob entschuldigend seine Hände, „ich verstehe das nicht. Als ich den Tornister zuletzt sah, waren darin andere Gegenstände."

„Andere Gegenstände", brummte Carsten und ballte beide Fäuste zusammen. Er schien sich nur mit Mühe zu beherrschen. „Ich lass mich von euch hier doch nicht zum Narren halten. Leon", er zeigte auf Müller. Der Mann fürs Grobe packte den Reisenden am Ärmel, zerrte ihn vor das Loch und schoss ihm zweimal in den Kopf. Als sich die Blicke des Abtes und des Reisenden ein letztes Mal trafen, strahlte der Reisende eine tiefe Zufriedenheit aus. Gerade so, als würde er sagen: „ich werde sterben – ich kann zur Quelle zurück."

„So und jetzt zu dir Pater, ich habe eure Mätzchen so was von satt. Entweder du erklärst mir jetzt, wo sich die verdammten Artefakte befinden, die in diesem Tornister und Köcher waren, oder du folgts den beiden stante pede[219] in dieses verdammte Loch und anschließend durchsuchen wir das Kloster und glaub mir jeder der sich uns in den Weg stellt wird von Leon umgehend ..."

---

219 stehenden Fußes / unverzüglich

Weiter kam Carsten nicht, plötzlich steckte ihm ein Pfeil in der Brust. Fassungslos starrte er auf den herausragenden Schaft, um den sich bereits eine blutende Lache bildete. Carsten wollte den Pfeil herausziehen, aber seine Hand griff ins Leere. Als der Mann zu Boden fiel, war er bereits tot.

Leon hatte innerhalb eines Bruchteils eines Augenblicks reagiert. Seine antrainierten Reflexe hatten sofort nach einem Schutz vor dem Pfeilschützen gesucht. Ohne lange nachzudenken war er in das Loch gesprungen und neben den beiden Leichen von Una Best und dem Reisenden gelandet. Erst als er sich am Boden abgerollt hatte und sich in einer Ecke verkrochen hatte kam ihm die Erkenntnis, dass er eine dumme und unüberlegte Entscheidung getroffen hatte. Vernünftiger wäre die Flucht in den nahen Wald gewesen, auch wenn dadurch die Gefahr bestanden hätte, vorher von einem Pfeil in den Rücken getroffen zu werden. Hier unten in diesem Loch saß er wie eine Maus in der Falle.

Noch während Leon diese Gedanken durch den Kopf gingen wurde die Leiter hochgezogen und die ersten Abdeckbretter über das Loch gelegt.

Kloster Neuenburg – 10 Minuten später

Paul Huber und Benjamin Klausen saßen nebeneinander im Gras. Hubers Bogen lehnte an einem Baum. Die Ereignisse der letzten Minuten waren nicht spurlos an den beiden vorbeigegangen. Sie waren nicht nur erschöpft, auch ihr Nerven hatten sich noch nicht wieder vollständig beruhigt.

„Das war jetzt tatsächlich gerade ziemlich knapp gewesen Paul. Wenn du nicht geschossen hättest, dann läge ich jetzt wahrscheinlich auch in diesem Loch." „Ja", Huber schluckte und betrachtete eine Weile seine zitternden Hände. „Ziemlich sicher sogar. Ich hätte nicht gedacht, dass ich meinen Bogen einmal dazu verwenden würde, um einen Menschen zu töten. Außerdem bin ich, glaube ich, die letzten vierzig Jahren nicht mehr so gerannt." Er lachte gequält auf, „soll ich dir was sagen Benjamin: ich bedauere nicht einmal diesen Kerl getötet zu haben." Er blickte auf den Leichnam von Benno Carsten, „aber was machen wir jetzt mit den Leichen?"
„Das hier mein lieber Freund", Benjamin Klausen bekreuzigte sich, während er sprach, „ist eine dieser armen Seelen, die wir in dem namenlosen Teil unseres kleinen Friedhofs in aller Würde und selbstverständlich mit allen kirchlichen Riten begraben werden."
„Und Schwester Alba und Bruder Bertram, wie stellst du dir das

vor?" „Tja Paul", Klausen seufzte, „Bruder Bertram werden wir natürlich, wie alle verstorbenen Mitbrüder des Kloster zur letzten Ruhe betten. Er ist immerhin 84 Jahre alt geworden. Da kann der Tod schon mal überraschend eintreten." „Du benötigst aber trotzdem einen Totenschein." „Wir sind hier in einem Kloster", Klausen lächelte, „ich bin überzeugt, dass wir, wenn wir wollten, Bruder Bertram begraben könnten, ohne dass Jemand nach einem Totenschein fragen würde. Aber du vergisst, dass Albin Peter einer meiner Ordensbrüder, Arzt ist. Der Totenschein für Bertram wird von ihm ausgestellt werden. Dafür sorge ich, dass ist kein Thema." „Und wie sieht es bei Schwester Alba aus?"

Eine Weile herrschte Schweigen zwischen den beiden Freunden, dann seufzte Klausen. „Tja, das ist jetzt allerdings tatsächlich ein kleines Problem. Dafür fällt mir auf die Schnelle auch keine Lösung ein. Aber zunächst müssen wir dafür sorgen, dass die beiden Toten aus der Kirche verschwinden und vor allem, dass es dort auch keine Blutspuren mehr gibt." „Und Vorsorge tragen", ergänzte Huber nachdenklich. Als ihn der Abt fragend ansah, ergänzte Huber. „Ich könnte wetten, dass von dieser Gilde in Kürze noch weitere Personen bei uns auftauchen. Sie werden sich fragen, wo ihre Leute abgeblieben sind. Und wie unangenehm das werden kann, haben wir bereits erfahren. Wir müssen uns dafür etwas einfallen lassen."

Kloster Neuenburg – 18.08.

Bruder Bertram war in der Leichenhalle des Klosters aufgebahrt. Die feierliche Beisetzung sollte in zwei Tagen erfolgen. Benno Carsten war bereits am Vormittag dieses Tages von Benjamin Klausen auf dem Klosterfriedhof beigesetzt worden. Auch der Grabstein war bereits aufgestellt worden. Die Gedenksteine waren für alle verstorbenen Mönche des Klosters gleich gestaltet. Es stand nur der Name des Mönchs und das Sterbedatum, welcher der himmlische Geburtstag war, darauf. Auf dem Grabstein, der auf dem Grab von Benno Carsten stand las man den Namen Benedikt und den 12.08. Damit hoffte der Abt, dass es keine Rückschlüsse auf Benno Carsten gab. Huber und Klausen gingen davon aus, dass weitere Mitglieder der Gilde auftauchen und sich neugierig im Kloster umsehen würden.

Problemfälle waren noch Una Best und dieser ominöse Leon. Die Frau war tot. Wie es Leon augenblicklich ging, wussten Klausen und Huber nicht. Sie waren auch noch völlig ratlos, wie sie mit diesem Mann verfahren sollten. Frei lassen konnten sie ihn auf keinen Fall. Der Mann war ein Killer, er hatte, ohne die geringste Reue zu zeigen, Bruder Bertram, Schwester Alba und Una Best ermordet. Huber schlug vor einfach abzuwarten, bis der Mann gestorben war. Er hatte keine Nahrung und was wesentlich schlimmer war nichts zu trinken.

Klausen hatte Skrupel, „Paul, das können wir doch nicht machen, dass wäre brutaler und hinterhältiger Mord. Wir können den Mann doch nicht einfach verhungern und verdursten lassen." „Du kannst ihn gern so lange füttern, bis du ihn tötest", hatte Huber trocken geantwortet, „so wie es die Hexe in dem Märchen mit Hänsel gemacht hat." „Manchmal bist du widerlich Paul." „Nein mein lieber Freund", Huber blickte den Abt ernst an, „ich bin pragmatisch. Wir können den Mann nicht freilassen, weil er uns umgehend ermorden wird. Wir können aber auch nicht die Behörden einschalten. Du darfst nicht vergessen, dass ich einen Mann getötet habe. Wenn wir auf Notwehr plädieren, kann dieser Leon das Gegenteil behaupten. Und die Geschichte mit Maria und Josef Müller wird uns eh kein Mensch glauben. Und dann ist da noch die Gilde. Du hast erlebt zu was diese Vereinigung im Stande ist. Ich möchte mit denen nichts mehr zu tun haben."

Manchmal gibt es Angelegenheiten, die sich auf überraschende weise oft von selbst regeln. Klausen und Huber fanden Leon in dem Dolmengrab mit einem Kopfschuss vor. Der Killer hatte sich erschossen. Seine Augen waren starr auf eine Ecke gerichtet. Klausen nahm an, dass dort der tote Reisende gelegen hatte. Eine Leiche war nicht vorhanden. „Wie bei dieser Maria", murmelte Huber. „Richtig", der Abt bekreuzigte sich, „und als Leon das sah, hat er wahrscheinlich den Verstand verloren und sich eine Kugel in den Kopf gejagt." „Und uns damit ein Entscheidung abgenommen", fügte Huber ernst hinzu.

Die beiden brachten umgehend den Leichnam von Schwester Aba in das Dolmengrab. Leons Leichnam wurde von ihnen unterhalb der Bodenplatte begraben. Schwester Albas toten Körper legten sie auf die Platte. Die Knochen die Paul Huber vor einigen Tagen ausgegraben hatte wurden sorgfältig in eine Kiste gelegt und neben Schwester Alba beigesetzt. Außerdem fanden hier sämtliche Waffen, Dokumente und Handys der Gildemitglieder ihre letzte Ruhe. „Wenn ein Archäologe in einigen Hundert Jahren hier zufällig gräbt, wird er vor einem großem Rätsel stehen." „Ich werde dafür sorgen, dass hier lange Zeit niemand mehr buddeln wird", Klausen kratzte sich am Kopf, „mir fällt dafür schon noch eine praktikable Lösung ein."

Kloster Neuenburg – 20.08.

Zwei Tage später war es soweit. Im Kloster erschienen zwei Anzug-
träger und wünschten den Abt zu sprechen. Sie stellten sich Klausen als Kriminalkommissare aus Köln vor, die nach drei ihrer
Kollegen suchten. „Borowski", sagte der eine und hielt Klausen kurz
eine Kennkarte hin. Das ging so schnell, dass es genauso gut die
Mitgliedskarte eines Sportvereins hätte sein können. Klausen nickte
höflich, „dass da ist Herr Huber, ein Freund von mir, wir wollten
gerade zusammen eine Tasse Kaffee trinken. Soll er ..." „Nein, er
kann gern bleiben. Es dauert nicht lange. Wir haben nur ein paar
Fragen. Vielleicht kann ihr Freund dabei helfen." Der Mann reichte
auch Huber die Hand, „Borowski." „Wie der Fußballer[220]?" Huber
versuchte einen Scherz. „Nein", erwiderte der Mann humorlos, natürlich wie der Kommissar[221] aus der Tatortreihe."

Sein Begleiter hatte sich bisher nicht vorgestellt. Er langte lediglich
in seine Tasche und holte drei Fotos hervor. „Kennen sie die drei
Personen? Haben sie einen von ihnen gesehen?" Klausen warf einen Blick darauf und nickte. „Ja die waren hier. Aber nur ganz kurz.
Ein paar Stunden höchstens. Sind das ihre Kollegen? Das waren

---

220 Tim Borowski (Werder Bremen / Bayern München)
221 Klaus Borowski (dargestellt von Axel Milberg) / Tatort Team Kiel

nämlich keine Kriminalbeamten. Sie sagten sie gehörten einer Gilde an." „Ja", Borowski nickte, „das stimmt, es handelt sich dabei um eine Untergruppe der Polizei. Ein Deckname." Offenbar hielt er Klausen und Huber für so dumm, dass sie ihm diese dreiste Behauptung abnahmen. „Und was wollten sie?"

Klausen sah seinen Freund an, „die fragten mich nach einem alten Ehepaar?" „Ja", nickte Huber, „ich war dabei, also ihre Kollegen benahmen sich, als wären die beiden netten alten Leute Schwerverbrecher." „Das kann durchaus der Wahrheit entsprechen", Borowski setzte sich unaufgefordert und schenkte sich aus dem Wasserspender ein, „und was wollten die beiden Alten bei ihnen?" „Also zunächst wollten sie lediglich ein Zimmer für eine Nacht", Klausen kratzte sich nachdenklich am Kinn, „dann aber versorgten sie sich in unserem Wanderkiosk mit einem neuen Rucksack. Stellen sie sich vor, die beiden Leute waren bestohlen worden und hatten buchstäblich nichts mehr außer ihrer Kleidung und einem alten ledernen Tornister."

Huber lächelte, sein Freund spielte seine Rolle wirklich gut. Die Lügen kamen ihm ohne Stottern von den Lippen. Benjamin würde bei seiner nächsten Beichte eine Sonderschicht einlegen müssen. Bei der Erwähnung des Tornister war ein Ruck durch die beiden Frem-

den gegangen. Das waren keine Polizisten! Huber ballte unwillkürlich seine Hände zusammen, die beiden gehörten dieser vermale-
deiten Gilde an. Es war klug gewesen, dass er sich mit Benjamin auf
die Ankunft dieser Menschen vorbereitet hatte.

„Wo sind die beiden Alten hingegangen?" „Ach, das kann ihnen
mein Freund sagen. Paul du hast sie doch noch ein Stück begleitet." „Ja", Huber nickte bestätigend, „sie haben gesagt, dass sie auf
dem Jakobsweg weiterlaufen wollten und fragten nach dem Wanderweg, der in Richtung Norden führte." Huber zeigte mit dem Finger in Richtung des Fensters, „das ist ein wenig kompliziert, da die
meisten Pilger in Richtung Süden oder Osten weitergehen. Dort
gibt es mehr Übernachtungsmöglichkeiten und es ist auch nicht so
anstrengend. Ich habe die beiden darauf hingewiesen und sie gefragt, ob sie nicht eine andere Route nehmen wollen. Aber sie ließen sich ihr Vorhaben nicht ausreden. Ihr Ziel liege auf dem
Camino del Norte[222]. Ich habe sie dann bis zu dem Hang da oben
begleitet. Dort ist auch der städtischen Parkplatz, ab da sind sie
dann allein weiter."

Die beiden Gildemitglieder sahen sich an. Borowski presste seine
Lippen zusammen und fragte dann brummig, „was können sie uns

---

222 Jakobsweg / Küstenweg

über unsere Kollegen berichten?" „Die haben die gleichen Fragen gestellt und sind dann sofort hinter den beiden Alten hergeeilt. Ich habe sie noch gefragt, ob sie die Nacht nicht lieber abwarten wollen, weil der Pilgerpfad Richtung Norden durch unwegsames Gelände führt. Aber sie ließen sich nicht abhalten." „Sonst noch etwas?" „Nein", Klausen runzelte nachdenklich seine Stirn, „oder Paul, mehr war doch nicht." „Doch", Huber hob seinen Zeigefinger, „jetzt fällt es mir noch ein: einer der alten Menschen, der Mann, hatte sich im Wanderkiosk mit einem Verkäufer unterhalten und Notizen in seiner Karte vorgenommen. Als ihre Kollegen davon gehört hatten, haben sie sich die gleiche Karte gekauft. Das fand ich schon etwas merkwürdig. Und kurz danach waren sie weg. Vorher", Huber fuhr sich nachdenklich einige Male über sein Kinn, „versuchten sie noch mehrmals Jemanden anzurufen. Aber anscheinend funktionierten ihre Handys nicht."

„Okay", Borowski biss sich auf die Lippen. „Könnten sie mir den Weg zeigen, den die Alten und meine Kollegen benutzt haben?" „Nein", Klausen lächelte entschuldigend, „ich habe jetzt eine Andacht. Paul wärest du so nett?" Huber nickte, „gern, kommen sie mit."

Paul Huber führte die beiden Männer den schmalen Wanderpfad, der vom Kloster wegführte und an einem städtischen Parkplatz endete, entlang. Huber ging an den abgestellten Autos vorbei und zeigte dann auf eine mächtige Linde. An dieser war gut sichtbar eine Muschel angebracht. „Das ist das Symbol des Pilgerpfades. Aber das wissen sie sicherlich. Die Nr. 5 führt Richtung Norden. Die Nummer 3 Richtung Süden. Der Weg gabelt sich in ungefähr fünf Kilometer."

Borowski sah seinen Kollegen an und biss sich erneut auf die Lippen. Das schien eine Angewohnheit von ihm zu sein. „Gut", er wandte sich Huber zu, „danke für ihre Hilfe. Sie können jetzt gehen."

Paul Huber nickte und ging langsam seinen Weg zurück. Bevor er im Wald verschwand, sah er sich um. Borowski und sein Kollege machten sich an dem schwarzen Geländewagen zu schaffen mit dem Benno Carsten, Una Best und dieser Leon gekommen waren. Nach wenigen Sekunden hatten sie die Tür geöffnet und begannen den Wagen zu durchsuchen. Sie würden nichts besonders finden, außer dem Notizblock von Benno Carsten. Den hatte Huber dem Toten abgenommen und gestern gut sichtbar auf die Ablage über dem Lenkrad gelegt. Wenn sie Glück hatten, würde die Gilde auf die Täuschung hereinfallen.

Kloster Neuenburg – 20.08. – wenig später

„Und ist deine Andacht schon vorbei?" „Das war eine Ausrede Paul", erwiderte Klausen. „Ich wollte diese unangenehmen Menschen so schnell wie möglich wieder loswerden. Lügen sind nicht so mein Ding. Glaubst du, dass sie auf unsere Finte hereingefallen sind?" Huber zuckte mit seinen Schultern, „ich weiß es nicht." Er ging zu dem alten Schränkchen, dass neben dem Schreibtisch seines Freundes stand, öffnete es und zog eine Flasche Marillenschnaps hoch. „Willst du auch?" Klausen nickte. Huber schenkte zwei Schnapsgläser voll und die beiden Freunde prosteten sich zu. „Nich' lang schnacken, Kopp in Nacken", Huber schenkte sich umgehend nach. Der Abt lehnte auf den fragenden Blick seines Freundes ab.

„Kannst du mir jetzt verraten, was du mit dem Notizblock von Benno Carsten gemacht hast?" „Natürlich", Huber kippte seinen zweiten Schnaps hinunter. „Ich habe auf eine leere Seite mit Druckbuchstaben einen Hinweis angebracht. Meine Hoffnung war, dass die Gilde die Verfolgung aufnehmen wird." „Und was hast du für eine Notiz angebracht?" Huber lächelte, sein Gesicht hatte eine leicht rötliche Farbe angenommen. „Keine Verbindung mit Handy möglich. Verfolgung aufgenommen. Die zwei sind mit dem Tornister in Richtung Camino del Norte unterwegs. Ziel ist anscheinend der Ort Santillana del Mar. Sie haben sich im Laden erkundigt ob Unterlagen über die Höhlen von Altamira vorhanden sind."

Eine Weile sah Huber seinen Freund erwartungsvoll an. Anscheinend erwartete er, dass der Abt ihn für seine Idee loben würde. Doch dieser wirkte etwas ratlos. „Ich versteh nicht. Was versprichst du dir davon? Wir sind hier in Bayern, der Camino del Norte ist meilenweit weg." „Das stimmt Benjamin", Huber lächelte und schielte nach der Schnapsflasche, anscheinend hatte er gerade seine trinkfreudigen Minuten. „Meilenweit weg vom Kloster. Aber hier gibt es auch einen Jakobsweg und es gibt eine Verbindung zum Camino del Norte. Bis dahin liegt eine große Strecke Weg vor den Pilgern. Da kann einiges geschehen. Viele Pilger teilen sich die Etappen auf. Der Camino del Norte ist der Jakobsweg, der an der Küste entlangführt. Der Ort Santander liegt auf dem Camino. Santillana del Mar liegt ungefähr dreißig Kilometer entfernt von Santander. Santillana del Mar ist bekannt für die Höhle von Altamira. Diese ist an die 250 Meter lang. Es gibt da mehrere Räume und eine große Anzahl von wirklich herausragenden prähistorischen Höhlenmalereinen. Das Problem, dass die Gilde haben wird", Huber grinste hinterhältig, „ist, dass die Höhle seit 1979 für die Öffentlichkeit geschlossen ist. Man hat nämlich festgestellt, dass die Atemluft die prähistorischen Malereien schädigt. Es gibt deshalb, seit dem Jahr 1998 auch einen Nachbau der Höhle, in dem sich originalgetreue Nachbildungen der Höhlenmalereien befinden. In die Originalhöhle Benjamin kommt niemand mehr hinein."

Kloster Neuenburg – 21.09.

Die Ordensgemeinschaft von Schwester Alba hatte bisher auf eine Vermisstenanzeige verzichtet. Da es keine Hinweise auf einen Unglücksfall gab, wäre es möglich gewesen, dass die Schwester mit ihrem plötzlichen Verschwinden dem Orden auf diese Weise den Rücken kehren wollte. So ein ähnlicher Fall war bereits vor fünf Jahren eingetreten. Man musste solche Entscheidungen wohl oder übel akzeptieren. In die Medien wollte man mit der Schlagzeile über eine verschwundene Klosterschwester auf keinen Fall geraten.

„Sind dir auch diese Pilger aufgefallen, die in letzter Zeit immer wieder neugierig durch die Klosteranlagen gelaufen sind?" „Ja",

Klausen antwortete lächelnd auf die Frage von Huber. „Das sind weder Wanderer noch Pilger. Die übernachten, versorgen sich im Kiosk mit benötigten Utensilien und gehen am nächsten Tag weiter. Ich denke, dass all diese Leute dieser ominösen Gilde angehören. Nachdem sie bisher ihre Leute nicht gefunden haben, fangen sie wieder am Ausgangspunkt des Verschwindens an. Haben deine Recherchen eigentlich etwas ergeben?" „Nein", Huber schüttelte seinen Kopf, „diese Vereinigung ist völlig unbekannt. Keinerlei Hinweise, völlig anonym. Geradeso als gäbe es sie nicht. Da wir vom Gegenteil wissen, bedeutet das nur wie verdammt effektiv diese Gilde arbeitet. Hoffen wir deshalb, dass das Kloster bald aus ihrem Focus verschwindet." Huber lachte plötzlich auf, „man hat übrigens zwei Männer festgenommen, die tatsächlich in die Höhlen von Altamira eindringen wollten. Die Empörung im Internet ist groß. In der Zwischenzeit wurden dort die Sicherheitsbestimmungen verschärft. Es können übrigens einmal in der Woche fünf Besucher die Höhle betreten. Die Chance, dass Gildemitglieder darunter sind ist gering, die Besuchertickets werden nämlich verlost und innerhalb der Höhle kann man sich natürlich nicht frei bewegen. Sondern steht unter permanenter Aufsicht."

Klausen und Huber saßen gemeinsam an einem kleinen Lagerfeuer, nicht weit vom Dolmengrab, dass in der Zwischenzeit wieder komplett mit Erde verfüllt war. „Also jetzt verrat schon, wie sehen deine Pläne damit aus?" Huber hatte ein Glas Rotwein in den Händen und richtete es in Richtung des ehemaligen Dolmengrabes. Der Abt lächelte, „im Kunstunterricht der Abschlussklasse werden wir in diesem Jahr als Gemeinschaftsarbeit den Bau einer kleinen Kapelle durchführen. Die Absolventen dürfen dabei ihre eigenen Ideen umsetzen. Sämtliche Baumaterialien werden vom Kloster gestellt. In zwei Wochen wird zunächst der Boden auf dem Dolmengrab verfestigt und eine fünfzig Zentimeter dicke Betonplatte angebracht. Die Baufirma meinte, dass das gar nicht erforderlich sei, aber ich habe mich durchgesetzt. Die Kapelle soll einen festen Untergrund haben. Darauf kann dann später der Kapellenbau erfolgen. Ich habe mich bereits erkundigt, wenn wir eine Bauhöhe von vier Metern nicht überschreiten und innerhalb eines festgelegten Rauminhalts bleiben, brauchen wir nicht einmal eine offizielle Baugenehmigung. Ich werde sehr genau darauf achten, dass wir diese Vorgaben einhalten. Außerdem bin ich überzeugt davon, dass sich kein Mensch nach der Baugenehmigung der kleinen Kapelle in unserem Klostergarten erkundigen würde."

„Da hast du sicherlich recht", Paul Huber stand auf und streckte sich. Dann ging er zu der unter einem Baum liegenden Kühltasche und schenkte sich noch ein Glas Rotwein ein. Als er zurückkam und sich wieder neben seinen Freund gesetzt hatte, sah er diesen fragend an, „und was machen wir mit den Diamanten?" „Eigentlich wollte ich sie spenden." Klausen presste seine Lippen zusammen. „Wo ist das Problem?" Huber sah ihn fragend an. „Sie sind einfach so verdammt groß und wertvoll. Man wird deshalb Nachforschungen über ihre Herkunft anstellen. Wir könnten sie natürlich teilen, aber das wäre, um im Jargon der Kirche zu bleiben, ein Sakrileg. Ein Frevel an der Natur." Der Abt seufzte und reichte Huber sein leeres Glas, „wärest du so freundlich Paul? Du hast mein leeres Glas vorhin ignoriert." Huber stand übertrieben ächzend auf und schenkte dann auch seinem Freund nach. „Ich habe übrigens einen Teil der Schriftrolle jetzt übersetzen können. Wusstest du, dass Jesus ..." „Stopp Paul", Klausen hob sein Glas und prostete seinem Freund zu, „ich möchte es nicht wissen Paul. Auch wenn die Schriftrollen bisher unbekannte Tatsachen enthüllen würden, könnten sie viel Schaden anrichten. Ich möchte, dass du den Inhalt der Schriftrollen für dich behältst. Nach über zweitausend Jahren sollten wir der Menschheit nicht mit neuen Erkenntnissen kommen. Lassen wir sie bei ihrem bisherigen Glauben. Er hat sich im Großen und Ganzen bewährt. Du kannst die Schriftrollen wegen mir verbrennen." „Das mein katholischer Freund wäre jetzt aber wirklich ein Sakrileg." Beide lachten, „aber du hast wahrscheinlich recht. Es war schon sehr überraschend, was ich da lesen konnte. Wusstest du, dass Maria Magdalena ..." „Paul, es reicht." Benjamin Klausen trank sein Glas aus, legte sich auf den Rücken und schloss demonstrativ seine Augen.

Einschub

Gestatten sie auch mir einige Bemerkungen. Natürlich ist es schon ein besonderer Streich, den sich das Schicksal für mich ausgedacht hatte. Da war es mir als Archäologe tatsächlich gelungen das jahrtausendalte Rätsel um den ominösen Djedpfeiler zu lösen. Zugegebenermaßen ohne, dass ich selbst viel dazu beigesteuert hätte. Aber immerhin könnte ich der Menschheit nun stolz mitteilen, was es mit diesem geheimnisvollen Gegenstand in Wirklichkeit auf sich hat. Obwohl so ganz weiß ich es natürlich immer noch nicht.

Nur glauben würde mir, außer einigen Gildemitgliedern, mit denen ich aber beileibe nichts mehr zu tun habe wollte und meinem Freund Benjamin, kein Mensch. Meine wissenschaftlichen Kollegen würden wahrscheinlich auf mein Alter hinweisen und unter vorgehaltener Hand über beginnende Demenz tuscheln. Also bleibt mir nur übrig zu schweigen und die Wahrheit mit ins Grab zu nehmen, natürlich erst in einigen Jahren. Die Wahrheit! Grinsend musste ich bei den letzten Zeilen an den Film Eine Frage der Ehre[223] aus dem Jahr 1992 mit dem berühmten verbalen Schlagabtausch zwischen Tom Cruise und Jack Nicholson denken. Dieser Dialog[224] über die

---

223 Originaltitel A Few Good Men
224 „Sie wollen Antworten?" „Ich will die Wahrheit!"

Wahrheit passte wie die Faust aufs Auge auch auf die Geschehnisse die Benjamin und ich erlebt hatten und die Möglichkeiten die Öffentlichkeit darüber zu informieren.

Die beiden Djeds, sind im Übrigen nicht mehr in meinem Besitz. Ende September stand plötzlich eine Frau vor meinem Zelt. Ich schrak aus meinen Notizen hoch, da ich nicht gehört hatte, wie sie nähergekommen war. „Man nennt mich Filippo." Ich war völlig überrumpelt, erinnerte mich dann an die Berichte von Josef Müller. „Ich dachte Filippo wäre ein Mann." Die Fremde lächelte, „meistens. Aber ich habe eine, wie sagt man auf ihrem Planeten, stark feminine Ader. Einer ihrer berühmten Maler hat das bereits vor langer Zeit festgestellt. Er wollte meinen Geschichtsausdruck unbedingt in Öl festhalten. Wie ich erfahren habe, ist es ihm hervorragend gelungen. Aber die Geschichte kennen sie ja bereits. Herr Huber, Josef hat der Quelle von seinem Aufenthalt im Kloster Neuenburg berichtet. Deshalb wurde ich hierher gesandt."

Eine Weile herrschte Schweigen zwischen uns, dann lächelte Filippo mich freundlich an. „Sie wissen natürlich, warum ich hier bin. Sie haben etwas, was nicht in diese Welt gehört. Wären sie so nett und würden mir die beiden Djeds übergeben damit diese endlich dort-

---

„Sie können die Wahrheit doch gar nicht vertragen! ..."

hin gelangen, wo sie hingehören? Im Übrigen können sie beruhigt sein. Die Gilde wird meine Anwesenheit nicht feststellen können. Die Quelle hat diesmal entsprechende Vorkehrungen getroffen."

Ich fragte nicht nach, was dies für Maßnahmen sein sollten, wollte es gar nicht wissen. Wahrscheinlich war es für einen alten Archäologen, trotz meiner berufsbedingten Neugierde, gesünder so wenig wie möglich über manche Dinge zu wissen. Also stand ich auf und holte meinen alten Rucksack aus dem Zelt. Ich wühlte kurz darin herum, schob etliche Utensilien auf die Seite und holte die beiden Djeds hervor. Ich hatte sie seitdem ich sie dort verborgen hatte, nicht mehr hervorgeholt. Das dürfen sie mir bei meiner Ehre als Archäologe glauben. Die Djeds nur anschauen und dann wieder weglegen, ich war mir nicht sicher, ob mir das gelungen wäre. Am Schluss hätte meine Neugierde gesiegt und ich hätte irgendeinen Unsinn angestellt. Ich wollte mich erst gar nicht in Versuchung führen, hatte den Rucksack mit einer alten Jacke zugedeckt und in die Ecke meines Zeltes verbannt.

Filippo nahm die Djeds in seine Hände. Er hielt sie in einer ganz eigenartigen Konstellation seiner Finger. „Manchmal dauert es sogar für uns Reisende sehr lange, bis eine Suche abgeschlossen ist. Ich bin sehr froh, dass die Djeds zurückkehren." Lächelnd nickte er mir noch einmal zu, drehte sich um und verschwand im nahen Dickicht.

Mir war bewusst, dass ich der letzte Mensch gewesen war, der einen Originaldjed zu sehen bekommen hatte.

Paul Huber

Jonathan

Vallon-Pont-d'Arc – Chauvet Höhle – Mai des Folgejahres

Das war unverzeihlich! Jonathan empfand seit unglaublicher Zeit wieder ein Gefühl der Verbitterung. Bisher hatten das Verhalten dieser Hominiden bei ihm oft Unverständnis, Fassungslosigkeit oder großes Befremden ausgelöst. Doch jetzt Verbitterung und was für ihn noch viel schlimmer wog: Zorn, nein es war Resignation. Wie konnten intelligente Lebensformen so etwas tun. Vor einigen Tagen hatten einige Personen versucht mit Gewalt in die Chauvet Höhle einzudringen. Mit Sprengstoff hatten sie die Metalltür aus ihren Angeln gesprengt. Die Folge war ein heftiger Erdrutsch, welcher die Höhle verschloss und drei der Verbrecher verschüttete.

Niemand wusste, wie es bisher in der Chauvet Höhle aussah. Experten befürchteten für die unersetzlichen Höhlenmalereien das Schlimmste. Der Sprecher des wissenschaftlichen Teams vor Ort kämpfte mit den Tränen, als er über den Vorfall berichtete. Jonathan hätte die Möglichkeit gehabt sich die Schäden in der Höhle anzusehen, aber er wollte nicht mehr.

Kloster Neuenburg – 15.08. - des Folgejahres

An Mariä Himmelfahrt war die Kapelle des Friedens eingeweiht worden. Es war eine sehr schöne Feier gewesen. Das Gemeinschaftswerk der Abschlussklassen war wie jedes Jahr ein voller Erfolg geworden.

Einen Tag danach schlenderten Benjamin Klausen und Paul Huber noch einmal zu dem kleinen Andachtsraum. „Wie schnell die Zeit doch vergeht", murmelte der Abt, „diese schrecklichen Ereignisse sind jetzt schon ein Jahr her und mir kommt es trotzdem wie gestern vor. Manchmal wundere ich mich, dass wir alles unbeschadet überstanden haben." „Die schwierigste Zeit in unserem Leben ist die beste Gelegenheit, innere Stärke zu entwickeln",[225] erwiderte Huber ernst, „aber du hast recht, manchmal wache ich schweißgebadet auf, weil ich im Traum wieder einmal hierher gerannt bin. Aber ich soll ja Sport treiben", fügte er dann noch selbstironisch hinzu.

Die beiden setzten sich auf die Holzbank, die vor der Kapelle zum Verweilen einlud und hingen still ihren Gedanken nach. Ein tiefes dunkles Räuspern ließ die beiden aufblicken. Ein älterer Mann stand

---

225 Zitat des Dalai Lama (Tenzin Gyatso)

vor ihnen. Sein wettergebräuntes Haar war grau und ein starker weißer Bart umrahmte sein Gesicht. Ernest Hemingway[226]! Unwillkürlich musste Paul Huber an den amerikanischen Schriftsteller denken. Freundlich lächelte der Fremde und setzte sich auf die gegenüberliegende Bank. Er räusperte sich abermals, „entschuldigen sie mein unerwartetes Erscheinen", er hustete, „es ist schon eine Weile her, dass ich gesprochen habe." Als Klausen etwas fragen wollte, hob der Fremde seine Hand. „Ich rede." Mehr sagte er nicht, seine Worte klangen nicht wie ein Befehl, aber es war etwas Feststehendes, ein Gesetz, etwas Unumstößliches dahinter, das keine Gegenworte zuließ. „Sie können mich Jonathan nennen. Von den Reisenden haben sie schon einiges über mich erfahren. Es stimmt alles, was sie gesagt haben. Ich habe mich sehr selten offengezeigt und an die Menschen direkt habe ich mich noch viel seltener gewandt. Ich bin ein Beobachter, jemand der prüft, nachdenkt und final entscheidet, aber das wissen sie bereits. Ihnen beiden zeige ich mich, weil ich ihnen sagen will, dass ich ihr Verhalten beobachtet habe und ihnen persönlich sagen möchte, dass mich ihr Benehmen ins Grübeln gebracht hat. Sie waren mutig, haben sich für ihre Mitmenschen eingesetzt, haben einem völlig fremden Mann vertraut und geholfen, waren kreativ, als es um ihr Leben ging. Was soll ich sagen, sie haben sich nicht verhalten, wie es in letzter Zeit typisch

---

226 1899 - 1961 Pulitzer-Preis (Der alte Mann und das Meer) / Literaturnobelpreis

für ihre Art ist. Diese wird in den letzten Jahren leider immer selbstsüchtiger, unsozialer und für mich leider auch völlig unverständlicher ... unmenschlicher. Sämtliche Charaktereigenschaften, die wir von dieser Menschenart erwarteten scheint mehr und mehr verloren zu gehen."

Plötzlich war die Luft mit einem zarten Rosenduft erfüllt. Die gesamte Umgebung begann in einem zarten Orange zu leuchten. Und dann erklang eine unglaublich herrliche sphärische Musik. Leise, aber sehr präsent. Es war eine Mischung zwischen Air[227] von Johann Sebastian Bach und Imagine von John Lennon. Aber wesentlich reifer, schöner und vor allem noch viel einfühlsamer. Nehmen wir eine Skala von 1 – 10. Wenn die eben genannten Musikstücke eine Null bekommen, lag das, was Klausen und Huber gerade hörten bei einer 11.

Bevor die beiden ihr Bewusstsein verloren, hörten sie noch den Klang einer engelsgleichen weiblichen Stimme, „Jonathan wie lautet deine Entscheidung, ich warte schon sehr lange. Du hattest ausreichend ..."

---

227 Orchestersuite D-Dur BWV 1068

Als Benjamin Klausen und Paul Huber wieder zu sich kamen, befanden sie sich immer noch an der gleichen Stelle auf der Bank. Jonathan saß ihnen gegenüber und betrachtete sie neugierig. „Es tut mir leid, wenn sie Unannehmlichkeiten hatten. Die Quelle, unser aller Heimat, meldet sich nur äußerst selten bei mir, aber es ist auf ihrem Planeten in letzter Zeit, also die letzten Jahrhunderte viel Unangenehmes, Unverständliches geschehen. Ich zweifelte häufig an der Menschheit. Es stand eine Entscheidung an. Sollte ich empfehlen unser Engagement auf diesem Planeten zu beenden, oder war bei einem Teil der Menschheit genug Potential vorhanden, dass es rechtfertigte, noch an eine positive Entwicklung zu glauben? Ich war hin und her gerissen, manchmal glaubte ich an die Menschheit, dann wieder war ich entsetzt zu welchen Verbrechen, zu wieviel dummen und unsinnigen Gräueltaten sie in der Lage war.“

Jonathan schloss seine Augen und hob seinen Kopf. Es sah aus, als würde er in sich hineinhorchen. Nach einer Weile sprach er bedächtig weiter: „Wie gesagt, die verehrte Quelle drängte mich zu einer Entscheidung. Sie wollte endlich wissen, zu welcher Einschätzung ich für die Hominiden dieses Planeten kam.“ Jonathan stand auf und nickte, „das war nicht einfach. Aber jetzt muss ich gehen. Ich werde jetzt zur Quelle zurückkehren. Es wird ihnen in Kürze besser gehen." Jonathan grüßte mit einem Kopfnicken und lief tiefer in den nahen Wald hinein.

„Wie haben sie sich entschieden?" Huber reagierte als erster und rief die Frage Jonathan hinterher. Doch dieser tat so, als hätte er nichts gehört. Nach einer Weile hob er lediglich kurz seine Hand, dann verschwand seine Gestalt endgültig zwischen den Bäumen.

Viel mehr als unsere Fähigkeiten sind es unsere Entscheidungen, die zeigen, wer wir wirklich sind.

J. K. Rowling (Albus Dumbledore)

Prolog

Was leider nicht aufgeklärt werden konnte, war welches geheimnisvolle Relikt Papst Nikolaus IV. zur Aufbewahrung ins Benediktinerkloster in Santa Maria de Faifula hatte bringen lassen. Anscheinend gibt es noch weitere Gegenstände, die ihren Ursprung nicht auf der Erde haben.

Auf einen längeren Prolog wurde verzichtet. Was hätte man noch berichten sollen? Falls sie es interessiert: Es ist leider nicht bekannt, wie sich Jonathan entschieden hat, welche Empfehlung er der Quelle gegeben hat.

Paul Huber ist bei einer privaten Grabung in Afghanistan durch eine Sprengfalle getötet worden. Benjamin Klausen hat wenige Monate danach seinen Orden verlassen und Deutschland mit unbekannten Ziel verlassen.

Schließen wir diese Geschichte mit einem Zitat von Erich Fried einem österreichischen Lyriker und Essayist.

Solange der Untergang der Menschheit

nicht hundertprozentig feststeht,

lohnt es sich,

dagegen zu arbeiten.

Bisher erschienen:

Roland Reiner

1

Samuel Dreher und die Macht

© 2023 Roland Reiner

Herstellung und Verlag: BoD – Books on Demand, Norderstedt

ISBN: 9783758305993

2

Samuel Dreher und der Hass

© 2023 Roland Reiner

Herstellung und Verlag: BoD – Books on Demand, Norderstedt

ISBN: 9783758306907

3

Samuel Dreher und der Mut

© 2023 Roland Reiner

Herstellung und Verlag: BoD – Books on Demand, Norderstedt

ISBN: 9783757852870

4

Samuel Dreher und das Leid

© 2023 Roland Reiner

Herstellung und Verlag: BoD – Books on Demand, Norderstedt

ISBN: 9783758305481

5

Samuel Dreher und die Schuld

© 2023 Roland Reiner

Herstellung und Verlag: BoD – Books on Demand, Norderstedt

ISBN: 9783734761225

6

Samuel Dreher und der Zorn

© 2023 Roland Reiner

Herstellung und Verlag: BoD – Books on Demand, Norderstedt

ISBN: 9783758308734

7

Samuel Dreher und die Wut

© 2023 Roland Reiner

Herstellung und Verlag: BoD – Books on Demand, Norderstedt

ISBN: 9783758311208

8

Samuel Dreher und die Liebe

© 2023 Roland Reiner

Herstellung und Verlag: BoD – Books on Demand, Norderstedt

ISBN: 9783758310348

9

Samuel Dreher und das Schicksal

© 2024 Roland Reiner

Herstellung und Verlag: BoD – Books on Demand, Norderstedt

ISBN: 9783758310201

Denn am Ende steht der Anfang

© 2008 Roland Reiner

Herstellung und Verlag: BoD – Books on Demand, Norderstedt

ISBN: 9783837030976

Pseudonym Martin Welsch

Der junge Wächter

© 2013 Martin Welsch

Herstellung und Verlag: BoD – Books on Demand, Norderstedt

ISBN: 9783732286508

Der Wächter

© 2015 Martin Welsch

Herstellung und Verlag: BoD – Books on Demand, Norderstedt

ISBN: 9783739220550

Das Tal Irminsul

© 2015 Martin Welsch

Herstellung und Verlag: BoD – Books on Demand, Norderstedt

ISBN: 9783739220345

Das Tal Irminsul – Die Rückkehr

© 2017 Martin Welsch

Herstellung und Verlag: BoD – Books on Demand, Norderstedt

ISBN: 9783744868440

Das Tal Irminsul – Die große Schlacht

© 2019 Martin Welsch

Herstellung und Verlag: BoD – Books on Demand, Norderstedt

ISBN: 9783756861644

Das Tal Irminsul – Am Abgrund

© 2023 Martin Welsch

Herstellung und Verlag: BoD – Books on Demand, Norderstedt

ISBN: 9783758317217

Pseudonym: land ro

Der Eremit und die Zeit nach der Pandemie

© 2022 land ro

Herstellung und Verlag: BoD – Books on Demand, Norderstedt

ISBN: 9783756861644

Kinderbücher:

Geschichten vom kleinen Fuchs

© 2023 Roland Reiner

Herstellung und Verlag: BoD – Books on Demand, Norderstedt

ISBN: 9783757846169

Lisa und der Hexenbesen

© 2023 Roland Reiner

Herstellung und Verlag: BoD – Books on Demand, Norderstedt

ISBN: 9783758305948

Lisa Hexenbesen – Der Flugsand

© 2024 Roland Reiner

Herstellung und Verlag: BoD – Books on Demand, Norderstedt

ISBN: 9783769318869

Lisa und Sophie – Bei den Wichteln

© 2024 Roland Reiner

Herstellung und Verlag: BoD – Books on Demand, Norderstedt

ISBN: 9783758351051

Wo bleibt unser Wichtel – Sorge um Wurzel

© 2024 Roland Reiner

Herstellung und Verlag: BoD – Books on Demand, Norderstedt

ISBN: 9783769302608

Sie wollen Kontakt aufnehmen?

Gerne greifen wir Anregungen und Kritik auf.

Folgende Möglichkeiten bestehen:

RR-Redaktion@t-online.de

Samuel-Dreher-Kraisbach@t-online.de

Martin-Welsch-Kraisbach@t-online.de

Jonathans Entscheidung

© 2025 Roland Reiner

Verlag: BoD · Books on Demand GmbH, Überseering 33,

22297 Hamburg, bod@bod.de

Druck: Libri Plureos GmbH, Friedensallee 273, 22763 Hamburg

ISBN: 978-3-7693-3973-4